双 头 鹰 经 典

Ювенильное море

Андрей Платонов

原始海

[苏] 安德烈·普拉东诺夫 著

徐振亚 译

图书在版编目（CIP）数据

原始海 /（苏）安德烈·普拉东诺夫著；徐振亚译.
—杭州：浙江文艺出版社，2024.3
ISBN 978-7-5339-6287-6

Ⅰ.①原… Ⅱ.①安… ②徐… Ⅲ.①中篇小说-小说集-苏联 Ⅳ.①I512.45

中国国家版本馆 CIP 数据核字（2020）第 211765 号

策划统筹	曹元勇
责任编辑	易肖奇　顾楚怡
营销编辑	耿德加　胡凤凡
责任印制	吴春娟
装帧设计	道　辙　at Compus Studio
封面插画	仟　禧
数字编辑	姜梦冉　诸婧琦

原始海

[苏] 安德烈·普拉东诺夫 著
徐振亚 译

出版发行	浙江文艺出版社
地　　址	杭州市体育场路 347 号
邮　　编	310006
电　　话	0571-85176953（总编办）
	0571-85152727（市场部）
印　　刷	上海盛通时代印刷有限公司
开　　本	889 毫米×1240 毫米　1/32
字　　数	190 千字
印　　张	9.125
插　　页	4
版　　次	2024 年 3 月第 1 版
印　　次	2024 年 3 月第 1 次印刷
书　　号	ISBN 978-7-5339-6287-6
定　　价	66.00 元（精装）

版权所有　侵权必究

译者序
普拉东诺夫——震惊世界的文学天才

上面这个标题并非我的发明,而是借用俄罗斯评论家韦林的话。他的原语是:"安德烈·普拉东诺夫是继十九世纪经典作家之后,重新使世界感到惊讶并为之战栗的二十世纪俄罗斯文学的民族天才。"

持类似评价的还有俄裔美籍诗人、诺贝尔文学奖得主布罗茨基:"普拉东诺夫是与普鲁斯特、卡夫卡、福克纳、贝克特齐名的二十世纪最杰出的作家。""他是二十世纪唯一继承了十九世纪俄罗斯文学光荣传统的苏联作家。"

英国学者钱德勒说:"普拉东诺夫或许是俄罗斯过去一百年最伟大的作家。"

但是,安德烈·普拉东诺夫这个响亮的名字,对于大多数中国读者来说,却是十分陌生的。这不难理解,因为我们没有系统地出版过他的作品,广大读者无从了解这位杰出的作家。其实,即使在他的祖国,普拉东诺夫也一直被视为"异类",他的作品生前无法出版,直到二十世纪六十年代才开始与读者陆续见面。而真正的"开禁"和"回归",使读者有机会全面认识这位伟大的作家,已经是上世纪八十年代的事了。近三十年来,普拉东诺夫的作品大量出版,各种单行本、选集和皇皇八大卷的文集相继问世。对这位作家的研究日益广泛和深入,涌现了许多学术含金量相当高的专著,形成了一支阵容整齐、生气勃勃的研究队伍。

自上世纪九十年代开始,俄罗斯科学院俄国文学研究所(普希金之家)每年召开普拉东诺夫研讨会,吸引了世界各国的专家学者参加,会后出版研究论文集,从不间断,形成了一个完整的系列,颇受学界的重视和欢迎。

二〇一九年适逢普拉东诺夫诞辰一百二十周年,彼得堡的俄罗斯文学研究所、莫斯科的世界文学研究所和作家故乡的沃罗涅日大学都举行了规模空前的纪念活动。更加耐人寻味的是,俄国科学院哲学研究所联合俄罗斯高等经济学院和莫斯科大学召开了主题为"俄罗斯的自我认识问题"的普拉东诺夫国际学术研讨会。由此可见,普拉东诺夫不仅是伟大的作家,也是有影响的思想家和哲学家。可以说,二十世纪的俄罗斯作家中很少有人像普拉东诺夫那样享有如此崇高的荣誉,研究普拉东诺夫几乎成了一门炙手可热的显学。

普拉东诺夫不仅是俄罗斯文学的骄傲,他的艺术成就也得到了世界各国的普遍承认,他的主要作品已经翻译成英、法、德、日、西班牙语等语言,他在二十世纪俄罗斯文学和世界文学中的经典地位已经无可动摇。

安德烈·普拉东诺维奇·普拉东诺夫(1899—1951)原姓克里缅托夫,生于沃罗涅日市郊区驿站镇一个工人家庭,父亲是铁路上的钳工,母亲是钟表匠的女儿。这个家庭共有十一个孩子,安德烈是长子。他父亲是自学成才的发明家,在当地颇有名气,报纸上多次报道过他的事迹。普拉东诺夫热衷于发明创造,显然是继承了父亲的性格。他非常爱母亲,从小对母亲的命运十分同情。他七岁进乡村教会小学读书,十五岁中学没毕业就开始工作,当过火车司机的助手、铸铁工、机车修理工,以自己稚嫩的肩膀协助父母挑起这个人口众多的家庭的重担。普拉东诺夫回忆说:"我的日子过得非常艰难,生活一下子把我从孩子变成了成年人,使我失去了青年时代。"一九一八年初,他进铁路中等技术学校电工专业学习,同时积极投入沃罗涅日的文学生活,在当地报刊上发表诗歌、小说和政论文章。一九一九年夏天,担任沃罗涅日地区国防委员会《消息报》战地记者,同年应征加入红军,先担任军用列车的副司机,后主动请求转到铁道兵部队,与白军作战。复员后继续学业,同时从事文学创作。一九二〇年他代表沃罗涅日赴莫斯科出席全俄无产阶级作家代表大会,在回答大会调查与会者属于哪种流派时写道:"我不属于任何流派。我有自己的流派。"一九二一年出版小册子《电气化》和诗集《蔚蓝色深处》。普拉东诺夫早期的文章和诗歌充斥了改天换地、征服宇宙、消灭个性、否定传统、割断历史的革命豪情和浪漫理想,其狂热和虚妄与当时流行的无产阶级文化派作品如出一辙:

> 我们要熄灭疲惫的太阳,
> 在宇宙中燃起别的光芒;
> 我们要给人们换上钢铁心脏,
> 要把行星从轨道上彻底扫光。

他号召人们充当革命的螺丝钉:"标准的螺丝钉是社会主义的

最好零件。""标准化的工人是最优秀的共产党人。"

他崇拜科学技术的物质力量，贬低甚至否定一切感情和思想文化价值："社会的物质生产组织化越完善，哲学、宗教和艺术越有害……如今，基督、雪莱、拜伦、托尔斯泰难道比电气化更有意义吗？"

但是，普拉东诺夫毕竟是从事实际工作的技术人员，也是特别善于思考、具有独立思想的人，他的政治虚火不会持续太久，他从虚幻的云端逐渐降到真实的人间。他很难绝对相信"飞驰向前的革命火车头会立即把人们带入美妙的理想世界"，在鼓吹暴力、破坏的社会变革和重新安排河山、彻底改造宇宙的豪言壮语后面，渐渐产生了怀疑：在鲜血上建立"难以置信的世界"合理吗？这样的世界为谁而建？将来谁来居住？

诗集《蔚蓝色深处》受到象征主义大师勃留索夫的注意和肯定，勃留索夫希望这位文坛新秀今后在文学道路上大显身手。出人意料的是，普拉东诺夫主动远离了热闹的文坛。其中最重要的原因是严酷的现实，那就是一九二一年的大饥荒。"一九二一年的干旱给我留下深刻的印象，作为一名技术人员，我再也无法袖手旁观——从事文学创作了。"这一年饿死的人不计其数，然而许多党的干部却认为"共产党人属于未来"，因而千方百计为自己营造"舒适的生存环境"。目睹哀鸿遍野的惨象和这些共产党人的所作所为，普拉东诺夫不由得怒火中烧，公开撰文怒斥这些"官方革命家"为"不成体统的畜生"，并且呼吁大家"在苦难中应该平等"。

一九二一年普拉东诺夫被选为沃罗涅日省抗灾特别委员会主席，一九二三年出任省农业局土壤改良师，主管农业电气化工作。他奔走于穷乡僻壤，修堤坝、挖水井、建水库、造电站，为改善农业生产和农民生活呕心沥血。

一九二六年二月,全俄土壤改良师代表大会上普拉东诺夫当选为农林协会中央委员;同年六月,他告别故乡,举家迁往全国的政治中心和文化中心莫斯科,从此生活进入了一个新的阶段。谁也没有料到,普拉东诺夫担任土地规划局副书记不到一个月,便莫名其妙地被撤职了。他后来回忆说:"我留在了莫斯科……带着老婆孩子,没有工资……孩子病了……只能去变卖那些极其珍贵的专业书籍。"当时的艰难处境由此可见一斑。

一九二六年秋,农业人民委员会任命普拉东诺夫为坦波夫省土壤改良处处长,于是他走马上任,只身前往坦波夫。怀着爱国爱民的满腔热情和科技工作者的严谨精神,他全身心地投入工作。偏远省份的现实景象让他加深了对农村的认识和了解。他从坦波夫给妻子写信说:"辗转于那些穷乡僻壤的时候,我目睹了种种令人伤心的事情,简直无法相信在某处还有个莫斯科,还存在着艺术、小说。不过我觉得,真正的艺术、真正的思想只能在这样的穷乡僻壤产生。"

对于俄罗斯文学来说,一九二七年是永远值得记取的一年。这一年,普拉东诺夫的创作热情和艺术才华犹如井喷般爆发出来。《通天之道》《叶皮凡水闸》《格拉多夫城》《捉摸不透的人》《驿站镇》《建设国家的人们》等六部中篇小说相继完成,其数量之多、速度之快、质量之高恐怕在世界文学史上也不多见。

一九二九年是苏联历史上称为"伟大转折的一年",大规模的工业化和农业化全盘集体化如火如荼地展开。在这不平凡的一年,普拉东诺夫完成了长篇小说《切文古尔》。作品描写一些革命者试图在偏远的县城切文古尔创建共产主义,他们杀死资产阶级,毁灭森林,拆除房屋,停止一切生产活动(因为劳动产生财富,财富导致剥削),露宿原野,以草充饥,过着"心灵共产主义的生活",最后以失败而告终。《切文古尔》凝聚了作者对早期思想的痛苦反思以及对现实的深刻理解和忧虑。《切文古尔》排出了清样,最终未能问世。短篇小说《疑虑重重的马卡尔》得以在杂志上刊出,却遭到严厉批判。马卡尔是个普通农民,他不明白为什么苏维埃国家制定了种种宏伟的美妙计划,结果都搞得一团糟,于是到首都寻找答案。他发现莫斯科也有两种人,一种人脑袋空白、只会干活,另一种人不会干活、只会出主意。他梦见一个科学人站在高山之巅,目光远望前方,想的是全局规模,却漠视底下百姓的实际和愿望。这个短篇被认为是在影射领袖,带有个人主义和无政府主义的有害倾向,其作者是"不亚于明目张胆喊着法西斯口号的反革命"。于是,苦难接二连三地降临到这位根红苗正的作家头上。

一九三〇年初,普拉东诺夫根据在俄罗斯中部农村考察的结果,仅用十几天时间写出了中篇小说《立此存照——贫农纪事》。小说在杂志《红色处女地》上刚发表,立即引起了一场轩然大波。《真理报》《消息报》《文学报》等中央和地方报刊对作者展开了一场大规模围剿。"诽谤农业集体化""污蔑社会主义改造""攻击总路线"……一顶顶吓人的政治大帽子铺天盖地般飞向普拉东诺夫。从此以后,再也没有哪一家刊物和出版社敢于发表他的作品,作家似乎从文坛上消失了。

普拉东诺夫被剥夺了发表作品的权利,失去了经济来源,生活陷入困顿,但他并没有屈服,以顽强的意志克服了种种难以想象的困难,继续在自己既定的人生道路上奋力前行。他深入伏尔加河和北高加索地区的农村,进一步观察和思考现实生活。他认为,"在建设社会主义时代,要当一名纯粹的作家是不可能的。如果不深入生产第一线,只当一名作家,是一种可耻的行为"。

《立此存照》遭批后的孤立岁月,成了作家创作的丰收期。从反映全盘集体化导致大饥荒的悲剧《十四间小木屋》(1932)到最有思想哲理深度、最富艺术创新的里程碑式中篇小说《基坑》(1929—1930),从"技术小说"《原始海》(1934)到最后一部长篇小说《幸福的莫斯科娃》,这些作家生前无法发表的重要作品,都完成于这一阶段。《基坑》无疑是普拉东诺夫的代表作。小说分两部分,上半部写工人们为建造供全体无产阶级居住的大厦挖掘基坑,象征实现人间天堂的美好理想,下半部写农业集体化,即实现理想的具体途径,联结全书的是一位寻找真理的主人公,他看到挖土工人已经精疲力竭,瘦得皮包骨头,可是上级决定要扩大基坑规模,建设一座能容纳全世界无产者的高塔。为了支援周边农村的集体化,挖土工人被派去开展铲除农村资本主义根子的阶级斗争,所到之处,满眼是一片凄凉的景象:农民们感到生活无望,男女老少早就准备好了棺材,等待着死亡;组织大院里集中了留恋私有财产、在振奋时期哭过鼻子、脸上有过"异己表情"的农民,他们正在接受积极分子的教育;一头熊带领人们到村里凭着它的嗅觉确定谁是富农,然后将富农押上木筏流放到汪洋大海;领导集体化的积极分子一夜之间掉进了"右倾"机会主义的"左倾"泥坑,成了无产阶级客观上的敌人而死于乱拳之下;无产阶级大厦的基坑最后成了埋葬孩子的坟墓……普拉东诺夫把这场政治运动的荒唐和危害表现得淋漓尽致,揭示了理想和现实、目的和手段、生与死、物质与精神、个人与集体等等形而上的哲理问题,迫使人们思考人类的命运和前途。

《立此存照》风波过去六年之后，普拉东诺夫才有机会出版了小说集《波图坦河》。在当时大清洗的具体情势下，即使这部作品探索爱情之类永恒的主题，依然难逃受责难的厄运。一九三七年二月，作家乘马车从列宁格勒到莫斯科，准备仿效拉季谢夫的《从彼得堡到莫斯科旅行记》这部反农奴制色彩浓烈的作品，写一部《从列宁格勒到莫斯科》的长篇小说，计划于第二年七月交稿。

谁知道厄运再次降临到他头上。一九三八年五月，他钟爱的独生儿子，十五岁的中学生因"从事间谍和破坏活动"的莫须有罪名而被捕。在审讯中他拒绝认罪而惨遭毒打。审讯人员威胁说再不承认就要逮捕他的父母。他被迫承认后判处八年徒刑，在监狱和集中营里受尽折磨，染上了肺结核，虽经肖洛霍夫向最高当局说情后于一九四三年释放，但出狱后不久就死了。儿子的被捕和夭折对普拉东诺夫是巨大打击和终身难以抚平的精神创伤。他虽然没有像古米廖夫、比里尼亚克、巴别尔、曼德尔施塔姆等文人遭到监禁、流放、枪毙的命运，但中年丧子的精神折磨伴随了他一辈子。

从一九三八年起，普拉东诺夫只能为儿童文学出版社写些作品。在儿童文学领域，作家也显示了出众的才华，故事集《七月的雷雨》成了广受孩子欢迎和喜爱的精品。他为中央儿童剧院写的剧本《外婆的小屋》《善良的季特》和《继女》在他生前均没有上演。

第二次世界大战期间，普拉东诺夫一家撤离到乌法，他主动要求上前线抗击法西斯，经批准，于一九四二年初以《红星报》记者身份奔赴战场，写了大量的揭露和鞭挞法西斯及歌颂红军官兵英勇抗敌的通讯报道和故事，陆续出版了《斗志昂扬的人们》《祖国的故事》《铜墙铁壁》和《朝着太阳落山的方向》四本书。他用自己勇敢的行动和手中的笔为反法西斯战争的胜利做出了贡献,在血与火的洗礼中再次证明了对人民和祖国的赤胆忠心。

一九四六年,普拉东诺夫发表的短篇小说《伊凡诺夫的家庭》(后来改名为《归来》)首先触及了战争给苏联人民造成的心灵创伤,比肖洛霍夫的《一个人的遭遇》早了整整十年。这样一篇优秀作品却被臭名昭著的文学打手叶尔米洛夫说成是"污蔑苏联人民和苏联家庭的大毒草",虽然这个告密老手和文坛恶霸后来公开承认错误:"我未能进入安德烈·普拉东诺夫的艺术世界,我用了一把远离生活复杂性和艺术复杂性的尺子去衡量这部小说。"文霸的迟到忏悔无法改变作家最后几年生活的困境,更不能抹去他精神上受到的创伤。

一九五一年一月五日,普拉东诺夫这位天才作家、俄罗斯人民的忠诚儿子,在贫病交加中,凄凉地走完了自己艰难崎岖却又光辉灿烂的人生道路。

普拉东诺夫是俄罗斯文学的骄傲,他留下的文学遗产是俄罗斯人民,也是全人类的宝贵精神财富。如同他拥有多项技术专利一样,他的文学作品也是别开生面,独具一格,富有创新精神,让人耳目一新,直到今天还魅力不减,发人深省。他用反讽、扭曲、变形、夸张、荒诞等丰富新颖的艺术手法,借助倒置、稚拙、质朴、杂糅、奇崛的独特语言构筑的艺术世界,或者如学界形容的"普拉东诺夫之谜""普拉东诺夫奇迹",值得我们深入研究。

徐振亚
二〇二三年二月定稿

目　录

原始海 / 001

波图坦河 / 095

捉摸不透的人 / 131

叶皮凡水闸 / 227

译后记 / 271

原　始　海

有个人正朝着苏联东南大草原腹地走去,走了一天又一天。他想象自己是火车司机,是空军飞行员,是首次探索地球奥秘的地质勘探员,以及其他种种有组织的专业人员——唯一的目的就是让层出不穷的想法占据头脑,排遣心中的烦恼。

一路上他已经想好了要揭开地震、火山和千百年来地球变化的根本原因。根据这位行人的想象,这原因就在于地球在危险的宇宙空间中变化无常的天文运动;具体而言,只要地球在各种各样的星球作用下获得哪怕是一瞬间的平衡,使自己复杂的晃动向前的运动进入稳定状态,那么就会在沸腾的宇宙中遇到陌生的环境,于是地球的运动便发生变化,而这颗飞速前进的行星失去惯性后就会导致自身的震动,整个地球的质量,从地核到卷云,都会发生缓慢的变化。这位步行者认为这样的思考便是他自己独特的宇宙理论的基础,而且从中获得了满足。

第五天快结束的时候,此人看到远处那令人厌倦的空间的平面上有几间黑乎乎的干打垒式住房,它们毫无遮挡地坐落在空地上。

行人急匆匆向那居民点赶去,这时候天已经擦黑,有一间屋子里亮起了灯。

这居民点呈院落状:中间一个宽敞的院子,周围是四间土屋和一间大板棚,板棚底部培着泥土,不同的牲口在板棚里边发出不同的声响。系在滑绳上的一条狗在板棚旁一边跑动一边狂吠。

院子里到处弥漫着动物生活的温暖气息,周围是静静的、被白天的太阳晒得暖暖的茫茫草原,来人感到住在这里真舒服,不由得自己也想睡觉了。

一间土屋的窗子里亮着灯。来人走到窗前,看到一位上了岁数的人正戴着眼镜在灯下看书,那是一本古书,铁皮的封面已经锈迹斑斑。他蠕动着两片薄薄的干瘪的嘴唇,慢慢地小声读着,翻书的时候就重重地叹口气,显然是受到了书本的影响。

来人走进低矮的屋子,跟看书的老人打招呼。

"你好,"老人慢悠悠地回答,"是来管闲事的吧?"

"不是的。"来人说,然后又问这是什么地方。

"这里是101国营畜牧场,"看书的老人说着又瞥了一眼书本,看完了书页上的一句老话,"你要干什么?老弟,你别打听这里的事儿!"

"我能见场长吗?"来人问。

"可以,"老人不太情愿地回答,"看着我——我就是场长。你以为这里的场长是个特别的人物吗——我就是!"

来人掏出一张证明给场长。证明上写着:兹派强电工程师尼古拉·韦尔莫同志前往国营畜牧场系统出差,该同志毕业于中级音乐技术学校民间乐器班,又是位资深钳工、钟表匠、汽车司机,还从事过其他工作,尝试多种不同的职业表明该同志精力无穷,他有才华,又受过技术教育,如今他迫不及待地要求投身现实。以上便是派遣工程师韦尔莫去国营畜牧场出差的大致介绍。

看完证明,场长喜出望外,马上跟客人谈论起历史、世界观、文学理论的话题。他喜欢除了畜牧业之外的所有话题,乐意思考遥远的未来,只要这未来是一百年之后或者是一百年之前。

场长现在有点敬重这位有文化的公职人员了,因为此人没有提什么意见,反而静静地坐着听他说话。

牲口早就不再发出声响,开始打起瞌睡,在各自的位置上一直睡到天亮。两个男人所在的那间狭小的土屋里,由于灯光和他们的谈话变得闷热和无聊,尼古拉·韦尔莫不禁在场长对面的椅子上睡着了。此刻,那条狗也安静下来,它没有听到草原上对它的狂吠有什么反应,显然觉得没有敌人,就在用来替代狗窝的那个空心南瓜中睡着了。这南瓜是一年前国营农场培育出来的,作为农业大丰收的成果在区展览会上让大家参观。这南瓜也确实获了奖,后来就掏空内瓤做成了狗窝,因为国营农场的厨娘们拒绝把这么巨大的蔬菜加工成食品。

"你没见识过我们的南瓜吧?"场长问韦尔莫,可韦尔莫睡着了,"你真该去看一看,那瓜真大!我们南瓜的实用面积达半个平方俄丈①。我们最远的一个放牧点有整整 100 个这样的空心南瓜,挤奶工和放牧点的管理人员就睡里边。我用这些南瓜解决了住房危机……哎呀,你已经睡着了?那就睡吧,可怜的人,我再看一会儿书……"

场长重新聚精会神地看那本叙述伊凡雷帝生平的铁皮古书,右

---

① 俄国长度单位,1 俄丈等于 2.134 米。——若无特殊说明,本书注释均为译注。

手的几个手指支撑着那颗沉思、忧愁的脑袋。

过了半个小时,年轻的来客因为睡得不舒服而醒了过来,他愣愣地盯着场长的脸。

"您是什么人?"韦尔莫问,"我没准能用声音刻画您,我学过音乐。"

"那就刻画吧,"场长得意地表示同意,"我是阿德里安·乌姆里谢夫。你应该用强音刻画我。我可是打算以过渡时期的道德典范和理智的文化人身份载入史册的。因此,你描写我要尽量低沉有力,乐曲用男低音。我喜欢交响乐!你觉得怎么样?"乌姆里谢夫变换了嗓音说,"还是说我就是该待在这里坐在牲口中间?"

"难道不是这样吗?"韦尔莫感到惊讶莫名。

"不行,"乌姆里谢夫叹了口气,"我在这里是个'不明身份的人'!一旦明确了我的身份,我就永远离开这里。你能不能用众声喧哗的形式刻画身份不明的苦恼?"

"肯定行。"韦尔莫许诺说,由于自己的疲惫和眼前的这人而体会到生活的荒谬。

乌姆里谢夫开始大倒苦水,说他长期来在苏维埃联盟和消费协会联盟几个边远地区的不同岗位上工作过,后来回到了中央。但是中央已经忘记了他的作用和鉴定,如此一来乌姆里谢夫似乎成了一个身份不明、履历不清、面目异己,甚至有点危险的人物。再说乌姆里谢夫不在中央的这段时间里出现了新的局面,体制内各种势力和人员之间的关系发生了变化,面对新的形势,乌姆里谢夫成了举目无亲的孤儿。他回来后看到的完全是个陌生的,设立了名目繁多的机构、部门、书记处、执行小组,实行一长制、计件工资制的世界;当初他离开的时候看到的是设立各种局、处、科、室,实行集体领导制的世界,是开会讨论、制定三十年无限期长远规划的世界,是办公室走廊都生火、各单位深入全面考虑那些不知何年何月才能解决的问题的世界——总之,是那个如今被彻底遗忘、机会主义一度蠢蠢欲动的遥远过去。乌姆里谢夫无奈地叹了口气,前往自己原单位下属的众多部门,开始确认自己的身份。他们听他解释,仔细观察他的面孔,查看各种证件和工龄登记表,然后眼睛里装出为难的极不自然的表情,告诉他:"有些情况我们还是不太清楚,必须进一步做补充说明,到时候我们再设法做出某种比较明确或者不那么明确的决定。"乌姆里谢夫回答说,他是身份一清二楚的负责人,所有确凿无疑的证件都在身边。"不过对我们来说,您的身份还是缺乏足够的明晰度,我们会设法弄清您的情况。"单位这样回答他。这样一来,乌姆里谢夫似乎退出了现行的苏联干部体系,落到了身份不明者的特殊群体。乌姆里谢夫所属的那个部门,身份不明的人数累计已达400名,他们全都被登记入备用人员名册,让他们处于战备状态,还领取相当可观的工资。这些身份不明的人每月两三次到单位领取工资并且询问:"我的情况怎么样,还没有查清吗?""还没有,"身份明确的人们回答他们说,"您的材料暂时还不够,没法给您任命,我们会想办法搞清楚的!"身份不明的人们听完这样的回答便离开单位干自己想干的事情,上酒馆,唱歌,尽情释放得到了休整、自由而充沛的精力;然后,他们这些来自共和国不同城市,甚至来自驻外机构的人们互相做客,朗诵诗歌、高喊口号、唱起心爱的浪漫曲。乌姆里谢夫现在想起那一去不返的身份不明时代,禁不住在寂静的国营畜牧场放声唱起一支浪漫曲:

生活中一切都变化无常，
岁月匆匆，无人能追回，
今天是节日，明天去送葬，
老年悄悄来临，谁也没发现。

身份不明的人们曾经在平常日子里用大合唱的形式唱这首浪漫曲，他们苦于无所事事，往往触景生情，热泪横流。他们打心底里喜欢这支浪漫曲，即使在工作日中间也会找地方放开嗓子齐声高歌。聚会之后，身份不明的人们各奔东西：有人已经拥有一间房间，有人寄居在朋友熟人家，而绝大部分回到原单位下属的各个部门，身份不明的人们就在这些部门里过夜、接待情妇，有一位已经深深爱上了某个女同事，事后居然出于嫉妒用地区委员会的墨水瓶砸伤了她。除此之外，身份不明的人们用公家电话彼此联络，跟守夜人玩跳棋，由于悲伤而查看档案，用公函纸给亲人写信。每天夜里，身份不明的人们因为做噩梦而从桌子上摔下来，每天早晨，他们赶在人们上班之前迅速穿好衣服，清除垃圾，到小吃部吃第一批出炉的夹肉面包。等到口袋里没有钱了，身份不明的人们就去找原来的人事部门，这时候他们内心深处已经害怕自己的身份终于查得水落石出并且将分配新的工作，于是故意慢吞吞地询问："怎么样？""暂时还没有什么结果！"人事部门终于回答，"您的档案里有一张证明，说您病了一个月——必须查明有没有比生病更严重的问题。"身份不明的人走了，他过夜的那个部门上班时人满为患，为了尽快打发这段时间，他走遍所有的厕所，也不急着离开；从厕所出来后，就顺道看墙报,从头至尾一张不漏,对墙报上涉及的种种问题给出自己的意见,有时候发现了某种混乱的个别现象甚至会写上自己的感想。有些身份不明的人处于这种状态的时间会长达一年,他们往往会被告知,说很快会有新的各种岗位,剩下来要查明的仅仅是:当初任职期间为什么没有及时报告可能落后的危险,或者无论从哪个角度都发现不了他受到过地方组织依据相应路线给予的处分——他的履历表没有任何瑕疵,这中间会不会隐藏着徇私舞弊的蛛丝马迹呢?身份不明的人已经开始严肃地,主要是伤心地意识到自己确确实实是个面目不清、身份不明、相当有害的人:他身上有一种隐蔽的有害的东西,这东西客观上显而易见,而自己却浑然不觉。于是他伤心地到会计处证明自己两个月没使用休息天了,领了加班津贴后便去找自己的朋友和同志——在大白天喝酒唱歌。身份不明的人中间有一位深深爱上了这种自由而不用担责的生活,领导给他安排新的工作,他居然一口回绝了。他悄悄说自己有暗疾,这病他自己感觉不到,但确实存在。他得到的回答是,隐瞒疾病也是一种伪装,而伪装是要判刑的。结果这位身份不明的人后来发疯了。

乌姆里谢夫摆脱身份不明的状态纯属偶然:有一天他走出机关,发现有人在挥手招呼汽车。汽车开到跟前,那人坐上车准备走了。"喂,"乌姆里谢夫说,"把我也捎上吧。""为什么?"那人莫名其妙。"因为我是联盟成员,你也是联盟成员,我们就成了同志。"坐在汽车里的那人沉思了好久,最后才说:"上来吧!"一路上那人都在沉思默想,仿佛回忆起了什么简单而有趣的事情,就像冬天里温暖的集体农庄上空飘浮的炊烟。

陌生人把乌姆里谢夫带到自己家里。身为共青团员的妻子给两人端上饭和茶,丈夫是首长,吃饱喝足后昏昏沉沉地听完了乌姆里谢夫的不幸遭遇。这时候妻子开始唠唠叨叨地数落丈夫,说他是最恶劣的机会主义者,纵容徇私舞弊,沾染了腐朽的自由主义——这种情况如果继续下去的话,她不可能再跟他生活在一起了。丈夫羞愧得低下了头,因为妻子的话句句是实情。第二天他就分派乌姆里谢夫去国营畜牧场,让他在实际工作中彻底证明自己的身份。女共青团员的丈夫顺便给剩下的所有身份不明的人分配了工作,同时将自己部门的十位公职人员送上了法庭,让他们有机会摆脱繁忙的公务进行认真的反省。当天晚上,丈夫向妻子汇报之后获得了妻子一个突击性的热吻,而这正是他梦寐以求的。

随着乌姆里谢夫一步步解释自己的生活流程,韦尔莫的心情也越来越忧伤。老人的呼吸很吃力,从他的口中吐露出年迈和怀疑的苦恼。韦尔莫那双明亮的眼睛本来遇到幸福会变得暗淡,遇到悲伤会发白,现在变得透明而空洞,仿佛不存在似的。来客参与了无产阶级激活生命的活动,为了获得我国历史高峰时期的那种快乐,他与好朋友们通过创造和建设积累了物质。他跟数十亿其他人一样,已经预感到了共同的未来,这预感让他心里充满了无穷的力量——他甚至能够感受到死亡,感受到地震、火山爆发的根本原因,可是坐在他面前的这位老人却没有给他留下任何的感觉,就好像他是个史前人物。也许正因为如此,乌姆里谢夫才热衷于看伊凡雷帝的书,因为他清楚地意识到自己生活的苦难——要知道现在的敌人全是有意识的——他深深地,尽管是纯历史地尊重鞑靼人的统治,并且理智地不想投入历史的铁流,那铁流到时候肯定会削掉他的脑袋。

黑夜渐渐失去自己的意义,慢慢结束;干打垒的窗外,白天开始生长,苍白的晨曦布满了天空:潮湿而衰竭的茫茫大地,暂时还没有任何突出之处,唯有性格各异的小动物在个别地方开始活动,发出叽叽喳喳的叫声。

韦尔莫坐得一动不动,他在窗户中看到的是世界早期的苍白,听到的是生命微露的慌张。然而,这并非是他一直竭力想弄明白却又弄不明白的未来之歌,而是寻常的千百年来一直存在的声响,这声响在早晨听来是幸福的,到最后却是冷漠而凄凉的。

乌姆里谢夫对客人失去了兴趣,重新埋头慢慢地看古书,看到某个古老的笑话的时候不由得露出微笑,看到伤心处会流下同情的眼泪,不仅如此,他还看到了作者详细描写的一件令人懊丧的事情:有一天,那是在伊凡雷帝当政时期,天上下起了细小的石头雨,这给当时的居民造成了不小的伤害。

"这就是当初的人和事。"乌姆里谢夫津津乐道地说,并开始大声朗读,"'有一天伊凡雷帝心情大好,决定在圣诞节期间在中国城①举办美食节。为此他命令大贵族谢科托夫从四面八方收罗 70 名卖热蜜水②的商人、45 名酒店老板、30 名粥店掌柜、14 名焙烤师傅以及饮食业的其他人员集中到中国城,每人或两个人负责一种食品。可是商人和手艺人并不领情,都不愿意尝试,彼此约定只喝美味的日常菜汤或者面包渣汤。'"乌姆里谢夫读到这里不再朗读下去,脸上露出满意的微笑,"现在我们一个区中心需要的餐饮人员大大超

---

① 莫斯科市中心的一处集市。
② 十九世纪中叶之前俄罗斯盛行的一种饮料。

过整个中国城,当初都是些最低纲领分子,那些鬼东西只爱面包渣汤!"

尼古拉·韦尔莫早就对这个身份不明的人感到厌烦,他站起身准备离开了,再说外面天已经大亮,可这里还点着灯。

"好了,我走了,"韦尔莫不好意思地说,"再见。"

"走吧,别去管闲事,"场长回答说,"这是古人的经验教训,他们就不去瞎掺和!……你走吧,我自己也要出发了:去收拾那些捣乱分子……"

工程师走后,乌姆里谢夫从桌子底下取出另一本书,兴致勃勃地看了起来。这本书是《十七世纪沙茨克省的大麻买卖》。他连大麻也喜欢,什么羊毛啦,粟米啦,莫尔尚斯克地区梅晓拉族[①]和莫尔多瓦族的习俗啦,河底的乌木啦,古代姑娘出嫁前的烦恼啦——这一切都会让乌姆里谢夫的心灵感到困惑和激动:他尽量要理解历史时代的奥秘和烦恼,进一步向自己证明,所有那些无尽无休的欲望和痛苦的根源就在于人们的行为像小孩那样幼稚,时时处处多管闲事,从而超越了宁静的界线。

* * *

韦尔莫走到阳光下,不慌不忙地穿过中央庭院,前往远处的放牧点。那些光脚的挤奶女工已经提着一桶桶牛奶,迈着粗壮的双腿,大步向前走去;过夜房间的门槛上坐着一位年迈的牧工,他正从

---

① 古老的芬兰-乌戈尔民族,主要生活在奥卡河沿岸。

搁在大腿上的杯子里吃东西,时不时瞅瞅那些挤奶女工、那个陌生人和远方的牧场,他要在那里待一整天并且琢磨好多事情,因为牧工在荒芜的地方没多少活可干,脑子里就会生出各种各样的想法。

与韦尔莫一起从国营畜牧场出来的还有一个年轻女人,凑巧与他同行。她挺招人喜欢,看样子还十分单纯,容易轻信别人,因为她边走边观察人,像观察物那样客观,对他既无仇恨也不亲热。而韦尔莫在她面前感到羞涩,但他的心始终处在爱的压力之下,他也许还没有体验过女人,担心被那蠢蠢欲动的欲望误导而迷失方向,不再为崇高的使命而认真保护自己。可是在暗地里,尼古拉·韦尔莫那颗受约束的心还是能够一见钟情,因为他的身体早就充满了丰沛的生命活力。他最后一次仔细打量这女人——眼前这女人真的很善良很漂亮:在炎热的草原上成熟的一头黑发快遮住眼睛了,那双明亮的眼睛闪烁着自信的存在感之光,那张小巧的嘴微微张着(由于关注旁人),露出坚实的、不用牙粉而发黑的牙齿,胸部一起一伏,幅度大却不失沉稳,时刻准备着给孩子喂奶、紧紧拥抱他们、爱他们、抚养他们长大成人。韦尔莫终于激动得鼓起了男人的勇气,他的拘束感一扫而光,用嘶哑的陌生的声音对女人说:

"活在这世界上多无聊啊!"

"怎么会无聊呢?"女人说,"我们也不快乐,可早就不无聊了……"

工程师停下脚步,同路的女人也不再往前走。他再次死死地仔细打量她——从头到脚,上上下下,因为人的躯体容纳了他的本质。这女人的那双眼睛现在既明亮又谨慎,她背后是明亮而空旷的荒无人烟的世界,这世界的全部品质如今都保存在这位个子不高的黑发女人身上。女人默默地站在同路的同志面前,不明白他要干什么,或者是故意吊他的胃口。

"无聊是因为我们的感情无法实现,"韦尔莫闷声闷气地说,他周围是阳光明媚、炊烟袅袅、浩渺无际的空间,"你看着别人的脸,即使是陌生人的,你不由得会想:'同志,让我亲吻你一下。'可他却背过脸去,说阶级斗争还没有结束,富农妨碍我们的嘴唇接触……"

"他决不会不理睬的。"女人回答说。

"您呢,比方说?"韦尔莫说。

"我就是,比方说。"来自国营畜牧场的女人说。

韦尔莫一把搂住她,久久地把她贴在自己胸前。这时候他感到温暖,听到身体运行的轰鸣,尽力说服自己坚信他想象中的世界与现实十分相似,生活的痛苦微不足道。韦尔莫对眼前的一切渐渐有了清醒谨慎的意识,近距离看了看女人的脸,她闭上眼睛,他吻了吻她的嘴。接着,韦尔莫又一次证实了自己所处状态的真实性,稍稍使劲抱了抱她,已经打算退到一边去保存获得的幸福,这时候女人主动搂住他又亲吻了一次。

"已经在捣乱了?"一个受了委屈、被人遗忘的声音从旁边冒了出来。

刚才两人只顾互相凝望的时候,第三者骑着马过来了——乌姆里谢夫看到草原上接吻的景象早就哈哈大笑了。

"我很喜欢她!"韦尔莫回答说,乌姆里谢夫那张脸又让他感到无聊。

"喜欢归喜欢,你可别瞎掺和!"乌姆里谢夫劝道,"你喜欢,可你得走一边去,那样你的目标就会实现,你好好想一想……"

"你走吧,乌姆里谢夫,"女人说,"放牧点上一名挤奶女工上吊死了,我要去跟你算账!"

"行啊,你来吧,"乌姆里谢夫爽快地答应,"不过,我不会跟着女人一起发神经。"

"那我就把你拽过来,让你脱不了身。"女人很有把握地说。

"我绝不参与,女人!"乌姆里谢夫说,"我在党内五年没受任何处分——就因为不掺和异己的事情和异己的思想——还要清清白白再待二十年,一直到共产主义。你就放心吧,博斯塔洛耶娃·娜杰日达!"

乌姆里谢夫立刻离开了,而那女人,娜杰日达·博斯塔洛耶娃,还站了一会儿,她想的不再是亲近的同志,而是死去的挤奶女工,可是她的眼睛里依然是跟韦尔莫亲热时的那种目光。

前往放牧点的途中,工程师得知同行的女友是放牧点的党支部书记,她在这里很艰难,有时候备受折磨,往往感到害怕,可是现在她不可能在我们这个艰难而幸福的国家过上轻松的生活。

博斯塔洛耶娃是第一次到这个放牧点,此前她在另一个放牧点工作,现在这里太艰难太复杂——这放牧点的原任书记丧失了信心,于是党委派娜杰日达·博斯塔洛耶娃到这个名为"父母家园"的放牧点来彻底打垮现行的阶级敌人,把他们送进棺材。

* * *

"父母家园"放牧点坐落在大约一千年前就已经断流的古河道上。两间土坯房便是牧民们冬季里遮风挡雪的地方,而草原上那些掏空了的大南瓜则是他们夏天避雨的去处。

根据目力所及的自然风光判断,这放牧点的位置选择得理智而恰当:方圆数十俄里①的土地平坦而稳定,似乎沉睡了千百年,面对冬天的严寒和所有吹得不见人影的狂风毫无设防,任凭它们恣意肆虐。只有一处的土地呈低陷状,狂风暴雨到了这里会略有收敛——这是可怜的古河道留下的痕迹,如今那条河早被干热风吹得不见影子,连最后一眼奄奄一息的泉水也被抽水机彻底抽干,永远消失了。不过,在放牧点的院子里像纪念品那样还保存着几处沙土,沙土里种了尖叶柳和五蕊柳的柳条,柳条和野生的牛蒡之间就放置了那些供人睡觉的空心大南瓜。

放牧点中央有一口木架井,雇佣的两个女工不停地用手工的方式从大地深处取水,再装进水桶送给人和牲口饮用。

"父母家园"登记在册的奶牛有4 000头,不包括公牛、马、犍牛,以及兔子、羊、鸡之类的小家禽。单单这个放牧点足以构成一个大型国营畜牧场,可以给无产阶级源源不断地提供肉食品。

韦尔莫和博斯塔洛耶娃刚到放牧点,乌姆里谢夫已经在那里统治上了,他正在检查迎面碰到的所有经济环节。乌姆里谢夫的左右,有两个人在忙前忙后——一个是放牧点主任、畜牧技术员维索科夫斯基,另一个是放牧点行政主管阿法纳西·博热夫。

"你们应该像我的两个局部那样行动,"乌姆里谢夫边走边吩咐他们,"没有指示千万不能乱说乱动。"

"这一点我们明白,阿德里安·菲利波维奇:形势不稳!"博热

---

① 俄国长度单位,1俄里约合1.06公里。

夫心甘情愿地，甚至怀着幸福感回答说，他那纯洁而诚实的脸上堆满了笑容，两只善良的眼睛露出明亮的草原色。

维索科夫斯基没说话。他喜欢牲口，早就打算到种畜领域工作，为牲口培育后代，而不是为了宰杀；他很瘦，也许是因为主要喝牛奶、吃河鱼和粥，很少吃牛肉；他精通自己这门行当——任何一头牲口身上他看到的不仅是重量和出肉率，同时还有主观情绪。因此，他在畜牧场很受欢迎，工资也很高。他没有亲人，这些钱就花到他喜爱的动物身上，譬如说，他找来毛线，亲自给兔子织过冬的袜子，给牛吃咸味油炸饼，搭建玻璃暖房，在暖房里培育供牛犊吃的新鲜草料，因为发育阶段的牛犊喝牛奶已经喝腻了——出于对事业的爱，维索科夫斯基还做了许多别的事情。

这时候乌姆里谢夫正在点上到处做指示。走进面包房，他尝尝各种面包，对身边的下属说："要烤出更加美味的面包。"大家都表示同意。走出面包房，他突然想起了什么，指示博热夫和维索科夫斯基："要认真过细地考虑所有的形式和缺点。"博热夫立即把这句话记在自己的小本上。看到有人在旁边走过，乌姆里谢夫就说："要加强劳动纪律。"这时候有什么东西妨碍了乌姆里谢夫继续走路，他停下脚步，指着地上说："把人行小道上的草拔掉，要不绊脚，也妨碍集中注意力。"博热夫刚弯下腰去拔草，乌姆里谢夫制止他："你别马上插手，你应该先记下来，再好好研究研究——我说的是原则，不仅仅指这一棵草，是说世界上所有的草。"博热夫赶紧记下。维索科夫斯基在一旁走着，什么也不说，什么也不做。过了不一会儿，一只兔子跑到了路上，因为突然受了惊吓，兔子都不会奔跑了，两只后脚作直立状，脸直接对着人。

"好动物!"乌姆里谢夫夸奖兔子。

"是啊,没说的,挺可爱,阿德里安·菲利波维奇!"博热夫附和说。

不远处出现了一头猪。它走到乌姆里谢夫跟前,围着他摇了摇尾巴,这博得了乌姆里谢夫的好感,于是他把这牲口夸奖了一番。

可是,一进维索科夫斯基的办公室,乌姆里谢夫马上火冒三丈。确实,办公室脏得一塌糊涂,到处都有大牲畜的足迹和遗留物,就好像有几头公牛挤进门来办过公事;文件压在装病牛尿液的瓶子下面;墙上没有装饰,挂满了各种总结资料;桌子旁的椅子上坐着一只小猪崽,就像一位来访的客人。

"这可是叛国罪啊!"乌姆里谢夫在办公室惊叹道,"您把我们领导的威望彻底破坏了!"他大声斥责维索科夫斯基,"连牲口都不尊重您,可您还想领导所有员工!为了这肮脏的办公室应该把您开除,还要记上一笔!"

"轻一点,首长,"维索科夫斯基请求说,"请您小声说话,我能听见。"

"您的脑袋该用水汽凝结体浇一浇,"乌姆里谢夫说,声音放轻了点,"让您清醒清醒。"

"水汽凝结体——就是雨水,乌姆里谢夫同志。"维索科夫斯基告诉他。

"我指的是伊凡雷帝时期的那场雨,"乌姆里谢夫解释道,"石头雨,历史雨!"

接下来,乌姆里谢夫吩咐博热夫把点上的铁匠凯末尔、又聋又哑的记账员季什金、工会全权代表菲杰拉托芙娜老太太叫过来,也把博斯塔洛耶娃以及不知怎么冒出来的工程师音乐家一起叫过来。乌姆里谢夫有时候喜欢像召集亲戚那样把下属人员集中起来谈心,也不指定什么议题。

* * *

博斯塔洛耶娃走进自己的住所,韦尔莫在门口停住了。这是一间临时的集体宿舍,用土坯垒的,上面铺了一层草皮加固。

土屋的右半边,睡着劳累了一天的挤奶女工和养犊女工;在左半边打呼噜的是放牧工、担水工、挖井工、配种员、兽医专业的大学生以及其他职业的人。有几个人坐在泥地上在给远方的同志写信或在看书,有的正手撑着脑袋一边思考一边设计图纸。

就在宿舍的前室里,在一张供小组活动的大桌子上,躺着一个死人。死人身上盖着红色的毯子,一个矮小的老太稍稍掀起死人头部的一角毯子,用手抚摸着死者冰凉的脸。

"这是艾娜吗?"博斯塔洛耶娃问小个子老太。

"还会是别人吗!"小圆桶状的老太气呼呼地回答,说完就转过那盘子似的扁平脸。

韦尔莫走到死者跟前仔细观察。皮肤黝黑的姑娘,大约是吉尔吉斯人,仰面躺着,脸色衰老忧郁,由于极度虚弱而张着嘴巴。博斯塔洛耶娃掀起死者身上的毯子,开始摸索艾娜的身体,似乎要寻找死神的痕迹和人类死亡的神秘之处。工程师也低着头在观察死者,他发现那充满女性温柔、储备着母爱的身体已经浮肿,任劳任怨的双手无力地摊在腹部。韦尔莫仔细查看那件一般是发给突击队员穿的衬衫,闻到了一股尚未消失的汗味,以及如今已经中断的艰难生活留下的种种气息。哪里都没有发现死亡的原因。

博斯塔洛耶娃翻开艾娜喉咙口的衬衫领子,大家看到脖子周围有一圈黑色的淤血——那是用绳子勒住喉管勒死这姑娘的痕迹。

这时候阿法纳西·博热夫来了,他通知博斯塔洛耶娃和工程师去开会。

"千千万万的人都白白死了,"博热夫说,"你们干吗在这儿为了一个人感到可惜!世界上留下的活人还少吗!……假如腐朽的自由主义在你们身上那么强烈,你们就可怜可怜我吧!"

"用不着可怜所有的人,"老太说,"许多人该杀……"

年迈的女工说完就伤心地转过脸去。大家不明白她的意思,谁也没说话,后来都出去开会了。

博热夫带着博斯塔洛耶娃和韦尔莫走进会场,乌姆里谢夫早就在那儿做大报告了,尽管他自己也不明白说的是什么,只感到特别舒服。他给在场的人们描绘各种美妙的前景,譬如说,要把点上的工作组织起来,人人都要始终保持沉默,只能按照规定的秩序老老实实做自己那一小块事情,千万别管什么闲事。

"应该为每一位劳动者提供一个小小的劳动领域,作为他的私有财产,让他在那儿不停地折腾,永远感到幸福。"乌姆里谢夫滔滔不绝地发挥自己的种种设想,"比如说,一个人负责打扫牛栏,另一个负责修理草原上的木架井,第三个就只负责尝牛奶——哪些酸了,哪些没酸——每人按照计划做自己的事情,用不着再去管闲事了。我认为,这样的安排可以让我和所有领导人员保持清醒的头脑,摆脱种种具体的事务,眼前的那些事务到时候会自行消失的。是时候了,同志们,不是靠手忙脚乱,而是用千百万人的关心去建成社会主义。"

会场一片沉默。菲杰拉托芙娜老人用褐色的手臂撑着脑袋,她已经感到不耐烦了。她知道自己该怎么想,她心目中乌姆里谢夫是个卑劣的家伙。

"这是怎么回事?"博斯塔洛耶娃问,"我们在讨论什么问题?什么议题?"

"我什么也不明白,"维索科夫斯基恨恨地说,"您去问场长同志吧,他应该知道。"

维索科夫斯基鄙视乌姆里谢夫的同时,已经开始把这种感觉大大扩展,也许已经针对苏联畜牧业的所有领导人了。博斯塔洛耶娃心里明白。

"请大家继续听我说,"乌姆里谢夫说,"我研究了古代和苏联的报刊,还有各种问题没有解决。挖土工春天生孩子,伐木工的孩子夏天出生,管理员秋天生孩子,驾驶员冬天生孩子,装配女工三月份生孩子,可挤奶女工三月份才怀上。太晚了,太晚了,亲爱的女同志们,夏天怀孕可热得受不了!……"

"你瞎操什么心啊,老弟。什么天气热啦,什么身体难受啦,"老太生气了,"我们都受得了!"

乌姆里谢夫这时候才把目光转向那位老太,他那忧心忡忡的脸一下子变得亲切宽容了。

"老——婆——子!"他的口气充满同情。

"老——头——子!"老太答得同样亲切。

"怎么,你还存在?"

"我还能做什么呢,老弟?"老太具体地解释道,"习惯了,就这么活着。"

"你还好吗? 活得奇怪吗?"

"我还好……我只怕武装干涉,别的倒也没什么……晚上睡不着觉,整个共和国都在敲敲打打搞建设,你能睡得着吗!"

乌姆里谢夫听到这里觉得奇怪了:

"武装干涉?! 你知道这概念? 你干吗要去钻这些字眼呀……"

"我明白,老弟。我什么都明白——我是有文化的人。"

"你就是库兹米尼什娜吧?"乌姆里谢夫猜测。

"不是的,老弟,"老太回答说,"我是菲杰拉托芙娜。以前是库兹米尼什娜①。"

"这么说来,你只在形式上是有文化的人?"乌姆里谢夫有点怀疑。

"不,老弟,我是有良心的文化人。"菲杰拉托芙娜说。

乌姆里谢夫站起来,内心受到震动。

"让我来亲吻你! 我温柔的、有学问的老太!"乌姆里谢夫说着亲吻了菲杰拉托芙娜好几次,"你以前从来不管闲事,到老了才开始像战士那样去反对所有的自然现象!"

"也反对阶级敌人,老弟!"菲杰拉托芙娜纠正说,"反对你,反对博热夫·阿法纳西以及到这里来的其他人……我可什么都看得见,

---

① 俄罗斯人认为,父名为库兹米尼什娜的女人往往精力充沛,易冲动,爱热闹,多幻想。

什么都要管,我要妨碍这里的所有人!……"

"说吧,奶奶,"博斯塔洛耶娃兴奋地请求道,"我们今天没规定议题,可实际情况你都知道!"

"哪里的话,实际情况我不知道!"菲杰拉托芙娜慢吞吞地说,"我爱整个共和国,白天黑夜都在走着摸索,哪儿有什么哪儿缺什么……假如没有我,那些单干的庄稼汉早就用自己那些下流的奶牛把我们的换走了,大家都蒙在鼓里,即使有人知道了也装聋作哑,他会顾怜咱们的联邦共和国吗?!他只顾怜他自己!"

博斯塔洛耶娃此刻正看着尼古拉·韦尔莫。工程师的脸色越来越苍白,眉头皱得越来越紧——他正在跟自己的绝望做斗争,他觉得生活太无聊了,人们不可能克服自己可怜的狂妄去创造未来的时代。博热夫开始大发议论的时候——他语气诚恳,脸上的表情坦率而真诚,亲切的目光中闪烁着无产阶级的亮光——韦尔莫听他的声音听得入迷了,感到十分满意,可是后来听出了博热夫的狡猾,于是转过身哭了起来。离他很近的菲杰拉托芙娜走到工程师身边,用干枯的手掌替他擦去眼泪。

"你别哭了,"老太说,"难道资本主义已经来了吗?灵魂在跟苏维埃政权告别。咱们干掉他们,擦干眼泪。"

会场很尴尬。只有博斯塔洛耶娃一个人露出微笑,她想知道乌姆里谢夫和博热夫将怎样认错,菲杰拉托芙娜奶奶指责他们是毫无根据的,令她不满意的也许不是阶级的实际情况,而仅仅是因为自己老了。

博热夫恨得咬牙切齿:他立即明白自己由于害怕从老太缺牙漏风的嘴里发出的指控而犯了一个多么痛苦的错误,因为没有人了解这里的实际情况。乌姆里谢夫只是在默默地想心事："一辈子都在学习不管闲事,现在倒好,掺和进去忏悔了——结果彻底完蛋了!是谁下了命令要你去管闲事——请问是谁?本来应该默默地过你的穷日子,就像其他20亿人那样!"

博热夫笑着建议大家讨论眼前的事情,因为菲杰拉托芙娜奶奶十分清楚,他和乌姆里谢夫唯一的愿望是要让劳苦功高的畜牧场老奶奶开心,而不是跟她抬杠。这是明摆着的——要尊重菲杰拉托芙娜的资历,而绝不是为了某种严肃的思想。乌姆里谢夫垂头丧气地说,他早就不可能犯错误了,要犯战役性错误就得到处插手,可他早就什么事都不管了,尤其是不碰涉及世界观的问题。

"同志们,我们坐在这里讨论,可是夜晚已经来临了,"乌姆里谢夫总结道,"请大家看一看,这不是够好的吗。再看一看这位苏维埃老人(他指着菲杰拉托芙娜),这不是资本主义的夜晚在北方与社会主义的朝霞融合在一起了吗?难道不应该为我们的菲杰拉托芙娜,这位代表整个未来的善良阿姨、代表整个过去的岳母,说句好话吗?让她在晚年空欢喜一场吧!"

这时候,菲杰拉托芙娜一把揪住了乌姆里谢夫的胡子,乌姆里谢夫叫都没有叫一声,他决定忍受这一切,就像忍受廉价的痛苦一样,而博热夫赶紧抱住老人——一方面是为了安慰,另一方面是为了保护乌姆里谢夫。菲杰拉托芙娜转身扇了博热夫一巴掌,博热夫连生气都不敢。当天夜里,博热夫仔细衡量了时代之后,砸烂了所有供人宿夜的南瓜,以此来改善自己的政治地位,并减轻当前的生活困难。

*　　*　　*

　　第二天,两名轮休的牧工给挤奶工艾娜抬棺材。跟在棺材后面的是她的朋友——前来护送遗体的工会全权代表,尽管艾娜没交工会会费。在场的还有铁匠凯末尔,某种不确定的力量使他一直在唉声叹气。乌姆里谢夫和博热夫跟在后面,再后面是娜杰日达·博斯塔洛耶娃,她挽着艾娜年幼的弟弟梅梅达,与大家保持着一定距离。韦尔莫走在棺材前面。一位牧民有架可变音的手风琴,为了让音乐护送死者,他把手风琴给了韦尔莫。

　　离墓地还很远——大约两俄里。铁匠凯末尔是艾娜的朋友,为了让姑娘完整地躺着的时间长一些,他选了一处干燥的沙地做埋葬地,在那儿挖了个墓穴。

　　走了一段路之后,尼古拉·韦尔莫凭听力演奏了贝多芬的《热情》①。演奏的过程中,他感受到了欢乐和胜利,为了自己背后那个无依无靠的死者,他想向全世界报仇。生命的本质,无情而温柔的本质,在乐曲声中跌宕起伏,因为它还没有在现实中达到自己的目的。韦尔莫意识到这神秘而紧张的本质就是布尔什维克主义,因此一路上感到十分幸福。现在演奏的乐曲不仅体现为艺术,在这个放牧点上——这乐曲是由来自地球上各个无望的空间的穷人们的劳动演奏的。

　　太阳从空洞洞的天上照耀着大地和行进中的人们,白色的沙尘

---

① 即《F 小调第 23 号钢琴奏鸣曲,作品第 57 号"热情"》。

在高空中飞扬,似旋风,从地面听不见,阳光到达地球表面的时候变得模糊疲惫,仿佛透过牛奶似的。炎热和苦闷笼罩在咸海和里海之间的这片草原上。出来吃草的奶牛,面对大自然如此忧愁的活动,也感到绝望,它们的头脑中会产生难以名状的谵妄。有本领把事实一下子转变成自己内心感觉的韦尔莫想,应该尽快改造世界,因为连动物都快发疯了。郁闷的韦尔莫问博斯塔洛耶娃,他演奏的时候她有什么感受。

"我觉得是在打一场大仗——我们跟富农阶级搏斗,音乐站在我们一边!"博斯塔洛耶娃回答说。

接着,韦尔莫演奏自己的作品,作品的内容就是希望杀死地球上最后一个坏蛋的那一天早日到来。韦尔莫始终希望的不是人类有快乐的命运——他并没有竭力去表现它,而是杀死从事创造和劳动的人的所有敌人啊。

因此,他的乐曲非常简单,令人痛苦,就表达能力而言,近似于说气话。韦尔莫有一支乐曲就是这样的,把棺材抬到草原上的墓地的时候,他演奏的就是这首乐曲。乌姆里谢夫和博热夫不懂韦尔莫的乐曲,他们以为这些声音带有悲伤的意味,因此出于礼貌,流了几滴眼泪。

菲杰拉托芙娜已经坐在敞开的墓穴边上,眼睛看着大地深处。她不怕死,她只是觉得奇怪——一旦她死了,那她那股积极的力量会去哪里呢,到时候谁还会去为国营畜牧场的事儿操心呢。

"你怎么不哭啊?"她问博热夫,"瞧你,上上下下都是干的!"

"是风把眼泪吹干了,马芙拉·菲杰拉托芙娜。"博热夫解释道。

"风?"菲杰拉托芙娜表示惊讶,"那你转个身,背着风哭吧!……"

博热夫背过身,使劲又哭了几声,边哭边用手从额头往下撸。菲杰拉托芙娜等了一会儿,走到他跟前,伸手摸了摸他的脸,用舌头舔了舔博热夫的泪水,说:

"难道这是眼泪吗?没有咸味儿!你把额头上的汗水弄到眼睛里冒充眼泪——亏你想得出来,你这富农坯子!"

"是真的,是眼泪,马芙拉·菲杰拉托芙娜,"博热夫发誓说,"你的舌头失灵了。"

"是我的舌头不灵了吗?"菲杰拉托芙娜不依不饶,"假如我能舔出味道,那我就不再相信自己的舌头了,我只相信自己的脑袋,只相信布尔什维克党!……"

这时候艾娜的遗体已经放在墓穴的边上。前来送葬的人们围着死者,看着她的脸,那脸已经遭到死神的腐朽之力的破坏,显得衰老了,就像菲杰拉托芙娜的脸一样。

"永别了,闺女!"菲杰拉托芙娜说着俯身吻了吻艾娜,很显然,由于虚弱、操劳和对现行的活着的敌人的仇恨,老人的身体已经疲惫不堪。

娜杰日达·博斯塔洛耶娃深情地吻了吉尔吉斯姑娘好几次,乌姆里谢夫仅仅用手轻轻触摸了她的额头,说:"何必要伤心或者惊讶,死神始终存在于历史的当下事件中!"

韦尔莫倒数第二个与艾娜告别。亲吻死者的时候他在想,假如她现在还活着,他可能娶她。阿法纳西·博热夫最后一个跪倒在艾娜面前,真诚地放声大哭。

"他这是因为害怕才装出来的,他不伤心!"菲杰拉托芙娜给博热夫的痛苦下定论。

但博热夫抬起头时,大家都看到了他脸上不加掩饰的悲伤。铁匠凯末尔下到墓穴里,接过棺材。凯末尔扶正棺材,钉上棺材盖,将死者与她的敌人和同志,与作为姑娘和共青团员的艾娜所渴望的整个未来的生活,永远分离开了。

艾娜的弟弟梅梅特没有为姐姐的死而伤心,他觉得姐姐变得很可怕很陌生。他走到博热夫跟前,对他说:

"叔叔,你的绳子还留在她身上。肚皮上围了一圈。你还是拿走吧。"

凯末尔立即打开棺材,给死者解下了腰带。这是一根搓好的细绳子,一般作鞭子使用。凯末尔马上把绳子交给博热夫,再次盖上了棺材。

"她很疼,可你还打她!"梅梅特平静地对博热夫说,眼睛看着那根绳子,"她一下子死了,可你和绳子留下了!"

* * *

"父母家园"放牧点上来了很多人。一位来自莫斯科的畜牧联合体管委会委员,和另一位瘦瘦的、来自附近那个区的党委书记开始对整个国营畜牧场进行所谓的深入调查。乌姆里谢夫作为领导向上级汇报,他竭力用自己的种种解释将大家带入死胡同。

"你们畜牧场有没有宣传'别插手!'这个口号?"区委书记问乌姆里谢夫。

"当然宣传过。"乌姆里谢夫很爽快地回答。问题越危险,乌姆里谢夫回答得越友好越详细。"您瞧,博热夫就把手插到艾娜身上了——既害死了她,自己也完了。这个口号,亲爱的同志,这口号从伊凡雷帝开始就在全世界流行,伊凡雷帝可是个深刻的人,你去看看历史资料!你想看的话,我可以为你提供书目。"

"我不想看,"书记说,"请您汇报另一件事:国营畜牧场每天损失多少牛奶?周围的富农和单干户从你们的奶牛身上挤走了多少牛奶?您能回答吗?"

"当然可以!"乌姆里谢夫说,"我们的菲杰拉托芙娜老太到处插手,她告诉我,大约1 000桶。要是她不插手的话,事情也不会传到您耳朵里,也不会产生这样的问题。"

"好的,"书记一边平静地回答,一边默默地与自己的心做斗争,"国营畜牧场有多少头良种母牛被富农换成了非良种牛?肯定是与博热夫合谋的!"

"这个问题我没有干涉。"乌姆里谢夫回答得很干脆,"我奉行的是深刻的战术和相当原则的政策。也就是说,富农也好,贫农也罢,不管什么人,就让他们用自己那几头牲口换我们的好了。富农要消灭,贫农要加入集体农庄——所有国营农庄的人早晚都要进入公有化部门。这就会体现出国营农场对集体农庄这辆挂车具有良好的、经济的、主导性的影响!现在你懂了吗?"

"您是个无耻的傻瓜,"书记强忍着痛苦轻声说,他的脸色越来越苍白,"富农会杀死我们的良种牛,而您的非良种牛只会给我们带来损失和传染病。"

"什么是你们的牲口,什么是我的牲口?"乌姆里谢夫问,"我的私有财产只是思想,并非奶牛,我随身带着党证!老弟啊,你可别把手伸得太长!"

"您说得对,"书记说,"您随身带着党证。可是我错了,竟让混蛋带着党证。"

乌姆里谢夫一听立即跳了起来,他想尽量勇敢地发火,可是由于神经性恐惧,他突然连续打了两次嗝,接着就停不下来了。

"我……这是……书看得太多了。我……这是……历史性地打算……你看着我,就像看……"

"就像看打嗝的机会主义分子。"书记说。

"就算……是吧。"乌姆里谢夫打着嗝表示同意。

"就像看杀害吉尔吉斯姑娘的第二凶手,就像看富农坏蛋!"

这时候乌姆里谢夫忘了连续打嗝,彻底摆脱了打嗝。

区委书记把目光移向土屋的一扇小窗,不知为什么想起了玻璃窗外明亮的夏日。他想象阳光灿烂的世界是多么美好,而这美景是通过尖锐的矛盾,通过物质痛苦的震动,在盲目的斗争中艰难获得的,对于整个疲惫的保守势力而言,唯一的希望便是通过人类意识的真理,即通过布尔什维克主义,打开未来的道路,因为布尔什维克主义走在整个痛苦的大自然前面,因此比谁都接近它的欢乐。伤心的紧张状态在世界上不会长久。区委书记后来想起了娜杰日达·博斯塔洛耶娃。她那神秘的黑发、细巧的嘴巴以及始终洋溢着迫不及待的真诚感情的眼睛给书记造成了一种奇怪而轻率的信念:这个女人仅仅凭着自己的存在就证明了党的路线的正确性,博斯塔洛耶娃的整个脑袋、躯体和一举一动都符合共产主义并且保证尽快实现共产主义的必要性。最好让博斯塔洛耶娃在富农或者小资产阶级的胜利中牺牲。布尔什维克主义教会了书记要无情地瓦解现实,于是他不再关注博斯塔洛耶娃,自言自语道:

"我大概主观上在爱博斯塔洛耶娃,在给她穿意识形态的婚纱……我耽误了,早就该任命她当放牧点的领导,让她在行动中表现自己,我会更加爱她,或者彻底不爱她……"

此刻,乌姆里谢夫恨透了一切,决定远走西伯利亚地区,到那儿当书记,创建一个地区性的不公开的机会主义王国,采用伊凡雷帝时代的罗斯或者梅晓拉民族那种形式:反正不会有什么的,至少在那遥远的地方比较太平,单靠种植大麻就能过日子,甚至不吃不喝,总比为理论伤脑筋要轻松。

"现在党怎么样?"乌姆里谢夫问,"看样子不爱我了吧?"

"那是显而易见的。"书记说完就让乌姆里谢夫去见检察官。检察官早就在放牧点的一个土台上等候他了。

"行,那我就管闲事了!"乌姆里谢夫允诺道,"党还会爱上我的!"说完他就离开了。

暮色刚开始降临,书记就已经在喝茶了,他把博斯塔洛耶娃和小男孩梅梅特叫来吃甜品。菲杰拉托芙娜不请自来,正在絮絮叨叨地批评区办公室耽误了国营畜牧场的建材配额,贷款没有及时汇兑,针对牧民的文化工作十分薄弱,自我巩固也不明显。她患有严重的心脏病,因此一边数落一边流着伤心的眼泪,她用喝茶来补充失去的力量。一想起艾娜,她再也无法沉浸在悲伤中:事情明摆着,博热夫是阶级敌人,因此她不再相信自己的预感,不再相信自己的内心,而在等待事实,犯了自由主义的错误,客观上帮助完成了凶杀。

"奶奶真傻,"梅梅特说,"老是哭,老是活着。姐姐不哭,可死了……"

"明天我就送你上托儿所,跟着富农的帮凶学会了说瞎话!"老太说。

"那儿我害怕。"孩子说。

"你害怕什么?"博斯塔洛耶娃问。

"那儿有个大胡子老头,像画儿那样挂着,"孩子说,"奶奶的新郎……"

书记和博斯塔洛耶娃明白了孩子的意思,不禁笑了起来。菲杰拉托芙娜替卡尔·马克思感到委屈,尽管书记劝慰她,说马克思知道了肯定会笑的。

"你知道你姐姐是怎么死的吗?"书记问梅梅特。

"奶奶说要怪她,"梅梅特回答,"奶奶丧失了警惕性。姐姐是阿法纳西折磨死的,不是奶奶。"

小男孩详细说了姐姐受折磨的种种事实。她原来住在很远的一处牧场的小屋里,离放牧点十俄里。博热夫经常骑了马拿着鞭子到那里去,艾娜和别的挤奶女工都不洗澡,不煮茶,活儿多,睡得少。艾娜也不在乎,她要干社会主义,她伸手到衬衫底下挠痒痒。博热夫骑着马过来,吃自己袋子里的油炸饼,把牧工带走,只留下一个牧工照看500头母牛和公牛。夜里牲口走散了,牧工睡着了,早晨故意哭了,装出害怕和伤心的样子,因为那些肥壮漂亮的母牛开始不见了,换了很瘦或者很小的牛,那些牛只吃草不长膘——一头牛只能挤四杯牛奶。配种的公牛也不见了,来了些陌生的种牛——瘦瘦的,懒懒的,国营畜牧场的母牛欺负陌生的公牛,它们也不吭声。

艾娜没睡,夜里出去放牧,在黑暗中发现来了一帮骑着马的人,他们赶来了自己的母牛公牛,赶走了国营畜牧场的牛。艾娜跟踪这些陌生人,走到草原上的几个村子就回来了。后来她就到放牧点上喊人找猎枪,她遇到了博热夫,博热夫要她回去。"想离开牲口吗,你这不安分的丫头,你撒谎,我亲自按照统计表点数。"他数完了,一头也不少。博热夫骂艾娜:"你该嫁人,你疯了,所有的牛都好好的,难道500头牛你都认得?"

"我认得出。"艾娜说完就离开牲口往放牧点跑。博热夫让她跑了一会儿,然后赶上来用皮鞭抽她,说她不好好干活,破坏了供养工人和职员的计划。

艾娜倒下了,博热夫一把抓住她,把她带了回来。博热夫很快派去了一名新的牧工,因为老的牧工带着十头母牛一头种牛不见了。新的牧工把牲口赶到很远的地方,傍晚回来的时候牲口都没有奶了。艾娜是聪明人,她发现富农和中农的妻子们把奶都挤干了。她偷偷跑到乌姆里谢夫场长那儿,乌姆里谢夫对她说:"你别去管闲事,给我好好挤奶,干吗老是疯疯癫癫的?"

艾娜没有回到牲口身边,而是去了地区党委会。路上她遇到了两名挤奶女工,她们是想逃离草原生活的一对好朋友,而艾娜是去办事的。博热夫骑着马找了她们半天,她们三人躲着他,可博热夫骑在马上发现了她们,又用皮鞭抽打艾娜,说她是富农女儿,破坏纪律,还拐走劳动力。艾娜告诉他,她是去跟拖拉机手结婚。博热夫向她要请假条,她没有请假条,又打了她一顿。另外两名挤奶工博热夫没有拦住,她们跑了,侥幸得救了,最后消失得无影无踪。博热夫一个人和艾娜留在荒无人烟的地方,这时候他一下子醒悟过来,感到后怕了。博热夫害怕自己因为鞭打穷苦女工而被判死刑,突然爱上了艾娜。他很想热烈拥抱艾娜,让他的爱进入她的心脏,让她原谅一切,答应做他的妻子。他变得善良了,跪在艾娜的破裙下,一直哭到晚上,抱她受尽折磨的脚,还跑过一个个高低起伏的沙丘。艾娜始终没有向他屈服,继续朝区里走去。博热夫重新赶上她,丢下马默默地跟在她后面,傍晚的时候,疲惫不堪的艾娜躺倒在地上,他趁机把她糟蹋了。博热夫压在她身上,艾娜扼住他的喉咙,掐得他喉咙里发出呼噜呼噜的声音,不过博热夫没有死,而梅梅特的姐姐虚弱得睡着了。第二天早上,博热夫整理好艾娜撕破的衣服,找了匹马,用自己的一段鞭绳给她系上当腰带,把她带回了放牧点,一路上真心诚意地按摩她的双肩,见人就说他很快要跟她结婚了,因为他爱上了她。艾娜变得顺从,她放了连续两天的假,洗了个澡之后,带着梅梅特在外面走了很久,一边哭一边亲吻他,对他充满了爱怜。后来,她就像对大人一样,把发生的一切都告诉了他,接着就去农庄的合作社买糖果。整整一夜她没有回来,第二天有人发现她吊死在挖井的工地上,脚下放着一袋糖果和四个月的工资。

*   *   *

博热夫被判了刑,关进了市里的监狱。有一天,他被带到院子里,让他靠在围墙上,那围墙是用十俄寸①的旧砖垒成的。博热夫还来得及仔细观察这些至今还躺在俄罗斯古堡中的旧墙砖,他伤心地摸了摸,刚转过身,就挨了枪子。博热夫只觉得一阵风猛烈地直扑胸口,却无法迎着这股力量倒下,尽管他已经死了。他只能顺着围

---

① 俄国长度单位,1俄寸等于4.4厘米。

墙瘫了下去。

至于乌姆里谢夫呢,他居然有本领让区里的某人相信:随着时间的推移,根据辩证唯物主义的规则,他能够变成自己的对立面。因此,只给了他一个严重警告的处分,就派他去集体农庄工作。到了那个离"父母家园"不远的集体农庄后,乌姆里谢夫的行动与自己的种种想法截然相反:只要冒出来什么新想法,他马上会想起自己的本性是机会主义,于是反其道而行之。乌姆里谢夫的上述反向行为一度曾取得成功,所以集体农庄的庄员们把这位原来的国营畜牧场场长选作了集体农庄主席。不过,乌姆里谢夫后来的命运尽管众人皆知,却乏善可陈了。

畜牧业托拉斯管委会委员和区党委书记临走时确定"父母家园"放牧点可以成为独立的国营畜牧场,新的场长是娜杰日达·博斯塔洛耶娃,她拥有对历史的好奇心和与之相称的清醒头脑,以及一颗年轻的毫不妥协的心。

博斯塔洛耶娃选择菲杰拉托芙娜当自己的助手,任命尼古拉·韦尔莫担任畜牧场总工程师。畜牧技术员维索科夫斯基来到博斯塔洛耶娃的小屋,谨慎地掩饰着自己的生产乐趣,礼貌地祝贺她高升。他希望,动物世界在以前几个时代已经停止的进化到了社会主义会重新恢复,所有那些可怜的、浑身长毛、如今活得稀里糊涂的生物将会获得自觉生活的命运。

"城市和乡村之间的鸿沟现在正在渐渐弥合,"维索科夫斯基说,"共产主义的自然科学也许会将地球上的植物群和动物系变成人类的近亲……人和任何别的生物之间的鸿沟理应跨越。"

"还会更加美好,"博斯塔洛耶娃允诺说,"您的最遥远的理想反正不会超越我们党的前途……活的和死的自然界之间将会架起一座永久的桥梁。"

维索科夫斯基走了,他在畜牧场的院子里抱起一头自己喜爱的小猪崽把它带回了家。

博斯塔洛耶娃仔细研究了各种计划和指示,然后把韦尔莫和菲杰拉托芙娜叫到自己办公室。

"韦尔莫,"她说,"去年'父母家园'提供了500吨肉,今年给我们下达的指标是1 000吨,而牲口的总头数只增加百分之二十,因为缺乏草场和水……"

韦尔莫露出微笑。

"我们必须完成,娜杰日达,"工程师回答,"莫斯科号召我们去创造,用正常的小市民的工作方式无法拿下这样的计划,这表示中央信任我们的能力……"

"党太爱群众了,"菲杰拉托芙娜说,"党高度珍惜群众的智慧。没有智慧我们绝对拿不下这个计划!"

"我们要提供3 000吨牛肉,"博斯塔洛耶娃说出了心里话,"我们不仅是劳动的阶级,也是创造的阶级。对吗,韦尔莫同志?"

工程师没有回答。他认为,高瞻远瞩的党正在群众中物色一个最厉害、能带领整个阶级前进的人,就像列宁在1917年十月革命前夕亲自谋划的那样。

"对啊,难道不是吗?"菲杰拉托芙娜回答说,"群众巴不得马上过上光明的新生活,什么也拦不住他们!"

韦尔莫走进长满蒿草的田野,打算考虑怎样完成这宏伟的计划,迎面吹来一股带着烧焦的禾秸味的远方的风。工程师觉得这股风他很熟悉——风没有变化,发生变化并且长高长大了的仅仅是韦尔莫的身体,可是在他身体的深处,还保留着某种微小的没变的东西——正是这微小的东西勾起了他的回忆,让他想起了这温暖的,散发着远方的炊烟味,一生中第二次从遥远的地方吹到他脸上的风。韦尔莫把注意力集中到自己身上,感觉到自己的心脏越来越充满了幸福——就像小时候身体慢慢发育,渐渐成熟,充满活力。这风第一次吹到韦尔莫的脸上是在什么时候?他转过身,朝"父母家园"望去。那儿,从一根炉子的烟囱里怯生生地飘出一股青烟——那是厨工们在生火做饭。时值夏天,成长的烦恼,盼望尚未实现的未来的烦恼,弥漫在这高低不平的世界上——这样的感觉韦尔莫从前曾经有过,在早已忘却的那一天。"父母家园"缺少一个磨面的磨坊,在韦尔莫出生长大的家乡,就有这样的磨坊。国营畜牧场还缺少一个时刻等待着你的家——没有父亲母亲,但是畜牧场有博斯塔洛耶娃、菲杰拉托芙娜、维索科夫斯基,而磨坊也可以建起来……韦尔莫想起了童年时在家乡小镇度过的那个夏日,想起了这股带来远方的陌生人生活烟火的暖风。

现在就应该在"父母家园"建一座磨坊。眼下这季节风力可以从井里汲水,到秋天和寒风肆虐的冬天,空气流动的力量可以为那些要在畜栏里待上整整半年时间挨冻掉膘的奶牛供暖。让草原上的风变成电,而电开始温暖奶牛,保存它们身上往往被寒冬吹掉的肉。将秋风的无聊的力量和唱着生命艰辛之歌的冬天的暴风雪变成热量的时代来临了,在大雪弥漫的天气也可以烙饼了。

晚上,韦尔莫告诉博斯塔洛耶娃,应该怎样不使用燃料而给国营畜牧场供暖。博斯塔洛耶娃叫来了维索科夫斯基、菲杰拉托芙娜、铁匠凯末尔以及另外两名工人。大家听取了工程师的设想。

凯末尔得出结论,风力取暖这事儿只赚不亏,他自己也曾想过借助风力让木头或者金属摩擦产生热量,只是他不懂电;不过,这事儿在技术上十分麻烦。

"我们的千瓦时够吗?"菲杰拉托芙娜问。"你计算过安培和伏特的数量吗?"老太追问工程师韦尔莫。"你懂技术,可要注意啊!……你哪儿能搞到电线啊,导线啊,以及各种各样的零件?光钉子我们申请了两年还没有批下来,石膏、石灰和板条根本就没有……"

"我上区里,上边疆区,我能搞到所有材料,我亲自出马。"博斯塔洛耶娃说,不知为什么她突然犯愁了,"维索科夫斯基,要是能给畜栏供暖,到时候我们能生产多少肉类……"

"一年四季都可以喂养牛犊,"维索科夫斯基说,"今年春天下了2 000头牛崽,现在一年四季都可以配种了——至少会下3 000头牛崽,增加1 000头。这还是根据现有存栏数的估计……"

接着,维索科夫斯基做了书面统计。他计算了增加的牛犊能提供多少商品肉,供暖后成年牛至少能提供多少肉类,统计数字为:300吨纯鲜肉,还不包括改善饲养条件后增加的牛奶和黄油数量。

"差不多有20个车皮!"博斯塔洛耶娃很兴奋,"我们一定能做到,韦尔莫同志!奶奶,你就当建筑工地的队长……奶奶,你就采用古时候的老办法,据说那时候都是大力士……"

"且慢,小丫头!"菲杰拉托芙娜生气了,"大力士只是力气大,可脑袋还不如一只小鸡那么机灵。你们别着急,听我说!……要是天上静悄悄的,不刮风,可地上列氏零下30度,摄氏零下37度,那你们怎么办?!"

菲杰拉托芙娜还没有说完,韦尔莫就想出了办法:

"奶奶,我们事先就用牛粪压成粪砖储备起来。让凯末尔做一架木头的牛粪压缩机……"

"我给他这傻瓜已经说了 12 次,"菲杰拉托芙娜说,"冬天放牧点上到处都是好东西,可牲口还是挨冻……"

"机会主义分子乌姆里谢夫不让我干,"凯末尔辩解说,"我向他报告了好几次,说我们现在应该制造一架木头的初轧机。那是什么玩意儿?奶牛在体内不仅制造牛奶和牛肉,也还制造燃料!我说你给我派两名木工和一名钳工来帮我——我就用牛粪给你造出一个顿巴斯①,我给你用牛胃提供一整套中央供暖系统……"

"谁来运转你们的压缩机?"韦尔莫问。

"两头犍牛。"凯末尔说。

"不行,用风力,"工程师不同意,"别用动物,你们该利用死的大自然。"

"我爱您,韦尔莫公民。"维索科夫斯基说。

"利用风力更好,"凯末尔表示同意,"不用取暖的时候就让风力转动压缩机。"

菲杰拉托芙娜尽管感到满意,但也不是十分满意,她要求韦尔莫从经济角度制定一个方案,再由她做全面的审查:老人对社会主义是非常吝啬和小心的,即使对忠诚的朋友也要进行不留情面的监督——由于过度的兴奋,苏维埃世界的浪费现象还少吗?

---

① 乌克兰最大的煤炭基地。

韦尔莫答应制定一个方案,菲杰拉托芙娜则去关心苏维埃的肉类生产。她已经有半年没有睡觉了,只是在天亮的时候才迷糊一会儿,她解释说,她已经老了,在帝国主义时代睡的时间够长了,已经睡足了。

傍晚的时候,老人坐上牧场的双轮马车去视察所有的牧场和在草原上吃草的所有牲口。天完全黑了之后,菲杰拉托芙娜的马车还在四处发出嘎吱嘎吱的声响——老人来来去去的马车声让那些懒散成性的牧工感到恐怖,因为在菲杰拉托芙娜与狡猾的阶级敌人斗争中练就的那种特有的不眠不休的警惕性面前,他们无法隐瞒任何东西。即使那些优秀的挤奶女工得知老人担任场长助手之后也都胆战心惊。已故的艾娜干活比谁都强——她每天能挤190升牛奶,规定的指标是每人每天125升。可老奶奶有一次在草原上三天里居然挤了700升。

"你们这些狗娘养的小富农,"菲杰拉托芙娜当时骂两个懒婆娘,"就喜欢男人摸你们的奶子,你们对牛奶子没有兴趣……"

她记得国营畜牧场的所有高产母牛,认识每一头公牛。每次经过一群吃草的牲口,老人总要下车仔细检查一遍,尤其是公牛——她从头摸到尾,甚至察看它们的下体——这些种牛的一个个生命零件是否全都完好无损。

现在,菲杰拉托芙娜那辆马车已经在远处吱嘎作响,车速也越来越快,因为老人的一只手伸到了车夫身上,还不停地从后面催赶。

这天夜里月亮升上天空的时候,牲口都不再吃草,在井边喝足了水,躺在山沟和低地里睡觉。没有被牲口吃掉的草也低下了头。它们在太阳底下经受炎热无雨的煎熬,已经精疲力竭了。就在那一刻,博斯塔洛耶娃和韦尔莫骑上马,顶着阵阵热浪,奔向地球的开阔空间……

韦尔莫陷入忘情状态,一切可以看到的与人类生存有关的东西都从眼中消失,唯独那月光洒下的朦胧的忧愁让人失去理智,尽情享受那宁静的无穷无尽的凉爽,仿佛脚下根本不存在贫瘠的大地。尼古拉·韦尔莫不善于在没有感情和思想的情况下生活,他每时每刻都受到各种各样前景的鼓舞,或者由于某种不确定的欲望而苦恼,他把注意力集中到博斯塔洛耶娃身上,迅速地跳下自己的坐骑,跃上了她的马背。他从身后紧紧搂住了女人,亲吻她浓密的头发。此刻,他在想,爱情是一种创造,就像车轮,像人,或者像某种原始的生物一样。他花了好长时间去熟悉这爱情,最后才进入它的必然性。

博斯塔洛耶娃没有反抗——她哭了。两匹马都停下脚步,愣愣地看着他们俩。

韦尔莫放开博斯塔洛耶娃,迈开脚步向前走去。博斯塔洛耶娃骑在马上慢慢前行。

"您为什么吻我的头发?"博斯塔洛耶娃问,"我好久没有洗头了……我该洗澡了,再说我很快就要去市里搞建筑材料。"

"建筑材料只给干净的人吗?"韦尔莫问。

"是的,"博斯塔洛耶娃含糊地说,"我在总基地工作的时候需要什么东西都能搞到……韦尔莫,您跟维索科夫斯基好好商量一下,给农场的学校造个预算。我们要让工人学习技术和动物学。我们的人不会挖井,不知道怎样尊重动物……"

韦尔莫想得更远:水井仅仅是老古董而已,年龄与奶牛这物种不相上下。难道我来国营畜牧场是要在地上挖几个窟窿眼吗?

半夜,工程师和场长到达最远的牧场——最富裕也是最缺水的牧场。从这儿往东,就是连绵不断的沙漠,由于乏味的炎热,那儿渺无人迹。

那些瘦弱的牲口,总数300头,就在很不安全的略微突出的地方过夜。这儿没有山沟,也没有任何的遮挡物,到处是平坦的地貌。牲口都躺在一口浅井周围。大饮水槽里睡着一头公牛,发出的鼾声盖过所有母牛。

这里的草原上长着稀稀拉拉的针茅草,而艾蒿和其他不可食用的野草却十分茂盛。韦尔莫从井里提起一只吊桶,桶里只有少量的浑浊的水,其余都是四分之一世纪留下的沉积物——泥沙。

公牛听到水桶的声响,闻到了水的味道,醒过来撑起前脚,一口气把水连同泥浆都喝了下去,旁边的几头母牛默默地舔着自己干渴的嘴巴。

"这里太糟糕了!"博斯塔洛耶娃心疼地说,"您瞧,土地就像伤口结了痂……"

思维敏捷、善于抓要害的韦尔莫心里已经有了底。

"我们可以把母水引到地面上。我们用古水在这里造一个大湖,古水就藏在离地面很深的晶体棺材里!"

博斯塔洛耶娃信任地看了看韦尔莫:她需要给这些远方的牲口增肥,此外,托拉斯计划把"父母家园"的牲口增加2 000头,可是所有的牧场,就连那些最贫瘠的,也都挤满了牲口,而远处全是寸草不生的荒漠,有了水才能长草。即使那些已经开拓的牧场也需要水——有了水,草料能增长两倍,牲口也不愁没水喝,如今半死不活的土地上将来会长满鲜活的青翠欲滴的植物。假如利用牛粪做燃料和利用风力取暖能提供 300 吨肉类和 20 000 升牛奶,那么计划中还有那 700 吨肉从哪里来?

"博斯塔洛耶娃同志,"韦尔莫说,"让我们把原始水的大湖布满整个草原,整个中亚!我们让气候变得滋润,在新水的湖畔养上几百万头牲口!我都想清楚了!"

"干吧,韦尔莫,"博斯塔洛耶娃说,"我会爱您的。"

两人依然留在水井旁,那头公牛也继续在他们身边打鼾。一名牧工走到井边。他刚才去清点牲口,少了两头母牛,这让他心疼不已。他到这里来,是想看一看这两个人是不是要来偷换母牛或者偷挤牛奶的陌生人。为了提高产奶量,他本人可是尽量不喝牛奶的。

韦尔莫兴致勃勃地告诉这位牧工,在底下,在黑暗的地底下,存有千万年的埋藏水。当初地球形成的时候,大量的水受到各种晶体的挤压,后来就处于黑暗和稳定状态,现在这过程也还在继续。物体由于化学变化也分离出大量的水,这些水就集中在石穴中,保持着原始的处女形态……

"就好像窝在草屋里嫁不出去的老姑娘,"牧工反过来给工程师解释,"你给她找一个婆家,她立马开始生孩子,一个接一个。"

韦尔莫没听他解释。他发现东方露出了最初的几缕晨曦,他在自己朦胧的意识中折磨着一个正在萌发的、初具活力的想法,这想法连他自己也不清楚,却与新的一天的朝霞有联系。不过,韦尔莫手按着睡梦中的公牛,灵机一动,又有了另一个设想:是不是要改变那些牲口自古以来的体型,培育出类似恐龙那样一天的产奶量可以达到一槽车的社会主义巨型动物?

回来的路上,韦尔莫那永不停息的大脑完全处于混沌状态,他设想自己的大脑成了一个低矮的烟雾腾腾的房间,由于斗争而遍体鳞伤的技术和自然两种辩证的本质属性还在这房间里打架。没有一种自然物体或者一种本质属性是韦尔莫没有事先一劳永逸地仔细考虑过的。因此,他和博斯塔洛耶娃已经看到了被社会主义的光辉、被神秘的夏日之光照耀的生物。那夏日之光已经沉没在蓝色的树林里,充满了一种尚未明确向往的喧闹声。

韦尔莫看着博斯塔洛耶娃具体的面容,看着其他眼下还活着的、摆脱了漫长历史的死死折磨的人们的时候,他就心疼,他准备把现存的人们的怨恨和所有损失认为是生命最幸福的状态。

* * *

韦尔莫和博斯塔洛耶娃迎着朝霞返回"父母家园"的路上,遇到了一队挖井工人。博斯塔洛耶娃吩咐挖井队长晚上去找工程师韦尔莫解决取地下水的问题。

年轻的挖井队长米列申心不在焉地伸手摸了摸骑在马背上的博斯塔洛耶娃的腿,回答说:

"场长同志。去年区代会就做出了打深水井的决议。我在会上做了汇报,我的演说向所有国营农庄和集体农庄做了无线电直播。我明白了一个事实,就是我们没有水,社会主义缺少水——我们这里只有潮气,只有泥汗……我晚上一定过来。"

博斯塔洛耶娃摘下挖井队长的帽子,摸了摸他的头发。

工程师和场长继续骑马前行,他们走的是一条鲜为人知的近路。很快,他们眼前出现了一处形状奇特的土地,他们仿佛进入了一个忘却的梦境:空间不是向广度延伸,而是往厚度扩展,到处都是巨大的凹凸不平的泥块,不禁让人觉得无聊和烦闷,尽管周围是美妙的清晨。

"必须利用地球的重量!"韦尔莫一边观察这块土地的厚度,一边暗暗打定了主意,"可以用崩塌的重力为牧工的窝棚供暖,或者用常年的降水做饭……"

一个瘦小的大胡子站在不远处的厚土上,在初升的太阳下看书。淳朴的韦尔莫断定那人钟情理论,想必他正在思考无产阶级的天体演化论,同时在目不转睛地观察太阳。博斯塔洛耶娃不禁哈哈大笑起来。

"他是乌姆里谢夫,"她说,"他现在想的是在伊凡雷帝那会儿这里的情况怎么样,是不是比现在好。"

确实,乌姆里谢夫手捧一本古书,站在那儿进行深刻思考。他漫不经心地看着明亮的大自然,心里想的却是某种鲜为人知的东西。他的脸瘦了,胡子却更加浓密了,目光中透出一种对人类社会和整个现实世界的根本问题追根究底的神情。

他对骑在马上的两人不感兴趣,跟韦尔莫简单地打了个招呼,做了必要的解释:他的农庄离这儿不远,甚至能看见做早餐的炊烟;他自己在农庄领导有方,已经彻底消除了办事无人负责的弊端,眼下只是在考虑完善核算,核算!乌姆里谢夫突然爱上了太阳迎着日历上标明的日子升起的精准时间、各种数字、表格、清单、草案和票证——他一大早正在看《通用计算学》,这是 1844 年出版的著作,作者是荷兰取暖设备推广协会主席考夫伯爵。与此同时,乌姆里谢夫不知怎么突然迷上了世界物质的本质属性，打算在这领域迈出哲学的步子。

博斯塔洛耶娃恼恨地看了韦尔莫一眼，策马飞驰而去。这女人不相信人的愚蠢，她相信人的卑劣。

韦尔莫回头看了看乌姆里谢夫，那个从历史角度看是有害而疯狂的人依然站在肥大的土地上。韦尔莫赶紧建议博斯塔洛耶娃把区里所有面目不清和供试验用的人集中到一个地方，来大规模地或者半工厂式地制造历史性的白痴，预先为未来的一代代人们树立起已经死亡的阶级的最后成员的纪念碑。反正乌姆里谢夫自己也希望作为有道德有智慧的文化人载入史册！

博斯塔洛耶娃回答说，建立有教育意义的纪念碑应该在敌人死亡之后，现在应该关心的是他们一去不返的死亡。韦尔莫俯身仔细查看博斯塔洛耶娃脸上的阶级仇恨，可是她的脸是幸福的，灰色的眼睛是开放的，犹如曙光，犹如涌动着太阳的电磁能的清晨空间。

韦尔莫感受到了博斯塔洛耶娃射出的这股力量，马上不加思考地决定将人的光用于国民经济。他想起了麦克斯韦的光的电磁理论，根据这理论，太阳、月亮和星星的光，甚至朦胧的暮色都是电磁场变化的作用，电磁波的长度很短，但是每秒钟变化的频率很高，以致人都感觉不到。韦尔莫接着又想起了今天的第一缕朝霞，光在东方发力，却遭到无边无际的黑暗的抵抗而乏力——韦尔莫当时撑着公牛却在自己黑暗的身体中失去了渐渐觉醒的白天的合理的感觉。

韦尔莫至今还不知道，天光能派什么用场。

"博斯塔洛耶娃同志，"他说，"请把手伸给我……"

博斯塔洛耶娃把自己一只因为风吹和干活而浮肿的手伸给他，

两人手拉手地走了一阵,韦尔莫握着女人的手,这样有助于思考,而不是激发情欲。他的整个身体变凉了,热量全部演变成沉思的内部力量。

很快就出台了"父母家园"的决议,从旁观者来看,这是个孤立无援的决议,特别是把"父母家园"与充满了残酷而无声无息的太阳电磁能相比较的话,更是如此了。

* * *

博斯塔洛耶娃决定在夜晚来临之前召开一次生产会议。

挖井队长米列申、畜牧技术员维索科夫斯基、工程师韦尔莫、菲杰拉托芙娜、铁匠凯末尔、五名放牧点组长(国营畜牧场由五个放牧点组成)和牧工长克利门特都提前来参加会议。克利门特作为老把式被选为会议主席。议程是整个畜牧场的改造问题,目的是要生产2 000 吨牛肉,而不是原来计划规定的 1 000 吨,其次要考虑供养新增的 2 000 头母牛和 40 头公牛的牧场问题,场部已经收到信件,说这些牲口正从离此 150 俄里的邻区徒步赶来。

晚霞一降临,博斯塔洛耶娃就结束了白天的操劳,从草原上赶来了。

克利门特一边用习以为常的眼睛看着太阳,一边对大家说,现在到了要像当家人那样去思考社会主义的时候,草原上的事情都得讲究节约、懂门道。

"我身上装了布尔什维克的弹药,"克利门特说,"可只要我往自己的事情上一开枪,总没有多大效果……你使老大的劲,到最后啥也没用——真他妈没劲！你想办法让牲口吃饱，喂之前我自己还先尝一口草，最后他们给我看统计表——牛奶产量没有达标，菜牛也都不长膘了！……中心放牧点从集体农庄抽调了四十名男女工人，按协议给了我两名助手，看上去是两个聪明的庄稼汉。结果怎么样?！他们忙忙碌碌，吹胡子瞪眼睛，卖力苦干——我在他们身上都摸到了汗——可我这点上比原来还要糟糕……我一不注意——牲口在草丛里挨饿，可又不愿吃草，原来是没给它们喝水！我那俩庄稼汉忙着搞社会主义突击竞赛，骑着犍牛飞跑，也不知道要上哪儿，你喊他们，他们就回来，你一吩咐，他们就卖力干，你去一查——什么效果也没有。这是怎么回事？哪来的这股软调皮劲？凶狠的人也算条汉子，可软不拉几的家伙，你要揍他都无从下手！……"

"我们这儿有阶级斗争。"博斯塔洛耶娃小声说。

"那还用说！"克利门特立即表示同意，"要不怎么会有这种事？"

"你这软骨头，那俩庄稼汉是从哪里来的？"菲杰拉托芙娜问，"哪个农庄给了你助手？"

"我的大妈啊，就是我们原来的主席看书的那农庄。他在那儿把男人都搞得软塌塌的，说什么大家都别发愁，因为世界上的一切都是电子，而电子是永远不会消失的，哪怕对它实行全面专政也不行。目前那里的富农都在到处打听，人人都想成为电子，可是不知道用什么办法……"

"韦尔莫，"博斯塔洛耶娃说，"请您和菲杰拉托芙娜到乌姆里谢夫的农庄去，向他解释电子是怎么回事。现在我们讨论牛圈冬季供暖问题。"

会议开始讨论，维索科夫斯基交给博斯塔洛耶娃一张纸，纸上详细描写了国营畜牧场一天的形势,牲口的健康状况,牛奶蒸馏后的出油量,顺便指出有8头母牛失踪和12头牛犊死亡。博斯塔洛耶娃耐着性子看完了这张纸。她知道,要珍惜自己的愤怒,让这愤怒够用到阶级敌人完蛋的那一天。

会议决定建造风力取暖设施,深挖土,直挖到神秘的原始海,把那里的压缩水引到地球表面,然后封闭洞口,到时候草原上就留下一片新的淡水海——为草和牲口解渴。

原始水既深又神秘,韦尔莫建议用电弧将土地烧一遍,熔化厚厚的晶体层,并像刀切面团那样轻而易举地深入进去。

吝啬社会主义钱财的菲杰拉托芙娜本来不允许做这件事,可是韦尔莫向她解释,电火深钻无疑是一件具有全世界历史意义的大事,于是老人咧着缺牙的嘴,笑着同意了,因为她贪求荣誉。接着,会议开始考虑怎样安顿新增的2 000头奶牛。韦尔莫已经想出了办法,他不会想不出种种办法,不然早就被个人生活的压力压垮了。可是凯末尔突然灵机一动,建议到附近的石灰岩矿上切割石板,用石板建牛圈。

"切割石头不应该用铁器,而要用电火,两名工人就能开采并装配1 000个畜位!"韦尔莫说得非常干脆。

"说得好!"凯末尔很高兴,马上说出了一番更加精彩的话,"连接石片我们就用电焊——就是在采石场切割石片用的那种电弧!……"

韦尔莫擦掉兴奋的泪水,站了起来。他为众人的高兴而高兴。

"你们把牛粪压缩机给忘了。"博斯塔洛耶娃提醒说。她累得眼睛都变白了,低头趴在自己手上,在睡梦中失去了意识。

她醒过来的时候已经深夜了,在自己的房间里。她立即吩咐备马去铁路,在草原的大车上睡个舒畅。

博斯塔洛耶娃决定尽快在边区中心搞到建筑材料和设备,赶在冬季到来之前建好新的牛圈,以及风力取暖机和牛粪压缩机。至于说处女海,博斯塔洛耶娃打定主意要进城里的大学上函授班,将来自己成为工程师并检查韦尔莫的方案。现在她不好意思开始这项工作,她还不懂地球的内部构造,还从来没有看到过电弧。还有一个难处:超额完成计划一到两倍,获得奖金并让牧场的全体工人同意用奖金购买电火钻探机。是什么妨碍了这件事?

国营畜牧场里有一架可变音手风琴在演奏。这是韦尔莫创造的音乐——他经常演奏自己新创作的作品,演奏完了也就忘了。

国营畜牧场居民周围是茫茫黑暗,遮住了远处那些没有自我保护能力的牲口,再往远处是集体农庄,乡村和原来的县城——数以千计的友好而心怀仇恨的人。苏维埃的奶牛眼下正躺在饮水的地方,公牛在酣睡,冷漠的牧人在给自己煮夜宵,免得睡梦中饿得发慌……仅仅十分之一的牧人是共产党员,他们尽量在白天睡觉,而且是轮流换班睡,夜里他们睁着眼睛在黑暗中来回忙碌。如果每昼夜消失八头牛,那运到顿巴斯和斯大林格勒的肉类才多少?

博斯塔洛耶娃往箱子里放了两条备用的裙子,所需建材和设备的清单,还有内衣,照了照镜子,孤零零地坐到床上。"我没有亲人!"她回想起来,"有一个姐妹,可我们忘了彼此写信!……别忘了到兽医学院——维索科夫斯基没有提醒我——了解怎样从尿液中提取精子进行人工繁殖……韦尔莫!到了社会主义我打算嫁给你,也许我还会反悔的!"

此刻,韦尔莫正在演奏想象中的未来世界奏鸣曲:由于他创作的乐曲,高尚的大地上出现了昂首阔步的生产牛奶和奶油的庞然大物——有生命的存在物,但躯体的某些零部件是金属的,可以抵御疾病和保障产量稳定。比如说,嘴是钢的,肠子几乎全部切除(防止粪便感染),乳腺必须具有完善的电磁能力。空闲的挤奶女工和工人在听韦尔莫的乐曲,听他解释乐曲的含义,大家都信以为真。

博斯塔洛耶娃叫的马车到了。她穿着旅行外套走到外面,窗户透出的灯光照得她的头发闪闪发亮。她怕离开孤零零留在黑暗中的牧场。

她叫来了菲杰拉托芙娜,吩咐她明天跟韦尔莫一起去乌姆里谢夫的农庄,该查的都查一遍,如果需要的话,向区委提出立即消灭富农残余以及把资产阶级分子、死硬分子统统赶出国营畜牧场的问题,否则就无法经营。

"我自己也会到区委去,"博斯塔洛耶娃说,"你们好好查一下乌姆里谢夫的电子。依我看,这是他新的政治口号。"

"对付乌姆里谢夫我一个人就行了,"菲杰拉托芙娜说,"我知道电子是怎么回事,我学过物理,这是一种微小的粒子,口号我能闻得出来,哪怕机会主义分子自己闭口不说我也能觉察出来。你去吧,姑娘。别忘了带手枪!"

韦尔莫很伤心。他那彼此打架的辩证的意识本质累得躺倒在他大脑的底部。

"娜杰日达·米哈伊洛夫娜,"韦尔莫说,"咱们早晨一起走的时候我发现了天空中的电磁能!我们要做一个光转换器,将太阳、月亮和星星的跳动转换成电流,它吸收的养料就是无边无际的空间,它……"

"哪怕为了人,你就别再想了,"菲杰拉托芙娜生气了,"人家要走了,他还说个没完——把她的脑袋都塞满了。你不说这些,人家姑娘也够操心的了。难道我们都不懂物理,只有你一个是大科学家!你又不是生活在只有个别的特殊人物才进行思考的资本主义!"

"再见了,韦尔莫。"博斯塔洛耶娃伸出了手,"你们先做土方工程,我去拉设备……"

说着,博斯塔洛耶娃走向黑暗,前往遥远的边区中心。

* * *

在一个即将结束的夏日早晨,"父母家园"畜牧场场长娜杰日达·米哈伊洛夫娜·博斯塔洛耶娃的马车停在村子里的区党委附近。朝阳下,形形色色的党员停留在区党委周围。许多人在睡觉,他们的眼窝呆滞无神。其他人一边说话一边看着广阔的空间,那儿留下了他们的青春和力量,现在弥漫着拖拉机喷出的煤气,新的建筑工地上的木板在闪烁,一个个工作队正在去上班——人多势众的社会主义正在代替资本主义的空虚和哀伤。

区委书记正在睡觉:他干了一通宵,躺到床上还不到两小时。博斯塔洛耶娃不想等待,径直走进书记睡觉的房间。他睁开眼,马上认出了她,他一直惦记着她,暗暗地等着她,尽管不抱一点希望。

博斯塔洛耶娃说了自己的请求。他躺着听她说完,一开始什么也没明白。他喜欢她,她是折磨人的阶级斗争中的同事,不间断工作中的同志,像书记本人一样没有任何隐蔽的个人享受的女人。

"对乌姆里谢夫农庄的情况已经有所了解,"书记答复说,"昨天我们党委已经做出决定,要检查你畜牧场周围几个农庄的情况,烧掉富农的残渣余孽。"

博斯塔洛耶娃告别了书记后离开了。区委书记站在门口久久地望着她远去的背影——他为她的离去感到可惜。他比较喜欢的人都无法经常见面:他们身在远方,埋头劳动,从友谊中消失——实现共产主义还需等待五年或十年,到那时候机械参与劳动,人被解放后可以互相恋爱。

博斯塔洛耶娃在边区城里无处落脚。所有旅店住满了列宁格勒和莫斯科的工程师和熟练工人,他们一住下就不走了。博斯塔洛耶娃进城的时候刚巧那里几乎没有住房,因为建设者们扒掉了资产阶级家庭的栖身之处,而明亮的新房尚未干透,无法住人。

博斯塔洛耶娃只能住到她要申请建材的那个单位。出来接待她的是基层工会,他把自己的房间让给她过夜,还给了她一面镜子,因为她是工会会员,又是位女性。夜间博斯塔洛耶娃打开基层工会的窗子,看到建造工厂、铺设道路和盖住房的工地上灯火辉煌,机器轰鸣,不禁心醉神迷。单位里很暗,种种文件档案无声地躺在那儿,掩盖着官僚主义、破坏活动、那些正在消失的微小阶级的梦呓,以及亢奋的英雄主义。博斯塔洛耶娃沿着单位里回声很响的走廊转了一遍,接触了文件柜里的一叠叠卷宗,开始在办公室的无聊空旷中认真地思考。

博斯塔洛耶娃在巧妙地附设在一间办公室的浴室里洗了个澡,换上干净的内衣,在基层工会的桌子上躺下睡觉,耳朵只听到从敞开的窗户传来夜间施工的轰鸣、鼎沸的人声、新婚夫妻的嬉笑、机械的吼叫、交通工具的汽笛声、红军巡逻兵交班的歌声——布尔什维克生活的所有喧闹。

她放心而幸福地睡着了,都没有听到下半夜有耗子在她身上窜来窜去。

第二天早晨,博斯塔洛耶娃前去申请木材、钉子、发电机、电线和各种金属零部件,她要用这些材料造一台将牛粪压缩成燃料砖的机器。

单位的大厅里,智力劳动的声音不绝于耳,数百名勤奋的公务员在思考怎样为上千个建设项目供应材料,不停地在计划阵地上与基层代表进行搏斗,趁劳动间歇时喝口茶。

大厅角落里坐着一位年纪轻轻但头发已经花白的负责建材调配的办事员。他神情忧郁地看着自己单位的空间里弥漫着的烟雾,却看不见满足哪怕是突击项目和专项建设所必需的最基本材料的可能性。

博斯塔洛耶娃走到他跟前。

"我需要一箱钉子。"她说。

办事员微微一笑,慈父般地告诉她:

"我的好姑娘,钉子我需要一万吨!……您从哪儿来?"

博斯塔洛耶娃坐下来,满怀希望地把自己牧场所需要的全部东西说给办事员听。

就在她一五一十提要求的时候,又有几位访客和基层公务员来找办事员。他们听着这女人提出计划外的种种要求,脸上露出不加掩饰的嘲笑。办事员本人却忧心忡忡。

"你们全区我们给了半箱钉子,您从里面抓一把吧!"办事员说,他已经习惯了建设的痛苦。

周围的人们得意地笑了。他们都是来办理计划供应的事情,他们行为的基础不是真诚,而是靠高级的组合。

"您这混蛋!"博斯塔洛耶娃骂道,"把你们的书面计划给我,我来想办法给你钉子!"

办事员先拟了一份自己当众受到侮辱的记录,然后给了她一份计划,那是他的职责。

博斯塔洛耶娃仔细看过钉子分配表后,顿时可怜起每一个建设项目,因为每一个项目申请的数量巨大,而分到的数量极少。她无法提出为了牧场得到钉子而削减哪一家的份额。她在表格的末尾看到有四吨铁丝是供重物包装研究所使用的。

博斯塔洛耶娃拿了计划表去找单位领导。对建材荒已经熟视无睹的领导坐在自己烟雾缭绕的办公室,身边围着许多前来申请建材的人。有人要让领导相信,只要给他钉子,已经开工的铁厂就会向他展示美妙前景;有人用上级部门的惩罚进行威胁,还请他抽进口香烟。领导透过自己疲倦的瞌睡状态看着空气,一边偷乐,一边暗自思忖:"你们这些鬼东西,使劲吧,耍手腕吧——我什么也不会给你们。去学习发明并找到脚底下资源的本领吧!"

发现博斯塔洛耶娃的脸不像公务员,领导立即把她叫到跟前,仔细询问她的事情。博斯塔洛耶娃建议给她半吨铁丝,她在自己的牧场用麦秸代替铁丝做成捆扎用的试用品并且寄给包装组织。

单位领导,一位上了岁数的工人,突然失去了瞌睡,眼睛清亮地上上下下打量博斯塔洛耶娃。

"你要多少——半吨?"他问。"你把四吨都拿去,你用这些东西准能办成事情……戈留诺夫!"他喊身边的秘书,"扣下包装组织的铁丝,转给'父母家园'!你把这包装组织的问题反映给工农检察院,让检察院给他们好好治一治。给这些混蛋看一看,金属是烫的。韦列夏斯内!"领导喊责任办事员,他的喉咙盖过单位里的嘈杂声,"下班后到我这里来一下,为了这些铁丝,没准我要开除你……"

博斯塔洛耶娃当天就把三吨铁丝运往牧场,剩下的一吨留在仓库;然后,傍晚时,她前往制钉厂,请求厂长替她将铁丝做成钉子。

"为什么我要给您做钉子?"厂长说,"是因为您的眼睛?"

"是的。"博斯塔洛耶娃说着用自己的平常的眼睛看了他一眼。

厂长看这女人就像看到了整个联邦共和国,他居然一句话也说不出来。不管他为共和国输送多少产品,拼死拼活将工业财务计划增长到百分之一百五十,共和国还是说供应太少,大光其火。现在站在他面前的这个女人也像共和国那样要求严格,同样缺乏丰富的资源和魅力。

"难道要为钉子而亲吻您吗!"厂长微笑道。

"可以。"博斯塔洛耶娃同意。

厂长惊讶地感觉到了完整的自我——从脚到嘴唇——是个坚硬的肉体,甚至感到了体内的所有零部件都有了知觉,而此前他只拥有身体上层的意识,至于整个躯体内有什么动静,他都觉察不到。

"您不会生气吧?"厂长问,一边警惕地观察办公室。听不到一点脚步声,电话沉默着,电风扇平稳地转着,几乎没有一点声音。

"我不生气,"博斯塔洛耶娃回答,"我已经习惯了……去年我搞到了铺屋顶的铁皮,为此不得不做了流产手术。您肯定不会是这种畜生吧……"

"不会,"厂长说着坐回原位,"您的线材在哪里?晚上我亲自去操作自动机,您等上十分钟就能得到自己的钉子……您把线材运过来。"

厂长不动声色地低下脑袋处理眼前的事务。博斯塔洛耶娃主动走过去吻了吻他。博斯塔洛耶娃离开后,厂长去厕所仔细照了照镜子——这女人有没有在他脸上留下什么,因为他老觉得自己嘴唇上有某种多余的东西。

晚上,博斯塔洛耶娃在厂里收到了钉子。厂长亲自开着电瓶车给她从车间运来了四箱钉子,还取了产品收条。博斯塔洛耶娃把钉子运到火车站,自己连夜在微弱的月光下沿着机器轰鸣、正在铺设的街道动身上路了。沿途她看到了一个个新的陌生机构的招牌:"化学镭""东方煤气""高压电局""吹风机委员会""重力基础办公室""工业设备震动研究处""全苏电器工业联合会边区分会"以及诸如此类的许多牌子。她感到高兴的是,各种神秘的、模糊而温柔的自然力量,从重力到柔和的震动,以及在无尽的黑暗中起起伏伏的电磁波,已经在布尔什维克的队伍中发挥作用。

全苏电器工业联合会边区分会的窗户亮着灯。年轻的女技术员们正在制图板上埋头工作;一位年纪轻轻、由于热火朝天的技术生活而白了头发的男工程师在用对数尺检查技术员们的数据,用一只残疾的工作手指指点图纸上的计算错误和害处。

博斯塔洛耶娃的脸紧贴着窗户玻璃,久久地看着自己的同龄人和同志。月夜在轻盈的空气中流逝,夏天的花园和草地依然在地上成长,但现在已经渺无人迹,就像一个消亡的现象,没有一个人在悠闲地散步。博斯塔洛耶娃走进全苏电器工业联合会边区分会,困惑莫解地想了想自己的命运,要求供销主任给她100马力的发电机。供销主任一句话也没有回答博斯塔洛耶娃,只是避开她看着某处——闹电荒的国家。因为缺少发电机而备受折磨的博斯塔洛耶娃走遍了这单位的一个个灼热而明亮的房间,她爱上了技术科学的深奥劳动。一名女制图员朝她甜甜地一笑,博斯塔洛耶娃马上发现了这点温情。两个女人俯身在制图板上交谈,就像两个朋友:一个惦记着被关在房间里等待母亲的孩子,另一个在想发电机。那女制图员上午在制图设计学院学习,下课后也不回家,马上赶着去上班;夜里她尽量少睡,争取多看到自己的孩子。博斯塔洛耶娃答应女制图员晚上到她房间里照看孩子,一直到孩子母亲回来。

第二天博斯塔洛耶娃真的这样做了,她在出差期间暂时搬到了这女制图员的住所。她给制图员的儿子画了几头牛,上面还有个太阳,画了聪明的老党员菲杰拉托芙娜,后来又画了一头公牛,几头母牛为饮水在打架。孤独的孩子一边看一边听这些事实,感到既实用又惊奇。母亲终于回来了,她好久不让孩子睡觉,详细告诉他漫长的一天里她干了些什么,还说她在学院里根据实物开始画一台发电机的图纸。

博斯塔洛耶娃一会儿就从制图员母亲的口中得知,这台发电机很大,早就放在教室里当制图模型了,至于这机器有多大马力,她不知道,她答应明天把技术说明书抄下来。

第二天早晨,博斯塔洛耶娃前往第一次过夜的那个单位,那里给了她一张传票,要求她当天到人民法院——她因谩骂国家公职人员是混蛋而成了被告。

一位工人法官向有关人员当面宣读博斯塔洛耶娃案件,突然做出结论:宣告被告无罪并当众感谢她节约材料的警惕性,承认原告公务员确实是混蛋并将对这个无用的家伙严加惩处。人们起初觉得莫名其妙,后来又为法官的判决而兴高采烈。原告低着脑袋,在大庭广众面前大出其丑,除非今后为工人阶级建立特殊功勋才能抬起头了。

博斯塔洛耶娃走出法庭,她像一名演员受到众人的欢呼,法官亲自向她大声告别:"再见了,请您经常过来替我们揭露这些分子!"

时值中午,炎热的夏天和五年计划的时间在缓缓流逝。博斯塔洛耶娃在边区中心停下来的时候,忧虑揪住了她的心。她贪婪地看着建筑工地上的一堆堆木板和原木,看着装载钢铁制品的一辆辆卡车,看着高压电线,不禁为自己的牧场只有广漠的大自然却没有技术和建材而心疼。博斯塔洛耶娃感到痛苦的另一个原因是,即使"父母家园"提供 2 000 吨肉类,对于在热火朝天的工地上干活的无产阶级来说数量还是太少。她必须尽快调整策略。

博斯塔洛耶娃到学院去找绘图员朋友,她看到了一台供学生绘制零部件图纸的旧发电机样品。她在这台静止的机器的标牌上看到:850 安培,110 伏特。她不知道这是强还是弱。从学院出来,她给韦尔莫写了一份电报,说机器倒是有的,但是 850 安培,是年轻干部学习制图的样品。怎么办?

夜里,工程师韦尔莫发来回电:"已发明一种更完善、更现代化的发电机结构,所有零件用木头和电线制成,涂上需要的颜色后将用包裹寄给学院。学习制图可以用木制样品机——请您用我们的木制发电机换他们的金属发电机,我们木制机的结构更合理,学制图也更方便。"

"我亲爱的韦尔莫,"博斯塔洛耶娃想,"你的未婚妻现在在哪儿？没准还是个敲着队鼓的少先队员！……"

第二天,博斯塔洛耶娃走进制图设计学院支部书记的办公室。书记彻夜未眠,脸色苍白。他听完这女人的诉求,兴奋得从椅子上站了起来。

"今天就把我们的电动机发到你们牧场,"他大声说道,浑身充满了自觉的快乐,"在你们工程师的木制样机送来之前,我们画变压器……您刚才说一台发电机能提供多少肉类？我忘了。"

"100吨或200吨。"博斯塔洛耶娃说。

她真想为这位同志做点什么好事。她喜欢让另一个人的物质来陪伴她的任何一种感情,可是书记抽象地看着她,她克制住了自己的欲望。

过了几昼夜,书记亲自做了几个包装箱,把发电机发给了"父母家园"。与此同时,他邀请她半年后再来一次,博斯塔洛耶娃只撇嘴一笑。

"到那时候,我们会负责指导你们的牧场。"书记大声宣布。

"好的。"博斯塔洛耶娃表示同意,"请你们帮助我们在牧场组织一个教育联合体。我们迫切希望取出原始海的水,到那时候我们能够繁殖几百万的牛犊,你们可以吃到我们的牛肉……但我们首先需要让放牧工成为工程师。"

"原始海！"书记一声惊叫,他自己还不知道这是怎么回事,可是感觉到是个好东西,"我们通过边区委取得指导权,马上在你们那儿成立一个技术公司！"

"我们需要电工学、水文学和畜牧科学,"博斯塔洛耶娃说,"还要加上普通教育。"

"一定给!"书记很高兴,"今天我就在支部会和全体会议上提出指导问题。你拥抱我吧。"

博斯塔洛耶娃抱住了这个瘦瘦的、由于生命中所有美好原因而渐渐干枯的躯体。

"替我给牛圈搞几个电炉,"博斯塔洛耶娃不好意思地微微一笑,继续仔细打量着书记,"再搞些零配件、隔离门,还有些零零碎碎的东西……给你一个明细表。"

"哪儿也没有电炉,"书记说着走到一边去,"再过一个月我们要去设计车间实习,两个月之后才能来指导,把明细表给我!你觉得不晚吧?"

"行,"博斯塔洛耶娃允许道,"我觉得还早了些,赶在冬天之前就行了。"

她走了。书记低下脑袋看着桌子,心里对周围的事实不再感兴趣。

"我会来指导的!"他流着悲伤的眼泪说,开始翻阅桌子上的例行公文。

博斯塔洛耶娃当天就坐马车去了林场。她产生了一个目标明确的愿望:到处给自己找人当指导,以便直接面对工人阶级的心脏并感动它。

在林场博斯塔洛耶娃住了整整十天,一直住到获取了三人领导小组对"父母家园"的好感。但是林场场长决定用某种更加突出的、超越一般同情的东西来巩固自己对国营畜牧场的好感。于是他写了一份双边指导的保证书,根据这份保证书,林场立即给牧场发送了圆木、板材、方木、边材,以及各种零零碎碎的木料,而牧场则要每月提供给林场两吨肉类作为自愿请客。

可是,将有关指导的问题提交给工人进行集体讨论的时候,博斯塔洛耶娃却声明,她同意招待工人,但林场场长不能吃肉,因为他在对待指导的问题上犯了机会主义的错误,她不愿意供养机会主义者——她可不是腐朽的自由主义分子。

参加会议的人们听到这些话后,有一半人站起来,表示不白吃场长从博斯塔洛耶娃身上硬挤出来的肉。工会主席发表演说,宣称他已经消灭了贫困和吃白食的各种事实,工人阶级从来就不需要贫困和吃白食。

场长一边听发言,一边在记事本上写好了承认自己犯了右的事务主义错误的草稿。回到家里他彻夜未眠。他透过单扇窗户望着黑魆魆的森林,听着鸟儿夜半的鸣叫,期待着寂静的大自然能平复自己的惊慌和恐惧。即便如此,他还是无法平静下来,因为这样对待大自然仅仅是一种自然哲学——是富农哲学,而不是辩证法。黎明时分,场长走出家门来到办公室,用墨水写下悔过书,签署了给"父母家园"发运木材的命令,数量是博斯塔洛耶娃所要求的一倍半。

当天傍晚,博斯塔洛耶娃又回到了边区中心。她已经在想念牧场了,担心"父母家园"会出现什么状况,有时候吓得会肚子疼。现在博斯塔洛耶娃只剩下一件操心事——订购一台制造牛粪砖的压缩机,然后返回草原。连续多天奔走于各个单位,博斯塔洛耶娃还是没有为自己找到足够的同情,能够在计划外给她制造压缩机的材料。博斯塔洛耶娃伤心地来到边区党委。接待她的是党委第三书记,一位老头,火车司机。他正在喝茶、吃家常馅饼,竭尽全力地想象这台能把牛粪变成燃料的压缩机是什么模样。

"好的,"老头做出结论,他已经想象出了这台压缩机的模样,"干吗来来回回去找我们的官僚主义折腾,你这单干的傻瓜!直接找我不就行了吗?"

老司机打电话给不明燃料研究所,吩咐他们帮助"一个姑娘"烧牛粪,让研究所晚上向他汇报执行情况。

"现在你就去这研究所,聪明人,"书记说,"他们会给你造一台压缩机……你去问工程师霍福特,他是我的助手——不是在这儿,是在火车上……你要是受了什么委屈,再来找我。"

博斯塔洛耶娃走后,书记满意了好久,老技师觉得那姑娘的脑袋里装了一百万吨新燃料。吃完家里带来的馅饼,他去找边区委第一书记,告诉他现在是时候了,该把边区范围内的动物粪便变成燃料。第一书记答应在党委会的日常事务中考虑这项任务。

党委会召开会议,把博斯塔洛耶娃和不明燃料研究所的两名热工技术员叫到会上做报告。边区党委会详细讨论了具体措施,责成研究所在两个月之内为"父母家园"制造两台试验性压缩机,然后与工程师韦尔莫和铁匠凯末尔取得联系,将博斯塔洛耶娃的牧场变成试验站。

博斯塔洛耶娃心里为自己的成就感到莫大的幸福,第二天一大早,她就离开边城回"父母家园"去迎接自己生命的将来时。

* * *

博斯塔洛耶娃出差期间,"父母家园"死了18头母牛,一头公牛的生殖器莫名其妙地被割掉，最后也死了。

除此之外，七头母牛在远方的饮水槽旁边死于动物之间的一场斗殴。当时一头公牛没能维持正常的秩序，几头老牛狂怒之下当场顶死了七头三岁母牛。

菲杰拉托芙娜因为肚子疼和腹泻躺了十天，因为没有牙齿，她只能摩擦牙龈发出吱吱的声响。

维索科夫斯基亲自调查母牛死亡的原因，发现是编外牧工或者富农帮凶给它们吃了未去皮的大颗土豆。

维索科夫斯基把尚未完全康复的菲杰拉托芙娜叫到那些死牛跟前，伤心得流下几滴眼泪，说：

"我再也没法在这样的单位干下去了！……我是一个专家，这世界上我一个亲人也没有，我在这儿培养动物，可你们的富农用土豆堵它们的气管，你们的水井都没水了……要是你们这里还有富农，水还是少得可怜，那我就离开。我爱小牛犊'五年计划'爱了两年，它身上的肉已经长到十普特，我培育的是头产肉天才，可在排队喝水的时候给踩死了！这是反革命！我要死了——要不我去告状！"

菲杰拉托芙娜不动声色地看了看维索科夫斯基，就像她平时看非党群众一样。

"这哪里是我们的富农，你这目光短浅的傻瓜！……你到远处的草原去清洗放牧点，所有牧工都已经被我抓起来了。"

"我马上出发。"维索科夫斯基擦干眼泪，顺从地同意了。

菲杰拉托芙娜还开除了韦尔莫和凯末尔，以及他们领导的利用风车挖井的团队，把他们统统关进了一间屋子，这屋子的作用韦尔莫在博斯塔洛耶娃回来之前对谁也没有透露——菲杰拉托芙娜把现有的活人全都派到了各个放牧点。

菲杰拉托芙娜坐上马车,直奔乌姆里谢夫的农场。

集体农庄里一片寂静,没有风,太阳又烈,许多烟囱冒着袅袅青烟——那是女人们在烙饼;家家户户的院子里养着肥壮的肉牛和马,母鸡在路边的炉灰里扒食,老人们按照千百年的惯例坐在土台上晒太阳,过着自己的晚年生活。一幢幢忧愁的农舍在本地的古老太阳下一动不动,就像可怜的羊群,几条空荡荡的道路从集体农庄通往周围天际线的高处,庄稼汉们吃饱了黄油薄饼,无忧无虑地在穿堂里酣睡。在集体农庄的边界上,博斯塔洛耶娃就碰到了四个农妇,她们提着瓦罐到国营畜牧场给自己被抓的牧工丈夫送热乎乎的油炸饼。不过,这几个女人显然不是特别发愁,由于吃得太饱,走路时躯体在上下抖动,她们一边走一边还大嚼舌头。

静止不动的愁苦弥漫在集体农庄发黑的草屋顶上。只有一个院子里有一头犍牛在转圈,也许是在拉水井上的辘轳,固定在它身上的绳索太长,犍牛要转很大的圈子,但又被邻居家的篱笆挡住了,因此犍牛一会儿走到街上,一会儿又消失在打谷场。晕头转向的犍牛慢吞吞拉动绞盘发出吱吱嘎嘎的声音,也只有这孤独的歌声才打破了昏昏欲睡的集体农庄午间的寂静。

菲杰拉托芙娜停下自己的马车,走进一家家农舍。始终令她愤慨的是农村不合理、非科学的生活,不讲正确利用热力理论的炉子构造,普遍的不讲卫生,以及富农阶级的阴谋诡计。

菲杰拉托芙娜访问第一家农舍,不正常的情况十分扎眼:炉子里的两罐稀饭都溢出来了,可女人手拿木勺坐在长椅上不采取任何措施。

菲杰拉托芙娜一个箭步冲过去,空手把两个瓦罐从炉子里取了出来。

"你们没有教养,全是大老粗!"菲杰拉托芙娜火冒三丈,对女主人说,"不知道液体受热会扩张吗,你这不要脸的蠢货——干吗连罐口也灌水,故意让油溢出来吗?……你加入了集体农庄,还要炝蹶子!你不先掐死身上那个闹单干的魔鬼,哪能让你学会文明……哎,你们这些反基督的家伙啊,把我们的兄弟害苦了!……你等着,我还会上你家来……我还要来检查,你是不是去上扫盲班,参不参加这里的社会活动,你这不开窍的蠢货!"

菲杰拉托芙娜伤心地走了,而那操持家务的女人一开始蒙在那里,过后就发火了。

在另一间农舍里,菲杰拉托芙娜开始喝牛奶吃奶皮,她最后吃得一点也不剩,那是国营畜牧场的产品,绝不是集体农庄的:油脂的百分比太高了,奶皮太好吃了。老人在这里一句话也没说,只是深深地叹了口气,将怨恨储藏在自己心里。

在下一个院子里,加入了集体农庄的男主人紧急跑到什么地方去了,没有见到客人,客人就坐在牛蒡上等待主人。这时候,锁着的板棚里不知是谁在痛苦地打嗝,喘不过气来,很快,从那儿传来一阵阵令人难受的与生命告别的声音。菲杰拉托芙娜走到板棚跟前,透过缝隙发现是一头备受折磨的母牛,还有两头母牛站在它身边,用舌头舔着它那已经被死亡折磨得十分疲惫的脸。这时候,庄稼汉已经飞奔回来,他一只手提着一把斧子,另一只手里拿着一张发票。他打开牛圈的门,用牙齿紧紧咬住发票,抡起斧头杀死了自己的牲口。完事后,庄稼汉用一只手伸进母牛的嘴里,从中掏出了一个特别巨大、沾满鲜血和黏液、揉软了的土豆。

这时候,有些住户已经发现了菲杰拉托芙娜的马车,那些富裕人家的孩子飞奔着挨家挨户通知说老太婆来了,要大家待着别动,让那些留下来的富农藏到井里。过了一会儿,一排炉子熄灭了,最后几个敏锐的富农钻进草丛向水井爬去,再沿着梯子藏到井里。到了井底,他们在早已准备好的固定在井壁上的凳子上坐下来抽烟。

菲杰拉托芙娜刚走出最后一个院子,马上敏锐地发现村里的气氛变了,她的五脏六腑,包括刚才吃下去的食物,立即开始沸腾起来。

于是她去找自己的朋友,老贫农库兹马·叶甫盖尼耶维奇·伊凡诺夫。伊凡诺夫已经下班,此刻正躺着在休息。

库兹马·叶甫盖尼耶维奇亲切地迎接老人,向她透露了乌姆里谢夫农庄的秘密。

"我在这里可是代表新闻电影协会,"老头说,他从旧时代就爱上了模糊不清的画面,"我啥都看得见,啥都知道……这里的情况啊,大姐,哪怕最新的理论也不中用啦!……我给你在铁锅里把茶热一下。"

热好茶,老贫农一本正经地宣布,昨天他有组织地退出了集体农庄,成了一名革命的单干户,因为乌姆里谢夫在这里创立了富农阶级。

这时候菲杰拉托芙娜一把抓住了老贫农,揪着他新长出来的几根头发往下按,用裙边抽他的屁股:

"好一个革命的单干户!好一个富农阶级!好一个新闻电影协

会！你啥都看见,啥都知道——那就别不吭声,你得行动啊,你得造反啊,你这狗娘养的老东西!……好一个理论!好一个理论不中用了!别当什么自由派,别当,别当,别当!你要卖力,要卖力,要积极,要主动,要出手,要帮忙,要出门,别窝在家里,别单干——要插手,插手,插手,打起精神,你这个祸害苏维埃政权的家伙!……"

菲杰拉托芙娜在这战斗中发泄了一通,为了不浪费开水,又把茶都喝了,然后去检查集体农庄的经济。她发现家家户户都有完整的活的或者死的家当——从马匹到犁耙,更不用说那些有益的、提供奶或毛的动物了。请问,这集体农庄什么东西实现了公有化?

菲杰拉托芙娜没找到一间集体的牛圈或者别的什么公共服务设施,尽管她把整个村子彻彻底底都摸了一遍,甚至下了地窖爬了阁楼。

揣着一肚子不明白的意见和一颗熊熊燃烧的心,菲杰拉托芙娜出现在乌姆里谢夫跟前。乌姆里谢夫原来就住在犍牛转圈拉绞盘的那间农舍里。

乌姆里谢夫坐在一个遮着窗帘的房间里,他桌子上亮着一盏带蓝色灯罩的台灯。他在看书,一边看书一边还时不时喝口冷茶。除了台灯,乌姆里谢夫的桌子上还有一台电扇,电扇不停地将一股股空气吹到他沉思的脸上,帮助思想家不间断地思考。菲杰拉托芙娜懂科学,她检查电扇的运转后发现,电扇旋转使用的是一头犍牛的力量,犍牛有人赶着,赶牛人垂头丧气地跟在犍牛后面不停地转圈。犍牛把自己的活的能量转移到引线上,沿着引线继续传递,通过传动轴到达粗的绳索,粗绳索连着细绳子,转动电扇的则是一根很结实的细线。

"你好,废物!"菲杰拉托芙娜说。

"你好,老人家!"乌姆里谢夫回答说,"你怎么满世界乱跑啊?!你最好还是太太平平地坐着,珍惜自己的脑力吧。"

"你这是什么话?……你行动中的辩证法哪里去了?怎么,你在这里养富农吗?……我什么都知道,老弟,什么都看得见!……给我闭嘴,你这死抱理论的家伙——我这就收拾你!"

"你坐下,"乌姆里谢夫说,一只手撑着疲惫不堪的脑袋,另一只手放在翻烂了的书页上,"你坐下,老人家,站着我没法说话……你看到了缺乏无个性——我领导的第一阶段。"

"你的缺乏无个性是什么意思?"菲杰拉托芙娜像年轻人那样气得浑身发抖,"你知道你那些集体农庄庄员原来都是牧民,他们正在把我们的母牛送进棺材,所有放牧点上母牛的奶都给你那些娘们偷偷挤掉了……"

"你别说了,老人家,"乌姆里谢夫制止她,"你要更强硬地领导,对劳动力要遵守阶级政策,要坚守自己的岗位。"

老人蠕动了一下嘴里的空牙龈,在仇恨的强攻下甚至一句话都说不出来。

"你看看我的成就,"乌姆里谢夫心平气静地指出,"我这儿没有讨厌的无个性:每一个户主都有一匹固定的马、自己的奶牛、自己的家具、自己的份地;集体农庄分成一个个片,每个片有一个院子和一份土地,每一个院子有一名户主,就是片长。"

"你那些户主的马是谁的?"

"是他们自己的啊,"乌姆里谢夫解释道,"我考虑到户主在感情上依恋自己原来的牲口,这样处理我是具体领导,而不是机械论者,也不是波格丹诺夫①分子。"

出于意识形态的激情,老人差点乱了方寸,但还是英明地控制住了自己。

"老弟啊,老弟,"她的声音微弱,"你的集体农庄靠什么支撑?"

"集体农庄全靠我,"乌姆里谢夫说,"就在这里。"乌姆里谢夫用手掌贴在自己的脑门上,"所有的矛盾都集中到这里,靠我思想的力量化解。集体农庄这是个哲学概念,老人家,我就是这方面的哲学家。"

"大家都是集体农庄的成员吗,老弟?"

"不,老人家,"乌姆里谢夫解释,"我不保持抽象的量,凡是抽象的东西都会变成自己的对立面。"

"给我看阶级调查表。"菲杰拉托芙娜说。

乌姆里谢夫给她看一张调查表:29 户贫困和弱势家庭没有参加集体农庄,乌姆里谢夫来之后他们退出了,而村子里总共有 44 户人家。

菲杰拉托芙娜一跃而起,正准备用自己圆滚滚的整个身体狠狠地去撞击乌姆里谢夫,这时候门口进来一个穿毡靴的陌生人。

"你好,乌姆里谢夫同志。我要跟你诉诉苦!"来人说。

"诉苦?"乌姆里谢夫很惊讶,"对辩证论者来说,圣人同志,苦恼永远会变成自己的对立面,只有唯心主义者才害怕苦恼。"

圣人当然表示同意,对他来说苦恼不是恐惧,可是去年他在合

---

① 亚历山大·波格丹诺夫(1873—1928),苏联哲学家、经济学家。斯托雷平反动时期组织反对布尔什维克的"前进派",宣扬造神说;1909 年被清除出布尔什维克。

作社腌渍的苹果太酸了,像黄瓜那样变咸了,而胡萝卜失去了甜味,发苦了。

"太好了!"乌姆里谢夫很高兴,"这就是大自然的辩证法,圣人同志,现在你就把苹果当黄瓜卖,把胡萝卜当萝卜卖!"

圣人那张宽大的、留着年龄痕迹和几场无名械斗造成的伤疤的老人脸上,掠过一丝狞笑。他怀着一种难以名状的贪婪看了老太一眼,便哈哈大笑起来,又突然吓得停止了笑,似乎感觉到了某种具体的带警告性的意识。由于他的笑声,满房间弥漫着一股浓烈的口臭,可以看出来,此人在吃上有多么厉害的劲头,而身处机体工作的隆隆声中,在消化器官和欲望的烟雾中,他又是多么的难受。

圣人气喘吁吁地坐到长凳上,尽管他不胖,但很重,浑身的骨骼以及用来感受外界的所有凹凸部分都很粗壮。他坐在那儿显得比站着的人都魁梧,尽管他只是中等个儿。他的心跳人人都能听见,他大口大口地呼气吸气,他那迷人的灰色眼睛望着大家。即使坐着,他也保持着适度的慌张,像是想要从实物中抓住什么,把能感觉到的一切都据为己有,为单干生活服务,吃下所有的肉,吞进空空的、备受煎熬的体内,拥抱并削弱有生的一切,精疲力竭,消灭一切,最后自己死去,留下一个被消耗得一点不剩、荒芜的世界。

圣人伸手从缝在短裤上的口袋里掏出粥,吃了四把,又从同一个口袋掏出一根香肠大嚼起来。他吃的时候,明显可以看到他身上的力量在积累,通红的脸部渐渐膨胀,结果他的眼中甚至出现了苦恼:他知道当地的条件太差,绝对无法满足他那准备爆炸或者由于富裕和优越而要经受万般折磨的生活。圣人的身体已经膨胀,体内发出轰隆隆的声音,他默默地咀嚼着刚才从在口袋里掏出的那个东西。

乌姆里谢夫想起了食物,想起了思想是唯物主义的事实,于是向圣人要食物。圣人喜出望外,连忙像呕吐似的,从嘴里吐出了正在咀嚼的东西,还从侧面口袋里掏出一段弯弯的烟熏过的香肠。乌姆里谢夫看也不看就接了过去,可是菲杰拉托芙娜一看到这食品,立即像年轻姑娘似的尖叫起来,羞得马上闭起眼睛:她认出了这是公牛的生殖器,是从国营畜牧场的生产者身上割下来的。

乌姆里谢夫饱览数理科学书籍,现在对什么都见怪不怪了,因为世界上的一切都由电子构成,于是一口把那香肠吃了下去。

菲杰拉托芙娜睁开眼,快速朝乌姆里谢夫扑过去,狠狠咬了他一口,不过老人没有牙齿,乌姆里谢夫不觉得疼痛,还以为老人身上燃起了剩余欲望的本性——走进棺材的前奏。笑得前仰后合、浑身发臭的圣人也被菲杰拉托芙娜咬了一口,他反而为被老人咬了感到高兴。

乌姆里谢夫桌子上的电风扇停了。从门口进来那个昏昏沉沉、神色沮丧、手拿斧子的赶牛人。他说那头犍牛一直吃得饱饱的,十分健康,近来却有点闷闷不乐,刚才突然死了,肯定是因为自己为多余人劳动而苦闷死的。

"我现在是预备党员,打算离开那一家。"赶牛人说,"奶奶,"他对菲杰拉托芙娜说,"你是国营畜牧场的,把我带走吧。"

"你怎么了,孩子?"菲杰拉托芙娜问,"你怎么事先也不发个信号——你算什么预备党员!"

"奶奶,我难受,我的心被他们搞坏了,脑子也转不动了……"

"你的心怎么会坏了呢？"

"全怪他们，"电风扇雇工说，"他们有一种科学，要打击国营畜牧场，巩固富农单干户……米什卡·瑟索耶夫牵走了牧场两头小牛，你还不知道，他把小牛卖给了合作社的圣人同志做肉馅，圣人在合作社一直用机器绞肉馅，以前他打算开一家小灌肠厂，眼下在等一场战争……米什卡·瑟索耶夫和彼契卡·戈洛杰茨原先在你牧场当牧工，他们打算偷走几头母牛。他们在草原上把它们杀了，圣人同志答应给他们一匹马，后来跟马干了一仗，把马杀了。几头牛给宰了，可没法运走，你抓住了这些牧工，把他们关进了仓库。他们现在坐在那儿大喊大叫，说没有力气了，他们的老婆用你的牛奶烙饼，面粉是自己的……"

"我没有下达打击牧场的指令！"乌姆里谢夫大声说，"我是理论家，不是实践家。我在这儿代表关心历史的个人，最近我转向精密科学，包括物理学和对无穷大物体的研究！这是阶级敌人对理论工作者的污蔑！"

圣人可怕而持续地哈哈大笑，乌姆里谢夫在深深地、纯理论地愤慨。

炎热的白天在室外不停地流逝，在古老而荒凉、被当地土壤腐朽气息覆盖的尘埃中渐渐老去，整个集体农庄就处于这雾蒙蒙的不确定的氛围中。

"这里不是已经消灭富农了吗？现在还有什么人？"菲杰拉托芙娜问，她警惕的目光盯着所有在场的人，"最根本的坏蛋藏哪儿？"

"他们就在这里，"赶牛人懒洋洋地指着乌姆里谢夫和圣人说，"他们底下是富农残余，就是从你牧场的牛肉上面刮油水的那些人。

他们18户人家一年就吃了你100头牛——骗你的还多着呢,你知道的只是一次……"

"那些贫农庄员为什么看到了也不吭声?"她问。

"我可也是贫农庄员啊,"赶牛人表示惊讶,这是他第一次思考自己的身份,"我怎么不吭声呢?我可是全说了。给你,这斧子,要不圣人同志立马会砍死你。"

圣人稍稍往前移动了一点,一把将赶牛工按倒在地,死命压他瘦弱的身体,而赶牛工用无力的双手举起斧子轻轻砸圣人的后脑勺,于是两人都倒进家具里。乌姆里谢夫一般不喜欢实际行动,他让菲杰拉托芙娜注意眼前发生的事实完全不合适。此刻,瘫在地上的圣人还远没有死去,他双脚顶穿了临街的一堵墙,两只脚朝着村庄方向伸了出去,但再也收不回来了,因为赶牛工在耐心地敲打敌人的脑袋。

菲杰拉托芙娜拉住赶牛工的一只手,把他拉到院子里。赶牛工在院子里喝足了水,观察了一下再无圣人的世界,不由得高兴起来:

"大热天我不戴帽子干活,我的脑袋不中用了,我什么也不让你知道。只要我去替牧场干活,一定给自己买一顶帽子。"

"不行,小东西,"菲杰拉托芙娜说,"你不能去牧场干活……你这混账东西,干吗要杀人?你是什么人?你代表整个苏维埃政权吗?能支配异己阶级吗?你本人只不过是一个小小的零件,眼下还不如电子呢!"

赶牛工看样子一下子蒙了,低下了早衰的脑袋。

"奶奶,这都是热的,脑袋都烤煳了……让我现在就去买顶帽子!"

菲杰拉托芙娜把赶牛工拉到身边,摸了摸他头发蓬乱的脑袋。

"不,你胡说——你的脑袋很正常。"

集体农庄大门口刮起了一阵旋风,搅得村子里的种种破烂在空中翻飞。旋风后面,路上的尘土形成的一团稳固的乌云毫不动摇地缓缓飘来。这是一群补充牲口正向"父母家园"走来,它们已经走了好几天,走了150俄里。畜群后面,是几名骑在牛背上的牧工,他们在吃黄瓜解渴。

菲杰拉托芙娜派杀了人的赶牛工带着牲口回牧场,吩咐他等她回来,自己则坐上马车到区里找党委。

在区委菲杰拉托芙娜没碰到党的书记——上次见了菲杰拉托芙娜不久他就死了,因为他身体过于劳累,国内战争时期受的内伤复发了。

新书记奥普列杰廖诺夫同志已经知道乌姆里谢夫集体农庄的情况,全面掌握了"父母家园"周围资本主义分子猖狂活动的情报。

现在他觉得遗憾的是,他没有亲自去视察那些受乌姆里谢夫影响的集体农庄,而老人却坐着马车不停地在草原上奔波,精力充沛地到处活动。

菲杰拉托芙娜开始责备奥普列杰廖诺夫,说他不如死去的前任书记,坐在写字台后面领导全区的工作,说他最后一定会滑进简单化,陷入放任自流论。书记尽管稍稍感到不满,还是为区里的积极分子中间有这样一些老人而感到高兴。

"奶奶,"奥普列杰廖诺夫亲切地说,"乌姆里谢夫的问题我们今天党委会上就要讨论,一定把他开除出党,并交给检察长法办。我们把你从国营畜牧场调到乌姆里谢夫的位置,你同意吗?"

菲杰拉托芙娜有点舍不得,可是觉悟马上战胜了渺小的个人感情。她说:

"你跟场长协调一下,开一张路条,奥普列杰廖诺夫同志……要不要社会主义,这就是问题的实质!"

菲杰拉托芙娜背过脸去,像群众当中任何一名普通的女人一样,撩起衣角擦干了伤心的眼泪——她觉得要跟博斯塔洛耶娃分别了。

"你怎么啦?"奥普列杰廖诺夫问。

"你写吧,写我们党的东西吧,我这是女人的老习惯,忍不住了。"

"原来是这样!"奥普列杰廖诺夫说,手里在草拟一份日程表,"我还以为你有什么伤心事呢。"

"哪里,我不伤心,我也不苦恼!"菲杰拉托芙娜突然大声说,"难道我是个没有奶子、没有灵魂的外来女人吗……我亲爱的'父母家园',我的好娜佳啊,博斯塔洛耶娃同志,让我离开乌姆里谢夫这帮坏蛋,我的心已经不明亮了,你们躲在路的那一边……"老人泪流满面地趴在书记写字台上,号啕大哭起来,她的哭声传遍了整个区中心。

"怎么了,奶奶?"

"我眼泪都哭干了,"菲杰拉托芙娜回答,"给我消灭乌姆里谢夫学派的指令。"

奥普列杰廖诺夫久久地微笑着,并没有对这个聪明的多情善感的老人说教,因为她自己什么都明白。

＊　　＊　　＊

娜杰日达·博斯塔洛耶娃回到了"父母家园"。她是悄悄地,在傍晚时分,乘着火车站旁边一个单干户的大车回来的。

在离牧场两俄里的地方,博斯塔洛耶娃停了下来。牧场里有一座陌生的塔,尽管不高,但看外表又大又有效。晚霞照耀着塔身上那些当地产的黑乎乎的建筑材料。除了这座塔,国营畜牧场还有一架大功率的巨型风车,此刻正在没有一丝风的空间旋转。

再走近些,博斯塔洛耶娃确信,国营畜牧场的那些土坯房已经不见了,同时消失的还有住惯了的"父母家园"的其他种种痕迹:尖叶柳、牛蒡、被无名之力带到这里的天然石块,统统不见了。眼前只剩下一片翻动过的沉重的土地,犹如牺牲了的战士们留下的战场。

"这是怎么回事?"博斯塔洛耶娃惊恐地问,"我的牧场哪里去了?"

赶车的单干户向她解释,牧场应该就在这儿。

"这仅仅是某些因素!"赶车人指着塔和风车说,"现在草原上的因素可多着呢,我住在交通旁边,离这儿很远。交通吗,我知道:皮重414普特,净重,颈部直径,卡赞采夫手闸,关上落灰膛和送风器!自动闭锁,吹三声哨——拉手闸,两声哨——复位,行李凭车票办理托运手续。我不喜欢草原,这地方我信不过,我最喜欢的还是蒸汽车厢,还有那些信号岗亭。信号员的日子很舒服,周围静悄悄的,活儿不多,一辆辆火车在你身边经过,你只要出来站在那儿扬扬旗,回头观察一下自己的地盘,放心熬你的粥去吧……"

博斯塔洛耶娃仔细看了看这个偶然遇到、对她来说是临时性的人物。生命是多么伟大,她想,这种小地方都隐藏着生命,抱着希望……

被拆得空空的牧场里,四头犍牛在高低不平的地里反方向地转动风车,也就是说,不是利用流动的空气转动车轮,而是用畜力从下面转动空中的风翼。博斯塔洛耶娃十分惊讶,问凯末尔是怎么回事。凯末尔正在欣赏这遭到破坏的景象。

凯末尔此前已经被任命为支部书记,他把自己一只因为干活而变得粗壮的手伸给博斯塔洛耶娃,说:

"这是我们在进行零件磨合,让机器在运转过程中完全进入角色。新的机车一开始也不是自己拉着自己跑,也要先进行试车……"

围着磨坊赶牛的是工程师韦尔莫,在过去的一段时间里,他的衣服已经破得像乞丐似的,外表也一下子变老了。他见到博斯塔洛耶娃本来挺高兴的,可是一下子又被突然降临的另一种怀疑完全占据了头脑。

"娜杰日达·米哈洛依夫娜,"他说,"假如我们把所有牧工都消灭光,把母牛都交给公牛管,你看怎么样?维索科夫斯基告诉我,假如让公牛学会担起责任,肯定一举两得:公牛主观上会成为母牛的捍卫者,客观上成为我们的牧工!在编的人员太多——这是一种落后性,娜杰日达·米哈依洛夫娜,我们要减少人员——共和国的工作太多……菲杰拉托芙娜抓了富农牧民,我们没有地方关他们,为了防止他们逃跑,克利门特用绳子把他们捆起来押送到区监狱。听说那些牧民的老婆在草原上给克利门特哈痒痒,她们的老公全逃走了。发电机我们收到了,可您不在大家都没劲儿……"

工程师说得语无伦次,透过智慧发泄自己郁积已久的苦闷。博斯塔洛耶娃一句话也没有回答韦尔莫。连日来她在城里东奔西走,历史生活的印象又是那么强烈,她内心又受到被压抑的情欲的困扰,她实在太累了,对大家又生着闷气,很快就在不明不白的塔影下睡着了。

她一觉醒来已是傍晚,为了防露水和抵挡夜间的寒冷,她身上盖着各种衣服。

离博斯塔洛耶娃不远处,坐着16个人,其中有凯末尔、韦尔莫和维索科夫斯基,大家都从一个锅里吃饭。

"你们毁了整个牧场,还有心思自己坐在这儿吃饭!"博斯塔洛耶娃说,"一帮混蛋! ……你们谁第一个开始翻土的? 放牧点的牲口都好吗? 菲杰拉托芙娜老人上哪儿去啦? 凯末尔,你是怎么管事的,坐在这里的是些什么人? 我简直感到惊讶,你们都像小孩子一样! 我还以为你们是真正的共产党员呢!"

"你是说我们吗?"凯末尔问,他被牛奶粥呛了一下,"我们不是共产党员? 哎,你这傻姑娘。我是老铁匠,老技师,我三十年没笑过,可工程师韦尔莫一来,就给我们打开了科学的空间——于是我从土屋里冲着你的国营畜牧场笑了! 你把所有口号都歪曲了,你跟大自然,你跟落后妥协了——你这小丫头神经太不正常了! ……你一走,你的老太婆连影子也不见了——也是一只苏维埃的抱窝鸡。我们三人,"凯末尔指着韦尔莫和维索科夫斯基说,"我们告诉你的老太婆牧场: 走吧,现在你不行了! 一夜之间牧场就消失了! 应该劳动，场长同志，不是要增产100吨牛肉，而是要增产10 000吨！……在技术的心目中，你只是个黄毛丫头！"

"我们的人怎么成熟得这么快？"博斯塔洛耶娃心里想，重新打量着凯末尔，"这简直是太好了！"

其他的工人，核查下来就是从乌姆里谢夫集体农庄逃出来的贫农，他们也开始羞辱博斯塔洛耶娃，说她对高塔、磨坊以及长远的前景估计不足。

维索科夫斯基挽起博斯塔洛耶娃的胳膊，把她带到高塔中。博斯塔洛耶娃不吭声。韦尔莫看着她远去的背影，心里在盘算，从博斯塔洛耶娃的身体中用化学的方法可以得到多少铁钉、蜡烛、铜和矿物。"干吗要建殡仪馆？"工程师既伤心又奇怪，"应该建化工厂，从尸体中提炼有色金属、黄金、各种建筑材料和设备。"

高塔是用手工压制的黑色黏土坯垒成的，形状像削去了脑袋的圆锥体。

通往高塔的过道里有一个特殊的隔栏，尽管尚未装好配件，但是跟供人使用的电椅相仿——那是用高压电杀死牲口的地方。维索科夫斯基和韦尔莫不希望牲口在机械工具作用下产生临死前的恐惧和疯狂的垂死挣扎而破坏肉的质量。相反，牲口在电隔栏内将事先受到爱抚，死亡降临的那一刻它们正在享受美食。高塔的内壁镶着一层层木板，木板表面刷了一层电流无法通过的油漆。

"您知道这是什么吗？"维索科夫斯基问。

"我不明白，"博斯塔洛耶娃说，"大雨一冲，这土家伙不就垮了吗？"

"娜杰日达·米哈伊洛夫娜，这土坯垒的厚度够厉害的，"维索科夫斯基解释道，"连续下十年大雨才能冲垮这高塔……"

供城市食用的牲口往往要被赶着走很长的路，或者用密封的车厢运到城市里，它们的模样始终会引起维索科夫斯基心灵上和经济上的震动。母牛，特别是公牛，它们对远距离的铁路运输，对城市的市容和喧嚣的工业化，都非常敏感。它们的神经会出现混乱，不断地排泄粪便，失去可食用的重量。据统计，用火车车厢运输1 000俄里，母牛的重量就减少百分之十，甚至更多。公牛为再也没有交配的机会而发愁，它们消瘦得更厉害了。

如果"父母家园"在一年内发运2 000吨母牛，那么由于牲口在运输途中掉膘，损失的最嫩牛肉可达200吨，甚至更多。此外，在运输途中它们可能会死亡。这200吨或400吨牛肉应该由建成的高塔这么一种电气仓库加以保存。牛的酮体将按不同部位进行分割，再储藏到高塔内，然后用少量的高压电通到牛肉上，这样牛肉就可以保存很长时间，甚至长达一年，而且始终处于新鲜和富有营养的状态，因为电流能杀死致命的细菌。

根据需要，牛肉装进抽掉空气的木桶后运往城市。今后围绕电气仓库还要发展一个联合体，以便就地将牛肉加工成肉馅、香肠、肉冻、罐头，向城市提供成品。

维索科夫斯基的一席话让博斯塔洛耶娃的心头感到憋闷，因为她还不是工程师，现在她必须更爱韦尔莫了。

维索科夫斯基向场长进一步介绍了由韦尔莫和凯末尔共同发明的一系列保存牧场肉类的措施，而博斯塔洛耶娃则在默默地思考新的、与她的智力不相称的技术布尔什维克主义。

这时候高塔的厢房里闯进了一名原来的牧场厨娘,她不知道该上哪儿,现在什么都毁了,男人们把吃饭的金属勺子做成了电线,做汤的锅打成了薄板,甚至把她的耳环都摘下来融化成锡了。这个可怜的、失去了家常用具、无事可做的女人说:一群新的牲口正从某个远方的点上过来,你们该去迎接它们,尽快把女人从草原上组织起来,现在都没人挤奶了,牛奶都滴到地里了。

博斯塔洛耶娃和维索科夫斯基走出高塔厢房,一眼看到了那个替乌姆里谢夫拉电扇的赶牛人。他第一个跑来认识并体验自己生活中的新位置。

*　　*　　*

博斯塔洛耶娃将新来的一群牲口安置到一片杂草丛生的地块上,那是维索科夫斯基前不久在远方的一眼废弃的水井旁边发现的。她回到国营畜牧场的时候已经深夜了。韦尔莫在拉手风琴,凯末尔在跳舞——那表情仿佛要把那讨厌的旧心灵从身上彻底清除,再从吹拂的风中换上另一种空气。

眼看着黑暗的草原上的篝火、欢乐的人们、巨大的磨坊的风翼和高塔,耳听那犹如人类普遍呼声,与战斗的布尔什维克的意图始终吻合的美妙音乐,不禁让人感到惊讶和恐惧。博斯塔洛耶娃走进人群,开始轮流跟同志们跳舞,直到跟所有人都跳了一圈才停下。韦尔莫作为乐手,无法跟博斯塔洛耶娃跳舞,但是她在运动中向他保证给他搞到一套钻探原始海的设备,因此韦尔莫浑身充满了喜悦,精力更加充沛,手风琴也拉得更好了。只有那个替电扇赶牛的人孤独地站在一旁,没有加入友谊和音乐的队伍,但是博斯塔洛耶娃也把他拉入了跳舞的事业中,赶牛人乐得满面笑容,已经提前答应把自己的全部力量献给国营畜牧场的建设——他这一辈子还很少体验过这样的柔情。跳舞的时候,赶牛人搂着舞伴场长,享受着自己的尊严、柔情以及与高层朋友们的平等。博斯塔洛耶娃近距离地看着他,脸上露着严肃真诚的微笑,目光平静而忠诚,赶牛人的肩膀习惯于负重和摩擦,如今却在感受她那轻盈的玉臂。

韦尔莫看着大家跳舞,脑子里已经详细考虑了将休息和幸福合理化的问题,可是他却无法战胜自己心中一目了然的伤感,伤感来自这样一种意识:博斯塔洛耶娃可能被全体无产阶级拥抱,而她乐此不疲,也会用热情和忠诚报答他们。

过了不一会儿,替乌姆里谢夫的电扇赶犍牛的人高兴得大叫起来,他的嗓音都不是自己的了,变成了女低音。舞蹈渐渐停下来,长时间的欢乐已经变成了悲伤。

时间已经到了半夜,由于露水和没有太阳,空气开始发冷,所有的人,韦尔莫和凯末尔的整个技术团队都想睡觉和暖暖身子了。这时候大家发现,所有保暖的衣服和新雇的牧工全都消失了。原地只留下一块宽大的羊毛毯子,长约 10 米或 15 米。大家都钻到毯子底下,把博斯塔洛耶娃安排在中间位置,让她暖和些,邻近她身边的几个人挪动身体与她保持距离,希望给她提供更多的空气和自由,如果她梦中翻身的话。

第二天早上,菲杰拉托芙娜坐马车回到了国营畜牧场,与她同来的还有充当车夫的区委书记奥普列杰廖诺夫。老人家大老远就恶狠狠地喊叫起来,她认为乌姆里谢夫的人趁她不在的时候把整个牧场都偷光了。

"你先别嚷嚷,可怜的人,"奥普列杰廖诺夫制止她,他无法容忍世界上表示软弱无力的任何尖声怪叫,"尽量安静些,奶奶,我们什么也不怕。"

看到牧场居民都睡在毯子下面,奥普列杰廖诺夫一把掀起毯子,肆无忌惮的人们一下子从睡梦中醒了过来。

韦尔莫醒过来发现老人和书记不满意,便开始责怪大自然放任自流的构造,批评国营畜牧场行政方面对这种机会主义构造采取姑息放纵的态度,比如说,牧场的干打垒形式和木结构形式难道不是对技术的仇视吗?难道从半饥不饱、没有水喝、为了寻找食物每天走几十俄里的牲口身上能够得到肉吗?我们一夜之间彻底清除了牧场的贫穷,解放了家具和日常用品,用这些东西做了铁钉、铁板和其他材料,给真正的技术,给国营畜牧场制造产品!

"他说得完全正确。"凯末尔说,语气中带着某种忧愁。

"你们还没有布尔什维克工艺的概念,"韦尔莫在夏天的早晨说,他没有洗脸,思考的速度使他变老了,"你们缺乏对技术这人生第一感觉的亲身体验……"

菲杰拉托芙娜意识到有人想欺负科学,马上站到疯狂捍卫韦尔莫的立场上发表演说欢迎高塔和磨坊。

奥普列杰廖诺夫嘲笑老人,让他感到高兴的是"父母家园"形式上在狂欢,实际上正在进行社会主义的畜牧生产,其产量超过了世界上现有的记录。

"现在你说吧,维索科夫斯基。"奥普列杰廖诺夫建议。

"尽管我是一名畜牧技术员,"维索科夫斯基说,他想表达被某种东西,譬如说哪怕是后悔,控制了他全身的畜牧技术的兴奋之情,"尽管我这学科长期以来沾染了无知的机会主义和危害活动,以及把畜牧学看作一门软弱的安静的一切都和谐而渐进的科学的观点,可是我要宣布,离开了冶金工业,离开了机器制造工业,离开了电气化,苏联的畜牧学是不可想象的,因为只有铁与火才能给我们在干旱的草原上提供水,因为只有电流沿着自己温柔和尖锐的事实向生活现象、向畜牧学的细微脉动,只有这脉动,这太阳能在物质的原子深处的游戏,正如尼古拉·埃德瓦尔多维奇·韦尔莫定义的那样,只有这脉动才能为我们提供牲口骨头上多长出来的肉,可以允许我们合理地屠宰牲口,无损失地加以保存,很好地运输。为此,我建议要立即消灭劳动力的流动性……"

"能不能说具体点?"奥普列杰廖诺夫问,他专心地聆听专家的每句话。

"把它作为流动性,作为城市和乡村之间的差别加以消灭……需要引进能滑动的职业标尺,让牧民学建筑,到冬天当木匠,或者别的什么职业,让人用自己的技能去拥抱几样职业,一年四季能够轮流做……每一个劳动者可以并且必须拥有至少两份职业——我们的凯末尔拥有整整四份职业——这样可以使'父母家园'节约好几万……我们的生活和我们为全体同志,既为远的也为近的同志的紧张劳动万岁!"谦虚的维索科夫斯基突然结束了自己的演说,他的脸慢慢红了,他感觉到了自己热情洋溢的结语有失分寸。

"我们的专家万岁!"奥普列杰廖诺夫高喊,他要消除维索科夫斯基脸上假装出来的红色。

维索科夫斯基的脸更红了，大家都笑了，博斯塔洛耶娃一直笑到眼泪出来，她的眼泪在阳光下就像挂在睫毛的黑草上的晶莹的露珠。大家看了会儿博斯塔洛耶娃的眼睛，韦尔莫说：

"我敢保证，我们时代的最高时刻来临的时候，我们中间还不是人人都能学会死亡。到时候我们只需要造一台能把光变成电流的光学接收转换器，就像我们现在造的无线电接收器一样，通过这台转换器，源源不断的电能就会流到我们这儿——光源来自太阳的空间，来自月光，来自星星的闪烁，来自人的眼睛……同志们，博斯塔洛耶娃的目光中就已经包含了这个重大的问题，你们看她用的是小市民的性爱的目光，这是绝对不行的！"

"看我的眼睛！"菲杰拉托芙娜请求道，"那儿是电光闪闪还是黯淡无光了？"

韦尔莫看了看老人的眼睛。

"不亮了，"工程师说，"你有白内障。"

菲杰拉托芙娜本来要把这事实看作阶级敌人暗中捣乱，可是蠕动了几下牙龈后改变了主意。

"随它去，"老人说，"我不用看，凭感觉。你就是个科学左倾分子！"

"别忙批评，奶奶，"奥普列杰廖诺夫说，"他们办的是实事，而你说的是空话……同志们，让我们来给'父母家园'的技术改造制定一个计划。"

就在那块公共的毛毯上，拟定了主要措施的清单：

	工程名称	工程目标	队长姓名及工期	效益及说明
1	电动机建设；发电机安装；传动装置安装；铺设电网	冬季：为畜牧基地及工作场所供暖；夏季：为水泵和牛粪压缩机提供电力	韦尔莫，2个月	增产300吨牛肉；100卢布燃料；为中心村供水
2	储料塔及屠宰栏的电气安装	牛肉长期保鲜	维索科夫斯基，顾问；1个月	不少于400吨肉；无风时由健牛牵动供电
3	牛粪压缩机	解决草原燃料问题	凯末尔	节省燃料费2 000卢布
4	改装两套不同功率的电弧联合机组	利用小功率机组的电火在采石场切割石料，在堆场将石料焊接成建民居和畜栏的石板；利用大功率机组的电火在地球深处打洞，打开母海水晶石榴，或直接获取丰富的水资源，用于建设湖泊或草原海；同时用电火在所有草场和冬季牧场开挖浅井（小容量供水）	博斯塔洛耶娃，凯末尔，3个月	基建50 000卢布；小型供水设备每年40 000卢布；大型供水设备（母海）：社会主义冒险
5	发明并组装阳光变电的光学仪器	在草原和全世界任何一个光照点上获取能量	韦尔莫，博斯塔洛耶娃，凯末尔；不少于1年	在"父母家园"及地球上的开放空间建立技术社会主义
6	设计利用汽车底盘快速放牧康拜因	在远处放牧点快速挤奶及运送奶皮到国营牧场酸奶厂	维索科夫斯基，凯末尔，2个月	年产18 000卢布

计划的第七、第八、第九项制定了其他工程。计划的每一项任务都必须得到不明燃料研究所、全苏电器工业联合会边区分会、廉价能源研究所、全苏促进社会主义建设科学技术工作者协会、深钻探协会及其他有关组织的帮助和建议。

＊　　　＊　　　＊

过了一个月或一个半月,博斯塔洛耶娃在边区中心装载的设备和材料终于运到了"父母家园"。幸好博斯塔洛耶娃亲自找到了遗失在铁路上的货物,把这几节车皮运到最近的车站。不然的话,这批货物可能彻底沦为孤儿,处于无主状态,马上会被许许多多守在各个交通枢纽的建设工地代表占为己有。这些供销代表的眼睛像狼似的紧紧盯着装着人家货物的火车来来去去,他们认为只有自己的工程才对社会主义具有决定性意义,因此令他们惊讶的是,除了他们,怎么还会给其他什么人供货,他们想方设法把迷路的货物变成无主的孤儿,利用工程遍地开花的混乱,改换收货地址,把货物变成自己的东西。

大概就在同一个时间,国营畜牧场里来了两位边区的工程师:电气工程师霍夫特和水文地质工程师达耶夫。霍夫特来自不明燃料研究所,达耶夫则来自全苏促进社会主义建设科学技术工作者协会和深钻探协会。他们与韦尔莫工程师一起,将电弧钻探的设计思想一一落实到详细的图纸上,并且纠正了高塔、压缩机和风力发电机制造中的种种遗漏。

工程师霍夫特已经不想离开国营畜牧场,准备一直留到所有工程结束。达耶夫和博斯塔洛耶娃很快就去边区中心和列宁格勒寻找合适的电焊装置。这些电焊机需要立即改装,另派用场。其中一台电焊机必须赶在冬季来临之前在采石场切割石块,再用这些石块焊接成住房。

国营畜牧场改造办公室设在电储料塔的厢房里,大家挤在那里绘图、计算、睡觉,还因夜间想象而说梦话。凯末尔自告奋勇要解决这个日常生活的缺点,他去集体农庄找菲杰拉托芙娜。过了四天四夜,他用几头犍牛从集体农庄拉回来六幢空的农舍,这些农舍早前属于富农,也就是钻进水井躲避老太的那些人,在运输途中受到了点轻微的损伤,容纳技术人员和让几个技术小队过夜绝对没有问题。

工程师韦尔莫立即对所有阻力展开了全方位进攻。他把主攻方向集中在完成电气保鲜塔的建设和设备上,整个工程都由他亲手安装。

可是他手下只有 16 名工人,他们都已经精疲力竭,身上的汗都无法用水洗掉,睡眠也不足,难以忘却疲劳。

有一天夜里,韦尔莫坐在桌子后面因为想念博斯塔洛耶娃,禁不住仔细翻阅起她的书。工人们就睡在韦尔莫周围的地上,他们的身上散发出一股生命被榨干的气息,他们的衬衫在始终发热的身上活生生地腐烂了,他们伤心地张着嘴巴,想用夜间的空气振作精神,让自己的躯体彻底透透气,致命的虚弱大量积累,整个身体都快变成废渣了。

凯末尔仰面躺着,他的脸已经完全麻木。今天他独自一人把一根根圆木搬上塔顶,昨天还为防冬季暴风雪而给风力发电机钉固定衔铁。

呼吸的时候,他均衡地抬起和放下缠满了粗重血管的肋骨,他的脸尽管布满了疲惫的忧伤,可还是在模糊的表情中保留着希望的温柔和对生活的粗野和沉重的嘲笑——这一点,凯末尔自己没有发觉,但是与博斯塔洛耶娃却十分相像。

"干吗他自己拉木材?干吗他不装葫芦吊让犍牛拉着绳索吊上去?"韦尔莫在寂静的广阔空间中想道,"为什么我们的劳动就是重复那些一成不变的过程?应该用源源不断的发明创造来代替它!"

替乌姆里谢夫的电扇赶犍牛的牧工脸朝下躺着。他干的活就是给各种设施挖土。韦尔莫决定明天就做几把马用的铁铲,利用马的力量或者借用风力挖土。

韦尔莫不知道凯末尔和赶牛工有没有另一种生活,有没有美的鉴赏力,银行的存折上有没有积蓄。他们大概没有亲人,把未来变作了自己的家乡。

韦尔莫在博斯塔洛耶娃的行李中找到了《论列宁主义的几个问题》,开始一遍遍翻看这本透明的书,其中真理的底细他觉得十分浅显,而事实上却是非常深奥,因为构成这书风格的仅仅是一种强大的合理性感觉,没有任何混合的可笑装饰品,清楚得可以一眼望到地平线,就像那渐渐消失在无限的时间里和世界上的明媚空间。

韦尔莫看书的时候体会到一种平静和深信自己的生活绝对正确的幸福感,就好比一位严肃的、从未谋面的老同志在支撑他的力量,即使韦尔莫工程师过于劳累而牺牲了,那么他的尸体也会被友谊之手抬到成功的高处,那些幸存的同志一定能从地球深处引出母海,将太阳光变成电。

快天亮的时候,韦尔莫走到外面。旋转的地球带着这地方去迎接太阳，太阳露出了脸表示回应。韦尔莫往往随便碰到什么都要做深入思考，可是对这个现象却没有仔细思考。夜里他看书看得太多，现在觉得自己不够聪明了。他继续往草原方向走去，最后怀着自己渺小的心情脸朝下躺了下去。

维索科夫斯基不知从什么地方走到韦尔莫跟前。他说，从草场调了12个牧工前来支援各个技术小分队，而把母牛委托给了几头最有觉悟的公牛，他已经做过畜群自我保护和自我喂食的试验，让公牛学会单独与一定数量的母牛相处的本领，通过这一步组织起公牛的家庭。结果怎么样呢？公牛互相打架，每一头公牛都希望把最好的草场和水源留给自己的母牛，母牛安安静静地吃草，身体越来越胖。假如转用公牛家庭的方式，那么可以减少一半在编的牧工。

韦尔莫充耳不闻，只是看着维索科夫斯基。

接着，他回到了农舍，工人们还在那里睡觉，但是他们的脸在朝霞的映照下有了隆重的表情。韦尔莫尽其所能地明白了这些革命的支柱：他们的思想——布尔什维克指望的对象就是群众中最具英雄气概、被历史灾难带向英雄主义的那个人，就是在1917年用枯竭的手扼杀了武装的资产阶级，如今正在取出自己身上的原始物质，在一个贫穷的国家构筑社会主义的那个人。

这个思想无声地融化在韦尔莫夜间看过的书本里，个人主义者或者资产阶级分子渺小的心是无法听见这思想的。

韦尔莫当天就组织了一个七人小分队，他自己也参加了这支队伍。他指望创造无产阶级的人，让发明成为一种工作方式，让搬木材的不是凯末尔，而是风或者牛，让工作变得有意义，而不是忍受重量，就像资本主义的小市民那样。

第一个十天计划快结束的时候,小分队几乎不干繁重的苦力活了,代替他们干活的是由犍牛的畜力拉动的木头绳索和铁制的设备。

*　　*　　*

过了两个月,已经是秋天了,从列宁格勒运来了几台改装过的电焊机和另外一些必需的设备。与大量的机器同来的还有博斯塔洛耶娃和工程师达耶夫。

博斯塔洛耶娃下了铁路经过集体农庄时把不再折腾的乌姆里谢夫也带了过来,菲杰拉托芙娜把他赶到国营畜牧场的工作大锅里接受检查。

乌姆里谢夫早已被开除出党,受到法庭的审判,在区报上公开声明放弃自己异端的世界观。如今他连走路都是小心翼翼的,不知道自己的位置在哪儿,多日来他在菲杰拉托芙娜手下担任管家的角色。出于某种不明的原因,博斯塔洛耶娃对此感到高兴,自从坐上草原的马车与他同行,她一路上笑个不停。乌姆里谢夫坐在狭窄的座位上只是尽量避开她。

博斯塔洛耶娃在莫斯科,在畜牧业联合会待了几天,从那儿给全体工人带来了一个消息:"父母家园"正在组建一个集试验与教学于一体的示范性肉类联合体。这个问题是由边区党委提出来的,现在已经得到各方面的协调和周密安排。

又过了一段时间,有一大批人从莫斯科和边区中心来到了"父母家园":他们必须参加组建教学型肉类联合体,并且成为世界上首次使用电弧钻土取水的见证人。

工程师韦尔莫一收到电焊设备,立即带了机器沿着不明不白的道路去了草原,身边只带了凯末尔一个人。

过了四昼夜,韦尔莫回来了,他在建设中的国营畜牧场中心架起了设备,发动了马达,将闪亮的球状火焰的阵线沿垂直方向推进到地球深处。

莫斯科和边区代表团此刻就坐在轰鸣的机器周围的椅子上;一团刺鼻的柴油烟柱在熔化成岩浆的岩石上升起,接着——过了半小时——响起了爆炸声,蒸汽的旋风冲天而起:这是火焰进入水中并将水化成了蒸汽。韦尔莫关掉了机器。

在场的每一位都见证了一口竖井的打成:这井不深,三米左右,因为国营畜牧场就位于低地之上,竖井的井底和井壁覆盖着一层已经熔化、现在又重新凝固的岩浆,这表示水井坚固不会坍塌,下面是亮晶晶的水。接着,韦尔莫和凯末尔将火焰调节成尖形,开始用火刃切割事先采伐的天然石料,一下子把这些石头重新焊接成一块块整料,再垒成一堵结实的墙,目的是要大家明白,如今应当怎样给人们建造住房,给牲口建造圈栏。

* * *

深秋时节,一艘轮船从列宁格勒驶往汉堡。工程师韦尔莫和娜杰日达·博斯塔洛耶娃就在这艘船上。他们要去美国出差,为期半年,目的是要在那里通过试验来检验用电火进行超深钻探的思路,并且学会从天空照耀下的空间取电的方法。

在岸上为他们送行的是两个小个子的身影：菲杰拉托芙娜和乌姆里谢夫。老太太打老远来送别博斯塔洛耶娃，为她流几滴永诀的眼泪，因为她已经不指望自己能再活半年：她的心脏一辈子跳得过于积极，现在已经跳累了。

菲杰拉托芙娜戴着礼帽，那帽子在她头上就像一朵飞廉花。温顺的小个子乌姆里谢夫挽着老妇人的手，用一块白手帕擦着同情的眼泪。他在集体农庄的时候就因为菲杰拉托芙娜的活跃、外露的内心激情和毫不留情的思想精神而爱上了她，而老太作为正面的女人，也渐渐迷上了这耐心的反面老头，结果他们顺着时代的潮流结婚了。

轮船离岸驶入地球的水域。韦尔莫和博斯塔洛耶娃离开船舷。小老头和小老太留在遥远的岸上望着天际，久久地流着眼泪，最后开始互相安慰。

当天晚上，在旅馆躺下睡觉的时候，乌姆里谢夫不停地咳嗽，他想说说掏心窝的话，可又怕说出来。

"玛芙罗莎，玛芙罗莎！"一番纠结之后，他招呼菲杰拉托芙娜。

"你要说什么，老伴？"菲杰拉托芙娜很有兴趣地问。

"玛芙罗莎，要是尼古拉·埃德瓦尔多维奇和娜杰日达·米哈伊洛夫娜开始把日光变成电，那么，玛芙罗莎，到时候地球上会不会一片漆黑呢？玛芙罗莎，要知道光，所有的光都要藏在电线里，可电线，玛芙罗莎，是黑的，又是铁的啊，玛芙罗莎！……"

这时候，仰面躺着的菲杰拉托芙娜转身对着乌姆里谢夫，为他的机会主义狠狠骂了他一顿。

波 图 坦 河

青草又在踩实的内战土路上长了出来,因为战争停止了。这世界,全国各省,重新归于平静和荒凉:有些人阵亡了;很多人回家疗伤休养,在酣睡中忘记了打仗的艰苦;有些复员军人还没有来得及到家,正在赶路。他们身上的军大衣已经破旧,背着行军包,戴着头盔或者羊皮帽,脚下是密匝匝的陌生的青草。这些草他们以前无暇顾及,也许遭到行军队伍的反复踩躏,根本就没有长出来。一路上他们心怀惊诧,在重新辨认道路两旁的田野和村庄。经历了战争的苦难、伤病和胜利的喜悦,他们的心灵已经变了——他们现在仿佛是第一次去生活,都记不清自己三四年前是什么模样,他们变成了另外一种人——他们长了岁数,变聪明了,也更有耐心,觉得自己胸怀伟大的全世界的希望,这希望现在成了他们暂时还不那么伟大、内战之前还缺乏明确目标和使命的生活理念。

夏末时节,最后一批退伍的红军战士正在回家的路上。他们属于从事各种陌生行当的劳动部队[①],因为未能及时退伍而归心如箭,

[①] 成立于1920年,是军事共产主义时期贯彻"劳动军事化"的特殊产物,主要从事工农红军驻地的生产活动,如耕地伐木等。

如今终于获准回去过私人和共同的生活。

退伍的红军战士尼基塔·菲尔索夫,正沿着波图坦河岸边蜿蜒的山坡返回自己的家园,回到那个默默无闻的县城。他已经走了两天两夜。此人25岁上下,一张谦和的、似乎整日心事重重的脸,不过这种神情也许并非因为忧愁,而是因为他善良内敛的性格,或者青春常有的专注。很久没有修剪过的浅色头发从帽子里露出来遮住了耳朵,灰色的大眼睛怀着忧郁的紧张看着单调乏味的自然界,仿佛这位行人不是本地人。

晌午时分,尼基塔·菲尔索夫在一条小溪边躺了下来。这小溪源自一股泉水,沿着山谷的谷底流入波图坦河。这行人躺在地上开始打盹,上面是太阳,身旁是早在春天开始发芽生长、如今已经疲态毕现的九月的草。生命的热量在他身上似乎已经暗淡,菲尔索夫在荒野的寂静中沉入了梦乡。昆虫在他上面飞舞,蜘蛛丝在空中飘浮,一个流浪汉从他身上跨过,若无其事地继续前行。夏天久旱的尘埃滞留在高空,使天色更加混沌和微弱。但是世界的时间依然随着太阳在远处流逝……突然,菲尔索夫坐了起来,惊恐地喘着粗气,仿佛在无形的奔跑和搏斗中耗尽了力气。他做了个噩梦,一只肥硕的小动物,好像是专吃麦子的田间野兽,用自己火烫的兽毛捂得他喘不过气来。这只由于用力和贪婪而浑身冒汗的野兽钻进梦中人的嘴巴,又进入喉咙,用尖利的爪子力图深入他灵魂的中央去扼住他的呼吸。菲尔索夫在睡梦中憋得喘不过气,他想喊叫,想逃跑,可是这可怜的瞎眼野兽自己吓得浑身发抖,于是主动退了出来,消失在自己的黑夜中。

菲尔索夫在小溪里洗了把脸,漱了漱了口,然后继续赶路。他父亲的屋子已经不远,傍晚前就能赶到。

天刚擦黑,菲尔索夫在朦胧的夜色中看到了自己的故乡。那是一片斜坡,从波图坦河的河岸缓缓往上一直延伸到隆起的黑麦地。这山坡上坐落着一个不大的城市,现在天黑了,几乎看不见。那里没有一点灯火。

尼基塔·菲尔索夫的父亲此刻也在睡觉:他一下班就躺下睡了,那时候太阳还没有下山。他独自一人过日子:妻子早就死了,两个儿子在帝国主义战场①上没了,最小的儿子尼基塔,还在内战的战场上——也许,他能回来——他经常想念自己的小儿子,内战就在家门口打来打去,枪声也没有像帝国主义战争那样密集。父亲睡觉的时间很长,从晚霞初露一直睡到朝霞散尽。要是不睡觉,他就开始想各种各样的心事,回忆过去的事情,因为思念自己失去的儿子和哀叹自己庸碌的一生而遭受心灵的折磨。一大早他就离家去农村家具社上班,他是木匠,在那儿干了很多年。只有在全身心投入工作的时候,他才会忘却烦恼,觉得踏实。但是,随着傍晚的临近,他的心里又开始难受,于是一回到家里那个孤零零的房间,他几乎怀着恐惧的心情赶紧躺下睡觉,一直睡到第二天早晨。他连点灯的煤油都省了。天亮的时候,苍蝇开始叮他的秃顶,老人醒来,慢慢地仔细穿衣、穿鞋、洗脸,唉声叹气,来回转悠,收拾房间,自言自语,走出房间,察看天气,再折回房间——唯一的目的就是消磨到农村家具社上班之前这一段多余的时间。

今天夜里尼基塔的父亲躺下睡觉,像往常一样,是因为必要和

---

① 指第一次世界大战。

疲倦。在墙根土台下自由自在地住了多年的蟋蟀,一到夜里便唱个不停——那蟋蟀不知是前年的那一只,还是它的孙子。尼基塔走到土台边,敲了敲父亲的窗子。蟋蟀暂时停止了鸣叫,似乎竖起了耳朵要辨别这夜间的陌生来客究竟是什么人。父亲从床上下来,这张旧木床就是他和孩子们已故的母亲睡的,当初尼基塔也是在这张床上出生的。瘦小的老人眼下穿的是一条长衬裤,穿得久了,洗的次数多了,如今这衬裤缩得又窄又短,勉强遮住膝盖。父亲凑近窗户玻璃,仔细打量儿子。他已经看到并且认出了自己的儿子,可还是盯着他看呀看呀,想尽量看个够。然后,瘦小得像孩子似的老人跑着穿过前室和院子,去打开夜间锁上的大门。

尼基塔走进破旧的房间。房间里有土炕、低矮的天花板、临街的一扇小窗。这里散发出的还是童年的气息,还是三年前他离开家园上战场时的那种气息。甚至还能闻到母亲裙摆的味道——这里是全世界唯一能闻到这味道的地方。尼基塔卸下背包,摘下帽子,慢慢脱了衣服,坐到床上。父亲一直站在他面前,光着脚,穿着衬裤,既不敢亲切地打招呼,也不敢开口说话。

"那边的资产阶级和立宪党怎么样了?"过了一会儿他问,"把他们彻底打垮了还是留了点儿?"

"没留,差不多全打垮了。"儿子回答。

父亲简要而严肃地沉思起来:毕竟把整个阶级给消灭了,这可是件了不起的大事。

"是啊,他们全是孬种!"老人这样评价资产阶级,"他们有什么能耐,他们只会白吃白喝……"

尼基塔站到父亲面前,如今他比父亲高出一个半脑袋。老人在儿子身边不再吭声,他爱儿子,可又不好意思甚至都不知道该怎样表达自己的感情。尼基塔一只手抚着父亲的脑袋,另一只手把他搂进自己的怀里。老人紧紧依偎着儿子,呼吸也变得急促而深沉,仿佛他找到了调养的好地方。

*　　*　　*

就在这城市的一条直通田野的街道上,有一幢带绿色护窗板的木头房子。这房子里以前住的是个寡妇,市立中等专业学校的教师,和她同住的还有她的一双儿女——十一二岁的儿子,还有十四五岁的女儿,浅黄色头发的柳芭。

尼基塔·菲尔索夫的父亲几年前曾经想娶这位守寡的女教师,不过很快就主动放弃了这个打算。他曾经两次带着尼基塔上教师家做客,当时尼基塔还是个孩子。尼基塔见到文静的柳芭坐在那儿专心看书,没有留意陌生的客人。

上了岁数的女教师用茶和面包干招待木匠,说了些要开启民智之类的话,还说学校里的那些炉子需要修理。尼基塔的父亲坐在那儿一直不吭声;他羞于开口,只是一个劲儿地清嗓子、咳嗽、抽烟,后来怯生生地喝了一小杯茶,没有动面包干,说是早就吃饱了。

女教师家的两个房间和厨房全都有椅子,窗户都挂着窗帘。第一个房间里还有一架钢琴和一个衣橱,另一个房间里有床,两个红丝绒小沙发,墙壁的搁架上有很多书——大约是整套的全集。父子俩觉得这样的陈设过于豪华,父亲到寡妇家去了两次就不再去了。他甚至都没有勇气告诉她,想跟她结婚。但是尼基塔很想再次看看钢琴和爱看书的文静小女孩,他恳求父亲娶这个老女人,这样可以经常去她家。

"不行,尼基塔!"父亲说,"我没有文化,跟她说不上话。让他们到我们家吧——都说不出口:我们家连像样的餐具都拿不出来,吃的也差……你没见他们沙发有多好?老货,莫斯科产的!没见那衣橱?橱面整个儿是雕花的,这我懂!……她那闺女!将来肯定要上大学。"

父亲已经好几年没见到自己的意中人,只是偶尔惦记她,或者仅仅是想想而已。

从内战前线回来的第二天,尼基塔就去兵役局,让他们把他编入预备役。然后,尼基塔在这熟悉而亲切的城市到处走了走。那景象让他心疼:破旧矮小的房子,腐朽的围墙和篱笆,各家院子里的苹果树所剩无几,多数已经枯死。他小时候这些苹果树还是株叶繁茂,那些平房显得高大气派,里边住的都是神秘的聪明人。那时候街道也很长,牛蒡草长得很高,空地上、荒芜的菜园里的荒草看上去像森林里瘆人的小树丛。现在尼基塔看到的这些民居既低矮,模样也可怜,需要刷漆和修理。空地上的野草也稀稀拉拉,垂头丧气的模样,一点也不可怕,只有耐心的老蚂蚁依然住在里面。所有的街道都很短,路尽头就是庄稼地和明亮的天空——这城市变小了。尼基塔想,原先那些宏伟神秘的东西如今都变得渺小乏味,这么说来,这城市已经活了很久了。

他慢慢走过了那幢带绿色护窗板、父亲曾经带他去串门的房子。护窗板上的绿色油漆只留在他的记忆中,如今只剩下微弱的痕迹——经过日晒雨淋,绿色已经褪去,露出了木头的本色;铁皮的屋顶已经严重锈蚀——现在雨水肯定会透过铁皮淋湿钢琴上方的天花板。尼基塔仔细看了看这房子的几扇窗户,现在窗帘没有了,玻璃后面是陌生的黑暗。尼基塔在这幢破败但毕竟熟悉的房子的大门旁的长椅上坐下。他想,如果有人在屋里弹起钢琴,他也就能听听音乐了。但是屋里静悄悄的,没有一点动静。等了一会儿,尼基塔透过围墙的缝隙朝院子里张望,那里有一片陈年的荨麻,一条空荡荡的小径穿过草丛通往板棚,三级木头台阶通往前室。也许,那女教师和她的女儿柳芭早就死了,而那男孩自愿上了前线……

尼基塔朝自己家走去。天色已晚,一会儿父亲就要下班回家,需要跟他好好商量一下,往后该怎样生活,他该去哪儿工作。

县城的主要街道上少数人在散步,战争结束之后人们开始活跃起来。现在走在街上的是职员、大学生、退伍军人和正在康复的伤员、少男少女、在家从事个体劳动的匠人以及其他人员,而上班的人出来散步要晚些,等到天黑之后。人们穿的是旧衣服,十分寒碜,或者是帝国主义时代的旧军装。

几乎所有行人,甚至手拉手的年轻情侣,随身都拿着食品。女人们的家用手提包里装的是土豆,有时候是鱼,男人腋下夹着配给的面包,或者半个牛头,或者手里捧着动物内脏打算煮着吃。很少有无精打采的人,除非是年迈体衰的老者和疲惫不堪的人。比较年轻的人们往往脸上挂着笑容,互相注视着对方,满腔热情又充满信任,仿佛处在永恒幸福的前夕。

"您好!"一个女人怯生生地从旁边招呼尼基塔·菲尔索夫。

这声音一下子触动了他的神经,也温暖了他的心,仿佛某个失散多时的亲人前来援助他。但是,尼基塔觉得这是个误会,人家不是跟他打招呼。他生怕自己听错了，便慢慢打量周围的行人。此刻，他旁边只有两个人，他们都已经从他身边走了过去。尼基塔回头一看——只见已经长大长高的柳芭停下脚步站在那儿看着他。她忧伤而腼腆地朝他微笑。

尼基塔走到她跟前，小心翼翼地打量她——她是不是完好如初，因为即使在他的回忆中，她也是件宝物。系鞋带的奥地利皮鞋已经穿得很旧了，浅色的薄纱连衣裙只能遮住膝盖，也许再长衣料就不够了。这裙子使尼基塔一下子对柳芭心生怜悯——他以前见过躺在棺材里的女人才穿这样的裙子，如今这样的薄纱裙子居然穿在长高长大但是贫穷的活人身上。裙子外面套着一件旧的女式短上衣，说不定还是柳芭的母亲年轻时穿的。她头上什么也没有戴，天然的头发在脖子下面扎了个结实光亮的辫子。

"您不记得我了？"柳芭问。

"记得，我没有忘记您。"尼基塔回答。

"谁都不该忘记。"柳芭微微一笑。

她那双纯洁的含情脉脉的眼睛凝视着尼基塔，似乎在欣赏他。尼基塔同样盯着她的脸，看到她那双因为生活窘迫而深深凹陷、却又闪烁着信任的希望的眼睛，他既高兴又心疼。

尼基塔跟着柳芭朝她家走去——她还住在原来的地方。她母亲前不久死了，她弟弟饿了就找红军战地厨房的剩羹残饭充饥，后来习惯了那边的生活，索性跟随红军到南方打敌人了。

"他在那儿习惯了吃粥，可是家里没有。"柳芭这样介绍弟弟。

柳芭现在只住一个房间——再多她不需要。尼基塔凝神屏气地环顾这个他第一次看到柳芭、钢琴和豪华陈设的房间。如今这里已经没有了钢琴,没有了雕花的衣橱,只剩下两个小沙发、一张桌子和一张床,整个房间现在也不再像他少年时代那样有趣而神秘——糊墙纸都褪色剥落,地板也磨损了,贴着瓷砖的炉子边上是一只小铁炉,一把碎木片就能生火,围在炉边能勉强取暖。

柳芭从怀里取出一本通用练习簿,然后脱了鞋子,光着脚。现在她在县医学院学习:那年代各个县都有大学和学院,因为人们希望尽快受到高等教育。无意义的生活,如同饥饿和贫困,苦苦折磨着人们的心灵。应该明白:人生究竟有什么意义?需要认真对待,还是逢场作戏?

"这鞋硌脚。"柳芭说,"您坐一会儿,我躺下睡觉,不然我饿得慌,可我不愿意想这事儿……"

柳芭没脱衣服就钻进被窝,用辫子遮住了自己的眼睛。

尼基塔默默地坐了两三个小时,等着柳芭醒来。直到天完全黑了,柳芭才摸着黑起床。

"我的朋友今天可能来不了了。"柳芭伤心地说。

"怎么,你需要她?"尼基塔问。

"非常需要,"柳芭说,"他们家人多,她父亲又是军人,他们家有吃剩的,她就给我送来当晚饭……我吃了就跟她一起做功课……"

"你们有煤油吗?"尼基塔问。

"没有,配给我一点劈柴……我们生炉子——我们坐在地板上,靠炉火照明。"

柳芭无奈而羞愧地微微一笑,似乎她脑子里冒出了一个残酷得令人沮丧的想法。

"也许他哥哥还没有睡着。"她说,"他不让他妹妹带吃的给我,他舍不得……又不是我的错！我不贪吃,这不能怪我——我饿了就会头疼,是我的脑袋想吃东西,还影响我生活和考虑别的事……"

"柳芭!"一个年轻的声音在窗外叫她。

"任尼娅!"柳芭朝窗口回应。

柳芭的朋友来了。她从口袋里掏出四个挺大的烤土豆放在小铁炉上。

"组织学借到了吗?"柳芭问。

"向谁借呀?"任尼娅回答,"我已经在图书馆排队登记了……"

"没关系,我们能对付过去。"柳芭说,"头两章我在系里都背出来了。我说你记。行吗?"

"以前不也是这样吗!"任尼娅笑了。

尼基塔生好炉子,这样可以用炉火照亮笔记本。他准备回到父亲那儿睡觉去了。

"现在您不会把我忘了吧?"柳芭跟他告别。

"不会的。"尼基塔说,"我也没有别的人需要惦记了。"

* * *

菲尔索夫退伍后在家躺了两天,然后去农村家具社上班,他父亲就在那儿干活。他被安排当一名备料的粗木工,工资比父亲低,只有他的一半。但是尼基塔知道,这是暂时的,等到他学会了手艺,就能成为细木工,工资也会涨上去。

干体力活尼基塔从来不觉得生疏。在红军当兵也不仅仅是打仗——长时间宿营或者担任后备力量的时候,红军战士都会帮助村里的贫苦农民挖井、修理农舍,或者在山坡上植树防止水土流失。战争终会结束,日子还要过下去,总得未雨绸缪,提前做好准备。

过了一星期,尼基塔再次去柳芭家串门。他带去了一份礼物——一条煮熟的鱼和一个面包,那是他工作午餐的第二道主食。

柳芭正赶在太阳下山之前在窗口看书;尼基塔默默地坐在柳芭房间里,等着天黑。过不多久,暮色开始与县城街道上的寂静融为一体,于是柳芭擦了擦眼睛,合上了课本。

"您好吗?"柳芭轻轻地问。

"我跟父亲一起住,我们还可以。"尼基塔说。"我给您带了点吃的——您就把它吃了吧。"他请求说。

"我会吃的,谢谢。"柳芭说。

"那您就不睡觉了?"尼基塔问。

"不睡了。"柳芭回答,"我这就能吃上晚饭,我就不饿了!"

尼基塔从前室里拿了些细小的柴火,生好了小铁炉,让她能在炉火下看书。他坐到地板上,打开炉门,不停地往炉膛里添刨花和细小的木块,尽量让热量少一些,亮光多一些。吃完鱼和面包,柳芭也坐到地板上,面对着尼基塔,凑着炉火,开始学习书本上的医学知识。

她默默地看书,偶尔小声念几句,脸上露出微笑,用细小的字体飞快记下某些内容——也许是最重要的内容。尼基塔只管炉火正常燃烧,时不时地瞥一眼柳芭,然后又长时间地注视炉火,他生怕自己多看了会惹柳芭讨嫌。时间就这样一点点流逝,尼基塔伤心地想,时间很快就会过去,到时候他就该回家了。

半夜里,教堂的钟声响起的时候,尼基塔问柳芭,她那个叫任尼娅的朋友怎么没有来。

"她的伤寒复发了,看样子会死的。"柳芭回答,说完又继续看医学书。

"真可怜!"尼基塔说,可是柳芭没有答话。

尼基塔在脑海里想象生病发烧的任尼娅——其实,他也能够真心爱上她,假如以前认识她,她对他稍稍表示好感。她也许也很漂亮:当初他在黑暗中没有仔细打量她,没有记住她的模样。

"我想睡了。"柳芭小声说,打了个哈欠。

"您看的书全明白了吗?"尼基塔问。

"全明白。要不要我说给您听听?"柳芭建议说。

"不必了,"尼基塔说,"您还是自己记着吧,您说了我也会忘记的。"

他用扫把清理完炉子旁边的垃圾,就回父亲那儿去了。

从此以后,他几乎天天都去柳芭家,有时候也会隔一天或者两天,目的就是想让柳芭惦记他。至于她是不是惦记——不知道,但是在这样空闲的晚上,尼基塔不得不要走上10到15俄里的路,绕着县城转几圈,希望用这样的办法排遣自己的孤独,熬过对柳芭的思念,也不用去找柳芭。

尼基塔去看柳芭的时候,一般都是替她生炉子,等着她在看书的间歇给他说上一两句话。他每次去都要从家具社食堂带一点吃的给她当晚饭,午饭她在学校里吃,可是那里提供的食品太少,而柳芭用脑子多,学习努力,又正赶在发育阶段,因此她不够吃。尼基塔第一次领到工资就到附近村子里买了几个牛蹄,在铁炉子上熬了一夜的肉冻,柳芭一直到半夜都在看书看笔记,接着又补衣服补袜子,天快亮的时候擦了地板,趁外人还没有起床,就在院子里盛雨水的木桶里洗了个澡。

晚上儿子总不在家,尼基塔的父亲觉得很孤独,尼基塔也不说自己上哪儿。"他现在是大人了,"老人想,"在战场上可能被打死或者受伤,如今活着回来了——随他去吧!"

有一次老人发现,儿子不知从哪儿带回来两个白面包。可是马上用一张纸包了起来,没有给父亲吃。然后,尼基塔又像往常那样,戴上军帽出去了,直到半夜才回来。两个白面包也带走了。

"尼基塔,带我一起去吧!"父亲央求说,"我到了那儿一句话也不说,只是看看……那地方很好玩,肯定有什么精彩的东西!"

"下次吧,爸,"尼基塔不好意思地说,"现在你该睡了,明天还得上班去呢……"

那天晚上尼基塔没有见到柳芭,她不在家。于是他坐到大门边的长椅上,等待女主人回家。他把两个白面包揣进怀里焐起来,免得在柳芭回来之前凉了。他耐心地坐到深夜,看着天上的星星,还有偶尔几个急匆匆赶回家照顾孩子的行人,听着钟楼上的钟声,各家院子里此起彼伏的狗吠,以及各种细微的白天不存在的隐隐约约的声音。他简直可以在这里一直等下去,直到生命的尽头。

柳芭悄无声息地从黑暗中出现在尼基塔面前。他站到她跟前,但是她对他说:"您还是回去吧。"说着,哭了起来。她朝自己家里走去,尼基塔觉得莫名其妙,在外面等了一会儿,便跟着柳芭往家走。

"任尼娅死了。"进了房间柳芭告诉他,"现在我该怎么办?"

尼基塔不吱声。温暖的面包就在他怀里——不知道该马上拿出来还是现在什么也不需要了。柳芭和衣躺在床上,侧身脸对着墙壁,默默地独自流泪,身体一动也不动。

尼基塔一个人在黑暗的房间里站了很久,他不好意思去妨碍人家宣泄悲痛和哀伤。柳芭没有理睬他,因为处在悲伤中的人对其他人的痛苦往往无动于衷。尼基塔主动坐到床上,挨着柳芭的脚,他从怀里掏出面包打算放下,但一时间又找不到合适的地方。

"现在让我跟您在一起吧!"尼基塔说。

"您要干什么呢?"柳芭泪流满面地问。

尼基塔想了想,生怕说错话或者不小心惹她生气。

"什么也不干。"他回答说,"我们还像平时那样过日子,让您别难过。"

"等等吧,我们不着急。"柳芭说得很沉稳谨慎,"现在应该考虑怎么给任尼娅下葬,他们没有棺材……"

"明天我就把它送过来。"尼基塔允诺说,把面包放在了床上。

第二天,尼基塔取得工长同意后开始做棺材:厂里历来允许做棺材,还不用缴材料费。因为手艺不熟练,这口棺材他做了好久,不过十分用心,给死去的姑娘睡的棺材内壁做得特别干净。想着死去的任尼娅,尼基塔自己也非常伤心,眼泪禁不住啪嗒啪嗒掉到刨花里。父亲经过院子的时候走到尼基塔身边,发现他情绪低落。

"你愁什么啊,女朋友死了?"父亲问。

"不,是她的朋友。"他回答。

"朋友?"父亲说,"得了瘟疫!……我帮你把棺材板刨平,你的活儿不漂亮,毛毛糙糙的!"

下班后,尼基塔把棺材送到柳芭家。他不知道她朋友的遗体在哪儿。

那一年秋天很暖和,持续的时间很长,贫困的老百姓倒是十分满意。"庄稼歉收,我们可以省下劈柴。"精打细算的人们这样说。尼基塔预先用自己的军大衣给柳芭定做了一件女式大衣,大衣已经做好,但是天气暖和,还用不上。尼基塔依然上柳芭家帮她料理家务,自己也获得心灵的慰藉。

有一次他问她,今后他们怎么生活——住在一起还是分开住。她回答说,春天之前还不可能体验自己的幸福,因为她要尽快完成医学院的学业,然后看情况再说。尼基塔听了这个遥远的诺言,也不要求得到更多的幸福,因为现在柳芭给他的幸福够多了,他甚至不知道有没有比这更好的了,但是他的心还是咯噔了一下,因为需要耐心地等待,因为还没有把握——柳芭究竟要不要他这样一个贫困的文化不高的退伍兵?柳芭有时候笑眯眯地看着他,明亮的眼睛里有两个大大的、揣摸不透的黑点,而眼圈周围的脸上充满了善意。

有一次,尼基塔替她盖上被子准备回家的时候,突然哭了起来。柳芭只是抚摸他的脑袋,说:"行了,别哭了,别折磨自己,我还活着。"

尼基塔赶紧回到父亲身边,他要躲起来,他要想清楚,他要连续几天不去找柳芭。"我要看书,"他打定主意,"我要开始正儿八经地过日子,要忘掉柳芭,不再想念她,也不想知道她。她有什么特别的——世界上的姑娘千千万,有比她更好的!她又不漂亮!"

第二天早晨,他没有起床,继续躺在地板的垫子上……父亲上班前摸了摸他的脑袋说:

"你发烧了,睡床上去!病几天,过后就会好的……你在战场上没受过一点伤吗?"

"一点也没有。"尼基塔回答。

傍晚前他失去了知觉。起初他眼里看到的尽是天花板和两只濒临死亡、为了延续生命而躲在天花板上取暖的苍蝇，后来这些东西开始引起他的烦恼和厌恶——天花板和苍蝇仿佛钻进了他的脑子里，没法驱赶它们，没法不想它们，反而越想越厉害，想得头骨都快被吞噬了。尼基塔闭上眼睛，但是苍蝇在脑子里嗡嗡乱飞，他从床上跳起来，他要把苍蝇从天花板上赶走，结果重重地跌回到枕头上。他仿佛觉得枕头上还散发着母亲的气息——母亲以前就跟父亲睡这里——尼基塔想起了母亲，于是昏迷了。

四天后，柳芭找到了尼基塔·菲尔索夫的住处，第一次主动来找他。时值中午，工人居住的房子里都没有人——女人们去找食品，没有上学的孩子们在院子和田野里玩耍。柳芭坐到尼基塔的床上，摸摸他的额头，用手帕的一角擦了他的眼睛，问：

"怎么了，哪儿疼？"

"哪儿也不疼。"

持续不断的高烧使他远离了所有人和身边的事物，现在他勉强看到并记起了柳芭，他担心在冷漠的理智的黑暗中会失去她。他一手抓住她那用军大衣改制的大衣口袋，抓得很牢，仿佛一位精疲力竭的泳者抓住陡峭的海岸，一会儿沉下去，一会儿浮起来。病魔始终拼命地要把他推向那闪闪发亮、空旷无垠的天边——浩瀚的大海，让他在缓缓起伏的沉重的海浪上休息。

"你可能感冒了，我会给你治好的。"柳芭说，"也许是伤寒！没关系——没什么可怕的！"

她抓住他的双肩扶他坐起来，让他背靠着墙壁。接着，柳芭迅速而且不由分说地让尼基塔穿上自己的大衣,找来他父亲的围巾包住病人的脑袋,把他的双脚塞进冬季来临之前放在床下的毡靴。柳芭抱着尼基塔,吩咐他迈开双脚,把索索发抖的尼基塔带到了街上。那里停着一辆马车。柳芭扶着病人坐上马车,然后就出发了。

"活不了多久了!"马车夫对着马说,不停地勒紧缰绳催促马儿一路快跑。

到了自己房间,柳芭就脱下尼基塔的衣服,让他躺到床上,给他盖上被子、旧的地毯、母亲的旧头巾——凡是她家里能保暖的东西都给他裹上。

"你干吗要躺在家里呢?"柳芭把被子塞在尼基塔滚烫的身体底下,满意地说,"说呀,何必呢!你父亲在上班,你整天一个人躺着,没有人照顾你,尽想我……"

尼基塔琢磨了好久:柳芭哪来的钱雇马车?也许,她卖了自己那双奥地利皮鞋或者自己的教科书(她先把教科书背熟,这样就不需要教科书了),或者她把自己一个月的助学金全给了马车夫……

夜里,尼基塔昏昏沉沉地躺着,有时候他明白自己现在在哪里,能看清柳芭在生炉子,在炉子上给他做饭,接下来尼基塔见到的是自己头脑中产生的种种陌生景象,他那发烫紧闭的头脑现在已经不受他意志的支配。

他的冷战越来越厉害。柳芭时不时用手掌贴着尼基塔的额头测试体温,搭他手上的脉搏量心跳。夜深了,她给他喝温开水,自己脱了外衣到被窝里挨着病人躺下,因为尼基塔抽搐得厉害,需要替他取暖。柳芭搂住尼基塔,把他紧紧贴在自己身上,他冷得蜷缩成一团,将自己的脸贴在她胸脯上,这样可以更加紧密地感受他人高尚美好的生命,忘却自己的痛苦,忘却自己索索发抖、空空荡荡的肉体。尼基塔舍不得现在死去——倒不是为了自己,而是因为可以接触柳芭,接触另一个生命,因此他悄悄问柳芭,他的病能好吗,或者会死去？她是学医的,应该知道。

柳芭用双手紧紧抱住尼基塔的脑袋,回答说：

"你很快会好的……人们死去是因为生病的时候旁边没有人,没有人爱他们,但是你现在跟我在一起……"

尼基塔暖和过来之后就睡着了。

* * *

过了三个多星期,尼基塔的病彻底好了。外面下了雪,到处都静悄悄的,尼基塔回到父亲那儿过冬。他不想在柳芭大学毕业之前妨碍她,希望她充分发挥自己的聪明才智,她毕竟也是穷苦人家出身。父亲见到儿子回来喜出望外,尽管他也隔三岔五到柳芭家看望儿子,每次去都要给儿子带上吃的,也总要给柳芭送点小礼物。

尼基塔白天重新去工厂上班,晚上看望柳芭,平静地度过冬天：他知道一开春柳芭就会成为他的妻子,从此将开始幸福而长久的生活。有时候柳芭也会逗他,在房间里你追我逃,嬉闹过后,尼基塔就小心地吻她的脸颊。一般说来,柳芭不允许他平白无故地碰她。

"不然你会腻烦我的,我们可是要过一辈子。"她说,"我也没有那么香甜,那只是你的感觉罢了！"

休息天,柳芭和尼基塔到城外冬天的道路上散步,或者半搂半抱地在结冰的波图坦河面上行走——沿着夏天河水流淌的方向走很远。尼基塔趴下来,看冰下缓缓的流水。柳芭也在他身边趴下,互相偎依着观察静静的流水,说:波图坦河多么幸福,河水奔流入海,而冰下的河水到达远方的时候,河岸两旁已是百花盛开,鸟语花香。想起这样的美景,柳芭就吩咐尼基塔立即从冰上爬起来;尼基塔现在穿的是父亲的棉袄,他嫌短,不保暖,会感冒的。

他们俩就这样耐心地友好相处了几乎整个漫长的冬天,提前享受着那唾手可得却又要耐心等待的未来幸福。波图坦河同样在冰下隐藏了整整一个冬天,越冬的庄稼也在大雪的笼罩下沉睡——大自然的这些景象使尼基塔·菲尔索夫的心情平静下来,甚至给了他安慰:春天来临之前,被深深埋藏的并非只有他那颗心。到了二月份,他早晨醒来就要仔细倾听:新的苍蝇是不是已经嗡嗡乱飞。他还到院子里去看天空和邻居家花园里的树木:也许第一批候鸟儿已经从远方飞回来了。可是,树木花草还在养精蓄锐,蝇蛹还没有破壳呢。

二月中旬,柳芭告诉尼基塔,他们的毕业考试将于二十日开始,因为迫切需要医生,老百姓等不及了。三月份之前考试就要结束,因此,就让积雪继续存在吧,让河水在冰下流淌吧,哪怕一直到七月份都没有关系!他们心中的喜悦比自然界的回暖来得更早。

这一段时间——三月份之前——尼基塔打算离开县城,尽快熬过与柳芭共同生活之前的这些日子。他主动报名要求参加家具社的木工队去给各个村苏维埃和乡村学校修理家具。

父亲利用这段时间——三月份之前——不慌不忙地做了一个大衣橱给这对年轻人做礼物。这衣橱的式样仿照从前柳芭家的,当初柳芭的母亲还差点成了尼基塔的继母。老木匠眼瞅着生活绕了一个圈子,甚至两个圈子。这可以理解,却无法改变,父亲叹了口气,把衣橱装上雪橇,开始往儿子未婚妻家拉。雪变暖了,太阳照着的地方开始融化,不过老人还是很有力气,拉着雪橇直接在裸露的黑色地面上往前走。他暗自在想,当初他拉不开脸皮娶柳芭的母亲,那现在他自己也完全可以娶这个姑娘,但是总归有点不好意思,再说家里没有条件去宠爱去吸引这样的年轻姑娘。尼基塔的父亲由此认为,生活远不是正常的。儿子刚从战场上回来,又要离开了,而且是永远离开。看样子,他这个老头只能从街上找一个讨饭的女人——不是为了家庭生活,而是为了在家里有第二个活物,就像在家里养只宠物刺猬或者兔子:即使它妨碍生活,还带来污秽,但是缺了它,你就不是人了。

把衣橱交给柳芭后,尼基塔父亲问她,他什么时候来参加他们的婚礼。

"等尼基塔回来。我已经准备好了!"柳芭说。

父亲连夜赶往20俄里外尼基塔正在那里制作课桌的村庄。尼基塔睡在空教室的地上,父亲告诉他该回城了——可以结婚了。

"你走吧,我替你把课桌做完。"父亲说。

尼基塔戴上帽子,不等天亮就立即徒步返回县城。他独自一人在旷野里走了整整半夜。田野的风在他身边毫无章法地乱吹,一会儿吹他的脸,一会儿又吹他的背,有时候又彻底遁入路边山谷的寂静中。斜坡和高处的耕地黑魆魆的,上面的积雪已经融化,散发着一股新鲜的水味和秋天留下的枯草的腐烂味儿。秋天已被忘却,是早已过去的季节,大地如今显得分外贫瘠和自由,它将重新孕育一切,当然仅仅是那些从未有过的生命。尼基塔甚至不着急去见柳芭,他喜欢留在这朦胧的夜色中,留在这片健忘的早春土地上——它忘却了所有死在它身上的人,也不知道在新的夏天的温暖中将孕育出什么。

快天亮的时候,尼基塔走到柳芭的家门口。那熟悉的屋顶上和砖砌的墙基上有一层薄薄的霜——柳芭现在也许在温暖的被窝里睡得正香,于是尼基塔从她家门口走了过去,他不想叫醒自己的未婚妻,不愿只图自己快活而让她的身体受凉。

那天傍晚前,尼基塔·菲尔索夫和柳博芙·库兹涅佐娃到县苏维埃登记结婚,然后去了柳芭的房间,一时间他们不知道该做什么。尼基塔现在都觉得不好意思了:他得到了充分的幸福,世界上他最需要的人愿意跟他共同生活,似乎他身上蕴藏着巨大而宝贵的财富。他抓起柳芭的一只手,久久地放在胸前。他尽情享受这手掌的温暖,从中感受心上人的心跳,琢磨一个难以理解的秘密——为什么柳芭对他微笑?为什么莫名其妙地爱他?他自己倒是很清楚,为什么他觉得柳芭无比珍贵。

"先吃点东西吧!"柳芭说着收回了手。

她今天已经准备了吃的,医学院毕业后她领到了食品和现金,那是增加的津贴。

尼基塔怀着疚愧开始吃自己妻子准备的丰盛可口的食物。他不记得什么时候有谁盛情款待过他,他也从来没有为了图快活而去拜访别人,更不用说在别人家里痛痛快快大吃一顿了。

吃了一会儿,柳芭首先从桌子旁站起来,张开双臂迎着尼基塔说:

"来吧!"

尼基塔站起身,轻轻地拥抱她,生怕给这个特别的温柔的身体造成什么伤害。柳芭主动使劲搂紧他,但是尼基塔请求说:"等一下,我心疼得厉害。"于是柳芭放开了丈夫。

黄昏来临,尼基塔打算生炉子照明,但是柳芭说:"不用了,我已经毕业了,再说今天是我们结婚的日子。"尼基塔摊好床铺,柳芭在丈夫面前不觉得有什么不好意思,当着他的面宽衣解带。尼基塔躲到父亲做的衣橱后面,迅速脱了衣服,然后躺到柳芭身边。

第二天早晨,尼基塔很早就起床了。他打扫房间,生好炉子坐上茶壶,从前室提来一桶洗脸水,最后都不知道柳芭醒来之前自己还需要干什么。他坐到椅子上,心情沮丧:柳芭一会儿肯定要赶他回到父亲那儿,今后永远别来了。原来,享受幸福是要有本事的,而尼基塔缺乏那种为了享受幸福而折腾柳芭的本事,他的全部力量在心中激荡,奔涌到喉咙口,但是无法停留在别的地方。

柳芭醒了,睁眼看着丈夫。

"别发愁,犯不着。"她微笑着说,"我们一切都会好的!"

"我来擦地板吧。"尼基塔请求说,"要不挺脏的。"

"行,擦吧。"柳芭同意。

"他那么软弱无力,都是因为爱我!"柳芭躺在被窝里想,"他是我最亲最爱的人,哪怕一辈子当姑娘,我都能忍受。也许哪一天他对我的爱消退一点,反而会成为威猛的男子汉!"

尼基塔用湿抹布来回擦拭地板上的污垢,柳芭躺在床上笑话他。

"我已经嫁人啦!"她自得其乐地钻出被窝,只穿一件衬衣躺在被子上。

打扫完房间,尼基塔还用湿的抹布把家具都擦了一遍,然后往桶里的冷水兑了热水,从床底下取出脸盆让柳芭洗脸。

喝过茶,柳芭吻了吻丈夫的额头,就去医院上班了,临走说她下午三点左右回家。尼基塔摸了摸额头上妻子吻过的地方,一个人留在了家里。他自己都不知道,今天为什么不去上班。他觉得自己现在没有脸活着,也许根本没必要活着,那何必还要去挣钱糊口呢?他决定随便想个办法度过自己剩下的日子,直到被耻辱和痛苦完全销蚀。

尼基塔仔细查看了房间里的所有家产,找到了食材,准备了一道简单的午餐——牛肉粥。做完了这项工作之后,他趴在床上开始计算,离河流开冻还有多少时间,到时候就跳进波图坦河一死了之。

"用不了等多久,河面就开冻了!"他自言自语地安慰自己,一会儿就迷迷糊糊地睡着了。

柳芭从医院里带回来一样礼物——两盆冬花。单位里的医生和护士纷纷祝贺她新婚。她在他们面前也装得既得意又神秘,就像一个真正尝到新婚甜蜜的女人。那些尚未出嫁的年轻护士都羡慕她,医院药房间的一名女职员真心诚意地问柳芭,人说爱情永远使人神魂颠倒,而因爱而嫁人是令人陶醉的幸福,这话是真的吗?柳芭回答说,这话千真万确,人们因此才活在这世界上。

晚上夫妻俩聊天。柳芭说他们可能会有孩子,应该早做准备。尼基塔允诺在厂里加班做一套儿童家具:小桌子、小椅子和摇床。

"革命已经彻底结束,现在该生孩子了。"尼基塔说,"孩子再也不会受苦了!"

"你说得轻巧,生孩子可是我的事!"柳芭委屈地说。

"会疼吗?"尼基塔问,"那你就别生,别受苦……"

"不,我也许能忍受!"柳芭答应说。

她摸黑铺好了床,为了睡得宽敞些,她把两把椅子拼到床边用来搁脚,吩咐他横着睡到床上。尼基塔躺到指定的位置,不再吭声,半夜里在睡梦中哭了起来。柳芭好久没有睡着,她听到了他的哭泣,小心翼翼地用床单的一角擦干了尼基塔脸上的泪水。一早醒来,他不记得自己夜间曾经流过悲伤的眼泪。

从此以后,他们按部就班地开始共同生活。柳芭在医院里医治病人,尼基塔在厂里制作农民用的家具。下班后,或者在星期天,尼基塔就收拾院子和房子,尽管柳芭没有要他干这些活——现在她自己都不知道这房子属于谁。以前是属于她母亲,后来收归国有,可是国家忘了这房子——从来没有人来顾问过房子是否完好,也没有人来收取房租。尼基塔不在乎房子的归属。他通过父亲的朋友搞到了绿色的油漆,等到一开春天气变暖和,就给铁皮的屋顶和护窗板重新刷了一遍。怀着同样的认真劲儿,他慢慢修理了院子里已经破旧的板棚、大门和围墙,还打算挖一个新的地窖,原来的地窖已经塌了。

波图坦河已经开始流冰。尼基塔到河边去了两次,看着流动的河水,打定了主意:只要柳芭还能容忍他,那就不去死,等到无法容忍的时候再死也不迟——反正河水不会很快结冰的。那些家务活尼基塔一般都是慢慢地做,免得坐在房间里惹柳芭讨厌。干完所有家务活,他就从旧的地窖里挖些黏土,用衬衫的下摆兜着带进屋子,然后坐到地板上用黏土捏成一个个小泥人和各种奇形怪状、没有用处的小物件——纯粹是胡思乱想的产物,比如山上长出一个动物的脑袋,或者一个粗大的树根,但是形状十分普通,并非那种盘根错节、复杂得让人看了会头晕的树根。捏泥人和小物件的时候,尼基塔会情不自禁地露出舒心的微笑,柳芭也坐在地板上,紧挨着他,一边缝补内衣一边轻轻地哼着以前听到的小曲,有时候还伸手爱抚尼基塔——或者抚摸他的脑袋,或者挠一下他的胳肢窝。在这样的时刻,尼基塔温顺的心会揪得很紧,他都不知道自己是不是还需要什么更加高尚更加强烈的东西,或者生活其实就是这类琐碎的小事——就像现在他已经拥有的那样。但是柳芭看他的眼神显得疲惫,充满了忍耐和善良,仿佛善良和幸福对她来说成了一种繁重的劳动。于是尼基塔使劲揉碎自己捏成的那些小玩意儿,把它们重新恢复成黏土,他问妻子要不要生炉子烧水煮茶,或者到什么地方去办事……

"不需要。"柳芭笑着说,"这些事我自己来……"

于是尼基塔明白,生活中有许多大事要做,也许他无法胜任,这生活并非局限于他那颗跳动的心脏,它更有趣,更强烈,也更宝贵,但是存在于另一个他望尘莫及的人身上。他提了个水桶到城里的公用水井取水,那里的水比街上蓄水池里的水干净。无论用什么方法,无论干什么活,尼基塔都无法排遣自己的痛苦,他像小时候一样害怕渐渐临近的夜晚。取好水,尼基塔提着满满一桶水走进父亲家,在父亲那儿坐了一会儿。

"婚礼怎么没办啊?"父亲问,"悄悄地,按照苏维埃的方式办了?"

"还要办的。"儿子保证说,"我们一起做套小桌椅、小摇床,你明天跟工长说说,争取点材料……说不定我们会有孩子的!"

"好啊,可以。"父亲表示同意,"不过,你们不该马上要孩子,还不是时候……"

过了一个星期,尼基塔已经把全套孩子的家具都做好了——每天晚上他加班加点,细心干活。父亲把每一件家具再精心加工,还刷了漆。

柳芭把儿童家具安置在一个专门的角落,给未来的孩子的小桌子上放了两瓶花,给小椅子的椅背上盖了一条新的绣花毛巾。为了感谢丈夫对自己和她的未来的孩子的忠诚,柳芭把尼基塔搂在自己怀里,吻了吻他的脖子,紧紧贴在他胸前,在所爱的人身上久久地感受温暖,她知道再进一步也不可能做什么了。尼基塔垂着双手,尽量把自己的心隐藏起来,默默地站在她面前,他不想装出强壮的样子,因为他知道自己无能为力。

那天夜里,尼基塔醒得早,醒过来的时候刚过半夜。他在寂静中躺了好久,他听着城里的钟声——十二点半、一点、一点半,总共敲了三次,每次敲一下。天空中,窗户外,开始露出朦胧的天光——还不是朝霞,仅仅是黑暗的消退,光秃秃的空间渐渐裸露,房间里的所有东西,包括新做的儿童家具也都能看出轮廓,但是经过黑色的夜晚之后,它们显得可怜而疲惫,仿佛在发出求助的呼唤。柳芭在被窝里动了一下,叹了口气。可能她也没睡着。为了以防万一,尼基塔屏住呼吸,开始倾听。不过柳芭再也不动了,她的呼吸又变得平稳,尼基塔就喜欢柳芭睡在自己身边,青春勃发的妻子是他不可或缺的精神支柱,尽管她在睡梦中并不明白她丈夫存在的意义。只要她平安幸福,只要想到有她陪伴,尼基塔此生也就满足了。最亲切的亲人就睡在身边,他得到了安慰,于是他放心地睡去,过了一会儿又睁开了眼睛。

柳芭小心地,几乎是不出声地在哭泣。她蒙着脑袋,独自在被窝里经受折磨,尽量压抑自己的痛苦,让痛苦无声无息地死亡。尼基塔把脸转向柳芭,看到她可怜地蜷缩在被窝里,呼吸急促,痛苦难耐。尼基塔不吭声。不是什么痛苦都可以解除的,有的痛苦只有在心力交瘁的情况下,在长久的遗忘之后,或者因为忙于日常生活中的种种事务而无暇顾及的时候,才会消失。

黎明的时候柳芭才平静下来。尼基塔等了一会儿,轻轻掀开被角,看了看妻子的脸。她安静地睡着,温暖又温顺,脸上留着泪痕……

尼基塔起身,悄无声息地穿好衣服,来到外面。微弱的早晨开始来到人间,一名路过的乞丐背着满满一袋东西走在街道中央。尼基塔跟随这名乞丐向前走去,这样就有了方向和目标。乞丐来到城外,沿着大路前往康特米罗夫卡镇,那里自古以来就有几个很大的集市,住的也都是有钱人。诚然,那里的人给乞丐的施舍不多,要填饱肚皮就得去那些贫困的农村,不过康特米罗夫卡很热闹,很有趣,可以在集市住几天,看看人来人往的热闹场面,以此暂时排解心头的苦闷。

尼基塔和乞丐来到康特米罗夫卡镇的时候已经快晌午了。那乞丐在镇口的一条沟里坐下来,打开口袋,与尼基塔一起分享口袋里的食品。进城后他们就分手了,乞丐有自己的打算,可是尼基塔却漫无目标。尼基塔来到一个集市,在一个打烊的摊位后面坐下,不再去想柳芭,想生活中的种种烦恼,或想自己。

*　　*　　*

　　集市的看门人在集市上已经住了二十五年,这么多年来他和自己不生孩子的胖老婆日子过得挺滋润。那些摊贩和合作商店的伙计把不合标准的零零碎碎边边角角的肉送给他,把布料以及诸如线团、肥皂等等的日用品按成本价处理给他。他自己也早就开始小本经营废旧包装用品,赚了钱就存到储蓄所。按照职责,他应该打扫整个集市的垃圾,擦洗卖肉摊位上的血迹,打扫公共厕所,夜里要看守做买卖的遮阳和商店。可是他只在夜里穿着暖和的羊皮袄在集市里走一圈,把那些脏活交给了在集市过夜的流浪汉和乞丐;他老婆几乎天天把隔夜的肉汤当泔脚倒掉,看门人就始终能够打发那些扫公厕的穷人。

　　老婆经常给他发号施令——别去干那些脏活,他胡子已经一大把——他现在不是什么看门人,而是监理。

　　可是,几块现成的面包岂能让流浪汉或者乞丐永远干这种脏活:他给你干一次,你给他吃的,他还讨要一点,最后又回到县城去了。

　　近来连续好几夜,集市看门人都在驱赶同一个人。看门人推醒他,他就起来走开,问他话他也不回答,过后又睡在或者坐在远处的摊位后面。有一次,看门人一整夜都在抓这个无家可归的人,最后惹得他火冒三丈,非要抓住这个陌生的家伙不可,叫他吃点苦头……看门人朝他扔棍子,还砸到了他的脑袋,天亮前流浪汉终于在他眼前消失了——也许彻底离开了集市广场。可是早晨看门人又发现了他——他睡在厕所后面一个粪坑的盖子上,就在露天。看门人叫醒他,那人睁开眼睛,什么话也不说,看了看,又若无其事地继续睡觉。看门人以为这个人是哑巴。他用棍子戳了戳他的肚皮,做了个手势,让哑巴跟他走。

在自己那套由公家提供的整洁的住所——一间厨房和一个房间,看门人给哑巴吃了飘着油渣的冷汤,然后吩咐他在过道里拿了扫把、铲子、刮铲和一桶石灰去把厕所打扫干净。哑巴呆呆地看着看门人,没准他还是个聋子……可是不对呀,不像是聋子——哑巴在过道里拿了看门人吩咐的所有必需的工具和材料,这么看来——他能听见。

尼基塔干活非常认真,后来看门人过来检查他打扫得怎么样。第一次干活还不错,于是看门人吩咐尼基塔去拴马的地方打扫马粪,再用独轮手推车运走。

看门人回家吩咐自己的女当家,今后不要把残羹剩饭倒入泔水池,最好倒在单独的盆子里留给哑巴吃。

"保不准你要让他睡到咱家的正房里?"他老婆问。

"绝对不行!"男主人说,"就让他睡露天,他又不是聋子,就叫他睡着防小偷,听到有什么动静就跑来报告……你给他一条毯子,他能给自己找到睡觉的地方……"

尼基塔在镇上的集市住了很长时间。他已经不习惯开口说话,甚至连思考、回忆和痛苦都减少了。偶尔,他的心会感受到压抑,但是他忍着,不去多想,于是他心中痛苦的感觉便慢慢疲惫、消退。他已经习惯于住在集市,熙熙攘攘的人群,鼎沸的人声,每日里发生的事情,使他忘却了自己,忘却了自己的需求——吃饭、休息和看到父亲的愿望。尼基塔不停地干活,甚至在夜里,他在寂静下来的集市上的空箱子里睡着之后,看门人也会来找他,吩咐他不能睡得太死,只能打一会儿盹,要注意倾听周围的动静。"什么情况都会发生,"看门人说,"前几天小偷拆了摊位上的两块铺板,吃掉了两普特①蜂蜜……"天刚亮尼基塔就已经在干活了,他要赶在开市前打扫干净;白天忙得连吃饭也顾不上:一会儿要把垃圾装上马车,一会儿要挖新的污水坑,一会儿要拆旧箱子——那些旧箱子是商人们免费送给看门人的,他再把木箱拆散卖到乡下——一会儿又有别的活要干。

夏天的时候,尼基塔被抓进了监狱,因为怀疑他偷了农村消费合作社设在集市上的油漆颜料商店的东西,但是侦查结果证明他是清白的,因为哑巴,这个十分虚弱的人,对指控太无动于衷。根据尼基塔的性格和他帮集市看门人干的那份卑微的工作,侦查员从中没有发现任何的贪婪和追求享受的迹象——即使在监狱里他也没有把牢饭全吃完。侦查员明白,这个人不知道私产和公物的价值,再说他这个案件没有直接的证据。"没有必要让这样的人坏了监狱的名声!"侦查员做出了决定。

尼基塔在监狱里只蹲了五天五夜,出狱后又去了集市。尼基塔不在时可把看门人累坏了,因此哑巴再次出现在集市的摊位旁的时候,他喜出望外。老头把他叫到自己家里,打破节俭的家规,给他吃了新鲜的热汤。"吃一次又吃不穷!"看门老头这样安慰自己,"往后还是让他吃剩菜剩饭!"

"去把食品摊位的垃圾扫干净。"等尼基塔吃了主人家的汤,看

---

① 俄制重量单位,1普特合16.38千克。

门人这样吩咐他。

尼基塔去干熟悉的活儿。现在他多少有点麻木了,很少思考,即使有什么想法也是一闪而过。等到秋天来临,他也许会彻底忘记自己是怎么回事,看着周围世界的变化也不会留下什么印象。这让大家觉得他这个人日子过得很自在,其实他仅仅在这里存在而已,是在失去记忆、缺乏思考、无论是对家庭的温暖还是逃避常人的痛苦都没有感觉的情况下的苟活。

出狱不久,夏天即将结束,夜晚变得越来越长。尼基塔按规定正打算晚间给公厕上锁的时候,从里面传来一个声音:

"等等,小伙子,别关!这里有什么好偷的?"

尼基塔等了一会儿。父亲腋下夹着一个空口袋从里面走了出来。

"你好,尼基塔!"父亲说着突然伤心得哭了起来。但他为自己的失态感到惭愧,因此没有擦眼泪,似乎根本没有这回事。"我们以为你早死了……这么说来你还好好的?"

尼基塔拥抱变瘦变矮的父亲——他那已经麻木的心咯噔一下。

过了一会儿,父子俩朝空荡荡的集市走去,在两排摊位之间的走道中安顿下来。

"我来这儿买粮食,这儿便宜。"父亲解释说,"结果来晚了,人都散了……今儿住一晚,明天买了粮就回家……你怎么在这儿?"

尼基塔想回答父亲的问话,可是喉咙口哽住了,他都忘了话该怎么说。他清了清嗓子,嗫嚅着说:

"我没什么。柳芭好吗?"

"她投河了,"父亲说,"幸好渔民们及时发现,把她拖上岸,想办法把她救活了。她还住了一阵子医院,已经好了。"

"现在好吗?"尼基塔轻声问。

"暂时没死,"父亲说,"经常咳血,肯定是呛了水受寒了。她选的时间不好——正巧天气恶劣,河水很冷……"

父亲从口袋里取出面包,掰了一半给儿子,两人凑合着吃了晚饭。尼基塔不说话,父亲把麻袋铺在地上准备睡觉。

"你有地方睡吗?"父亲问,"要不你睡麻袋,我睡地上,我不会着凉的,我年纪大了……"

"柳芭干吗要自杀呀?"尼基塔问,声音很轻。

"怎么,你嗓子有病?"父亲问,"没关系,会好的!她想死你了,一时想不开就……她沿着波图坦河来来回回走了100多俄里,找了整整一个月。她以为你淹死了,尸体总会浮起来,她就是想见到你。不料想你在这儿。这样可不好……"

尼基塔惦记着柳芭,他的心里重新充满了痛苦和力量。

"爸,你一个人睡吧,"尼基塔说,"我这就去看柳芭。"

"去吧,"父亲说,"现在走路舒服,天气凉快。我明天就回来,到时候我们聊聊。"

出了镇子,尼基塔沿着无人的大路撒腿往县城跑去。跑累了,就走一阵,接着又开始在自由轻松的空气中,在黑暗的田野里奔跑。

深夜,尼基塔敲了敲柳芭的窗户,摸了摸当初他刷了绿色油漆的护窗板,因为天黑,现在护窗板看上去成了蓝色。他把脸贴在窗玻璃上。床上垂下的白色床单使整个房间泛出微弱的亮光。尼基塔看到了他和父亲做的儿童家具,它们都完好无损。于是,尼基塔使劲敲了敲窗框。柳芭还是没有反应,她没有走到窗前辨认他。

尼基塔翻过围墙门,走过厢房,然后进入房间——房间门没锁:住在这儿的人已经无心防贼了。

柳芭蒙着头躺在被窝里。

"柳芭!"尼基塔轻轻呼唤她。

"什么事?"柳芭在被窝里问。

她没有睡。一个人躺着,也许出于害怕,或者因为生病,也许她以为敲窗的声音和尼基塔的呼唤是在做梦。

尼基塔在床头坐下。

"柳芭,是我回来了!"

柳芭掀掉脸上的被子。

"快到我这儿来!"她请求说,声音依然是那么温柔,说着把双手伸给了尼基塔。

柳芭害怕这一切马上会消失,赶紧抓住尼基塔的双手,把他拉到自己身边。

尼基塔紧紧抱住柳芭,那劲儿大得似乎要把亲爱的人装进自己渴望已久的心灵之中,可是他一会儿就清醒过来,顿时感到羞愧不已。

"你疼吗?"尼基塔问。

"不疼!我不觉得疼。"柳芭回答。

他想要的是她整个人,让她快活,于是,一股既粗暴又渺小的力量充满了他全身。但是,尼基塔从跟柳芭的亲热中体验到的快乐并没有超过平常的那种感受,他只感到自己的心现在掌控着他的整个身体,并且用自己的热血分享那可怜的必不可少的欢乐。

柳芭请求尼基塔,也许他该把炉子生起来,因为离天亮还早着呢,让炉火照亮房间,反正她再也不想睡了,她要等天亮,要好好看看尼基塔。

厢房里的劈柴用完了。尼基塔到院子里从板棚上拆了两块木板,把它们劈成碎片,生起了小铁炉。炉火旺了,尼基塔打开炉门,火光照到外面。柳芭下了床,面对着尼基塔坐到地板上,那里比较明亮。

"现在你没事了吧?不后悔跟我一起生活吗?"她问。

"不,我没事了,"尼基塔回答说,"跟你在一起我感到幸福。"

"把炉火烧旺些,要不我会冻坏的。"柳芭请求说。

她身上只穿一件很旧的睡衣,她那消瘦的身体在寒夜的黑暗中都快冻僵了。

捉摸不透的人

一

福马·普霍夫生来就不是那种多愁善感的人。如今女主人不在了,他饿了就在妻子的棺材上切煮熟的香肠。

"这是本能在起作用!"普霍夫就此问题做出结论。

埋葬了妻子,普霍夫就躺下睡觉,这一阵他实在太忙也太累了。一觉醒来,他想喝克瓦斯,可是妻子生病期间,所有的克瓦斯都喝完了——现在没有人替他操心吃喝。于是普霍夫点燃了一支烟——用来解渴。没等他抽完烟,有人不由分说地使劲敲他家的门。

"谁啊?"普霍夫大声问,憋足全身的力气猛吸最后一口烟,"都不让人伤心一下,混蛋!"

不过,他还是去开了门——没准人家有事来找他。

进来的是段长办公室的门卫。

"福马·叶戈雷奇,行车单!请在行车表上签名!又刮暴风雪了——列车要停了!"

福马·叶戈雷奇签好名,往窗外看了看:真的刮起了暴风雪,狂风已经在炉子的风门上不时发出嘘嘘的尖叫声。门卫走了,福马·叶戈雷奇听着狂风呼啸,心情不免变得忧伤起来,因为寂寞,也因为妻子死了家里无人照料。

"凡事都得服从自然规律!"他这样说服自己,于是稍稍平静下来。

风暴在普霍夫的头顶上,在炉子的烟道里,刮得越来越凶狠,真希望身边哪怕有个活物,更别说有妻子陪伴了。

行车单规定必须在十六点到车站,现在大约是十二点,还可以睡一会儿,福马·叶戈雷奇也这样做了。

普霍夫好不容易醒了,只觉得浑身散了架似的,还出了一身汗。按照老习惯,他随口喊道:

"格拉莎!"他这是在叫妻子。在风雪的沉重打击下,小木屋整个儿在吱嘎吱嘎作响。两个房间空空的,没有人能听到福马·普霍夫的呼唤。以往,体贴的妻子肯定会应答:

"你怎么了,福马什卡?"

"没事儿,"福马·普霍夫往往这样回答,"我随便问问,你好吗!"

可是现在没有人回答,也没有人关心。这就是自然规律!

"要是给我老伴来一次大修——肯定还活着,可没钱,吃得又差!"普霍夫自言自语,给自己的奥地利产的鞋子系上鞋带,"最好发明一种自动驾驶的火车,这行当我都干腻了!"福马·叶戈雷奇这样想着,把食物装进袋子:面包和黍米。

走出家门,暴风雪呼啸着扑面而来。

"混账!"迎着运动的空间,普霍夫大声说,他这是在骂整个自然界。

走过车站旁边不见人影的小镇,普霍夫一路骂骂咧咧——并非出于怨恨,而是由于悲伤和另外的原因,但是他没有说出口。

车站上一辆大马力重型机车已经生火待发,机车挂着一列除雪车。除雪车上标着"布尔科夫斯基工程师型号"的字样。

"这布尔科夫斯基是什么人?他现在在哪儿?还活着吗?谁知道呢!"普霍夫伤心地想,不知为什么,他巴不得马上见到这位布尔科夫斯基。

段长走到普霍夫身边:

"你看一下,普霍夫,签上名,马上出发!"他随手交给他一纸命令——

> 现发布命令如下:自科兹洛夫至利斯基之右侧道路,必须始终保持通畅,不得积雪,为此需将全部合格除雪车投入使用并不间断作业。除满足军用列车之需要,所有机车都必须配备除雪车。在紧急情况下,车站值班机车也须执行上述任务。凡出现严重暴风雪的情况,每列军用列车前必须配置除雪车进行不间断作业,时刻保障运输顺畅,以免削弱红军战斗力。
> 东南铁路局革命总委员会主席　罗亭
> 东南铁路局交通运输政治委员　杜巴宁

普霍夫签了名——在那年代你敢不签名吗!

"又要一星期不睡觉了!"机车司机说着也签了名。

"是啊!"普霍夫说,面对即将来临的艰难和担忧,他感到了一种奇怪的满足:日子可以在不知不觉中过得快些。

段长是工程师,一个高傲的人,他耐心地听着暴风雪,抽象的眼睛看着机车上方。他两次被判枪毙,一下子白了头,叫他干什么都服从——没有怨言,没有责怪。从此永远沉默,要说话也就是布置任务。

车站值班员出来,把行车证交给段长,祝一路平安。

"到格拉夫斯卡亚之前不能停车!"段长告诉司机,"40俄里!假如一路上全速前进,你们锅炉里的水够用吗?"

"够用。"司机回答,"水很多——用不完!"

段长和普霍夫走进除雪车。那里已经躺着八个工人,他们用公家配给的劈柴将炉子烧得通红,为了通风把窗户也打开了。

"又放屁了,这些鬼东西!"普霍夫闻到了臭味,还猜到了原因,"你们不是才来吗,油荤应该还没有吃多吧!哎,你们这些不长进的笨蛋!"

段长坐到窗边的圆凳上,操纵机车和除雪车的全部作业,普霍夫站到摇杆旁边。

几位工人也站起来各就各位,分别摇动一个个大手柄,积雪随着摇杆的移动迅速被扒开,摇杆将抛雪板时而抬起时而放下。

暴风雪在东南大草原上积蓄了巨大能量,顽强而持续不断地咆哮着。

车厢里不干净,但暖和,似乎还幽静。车站的铁皮屋顶被风掀起,哐啷哐啷直响,有时候这铁皮的哐啷声与远处的隆隆炮声交织在一起。

前线就在 60 俄里开外。白军一直向铁路线挤压,企图占领火车车厢和车站大楼,寻找喘息的机会。他们的骑兵长期辗转在草原的雪地里,已经人困马乏。但是红军装甲列车上的破机枪不停地朝雪地里扫射,迫使白军后退。每到夜里,装甲列车闭灯前行,密切注意前方的黑暗,由机车试探道路是否完好。夜间情况不明,倘若远处草原上有棵小树朝列车招手,就立即用机枪的火力把它灭了:别再瞎晃动!

"准备好了吗?"段长问,看了一眼普霍夫。

"准备好了!"普霍夫回答,双手抓住了摇杆。

段长拽了一下连接机车的绳索——机车像温柔的轮船那样鸣响汽笛,猛地推动除雪车向前。

驶离车站之后,段长一只手拉响机车的汽笛,另一只手朝普霍夫挥了挥。这手势表示:干活了!

机车吼了一声,司机打开全部蒸汽,普霍夫扳动两个摇杆,放下铲板,展开两翼。除雪车一会儿就失去了速度,开始陷进雪里,紧贴在铁轨上,像被磁铁吸住了似的。

段长再次拉了一下连接机车的绳索,这表示要加强推力!但是由于加速过度,机车整个儿抖动起来,拔风的烟道里冲出了蒸汽。机车的车轮在雪地里空转,就像陷入了泥坑。轴承由于快速的运转和劣质的润滑油而开始发烫。司炉工顶着零下二十多度的冷风,不停地跑到煤水车上去取劈柴,已经汗流浃背。

除雪机和机车陷入了一个很深的雪坑。只有段长一人没有说话,对他来说一切都无所谓,而机车和除雪机上的其他人用自造的语言骂起了脏话,发泄内心的不满。

"蒸汽不足!给炉子拨火加煤,加强通风,打开自动限压器——这样才起得来!"

"抽烟!"普霍夫对工人们喊道,他猜到机车出了什么问题。

段长也掏出烟荷包,把自制的绿色马合烟丝撒在一小片报纸上。

大家对暴风雪早就习惯了,甚至忘了它,就像忘了正常的空气。普霍夫抽了几口烟,从车厢出来,此刻他才领教了风暴的呼啸、寒冷的凶猛和干雪的扑打。

"真是一帮坏蛋!"普霍夫骂道,好不容易做了他该做的事情。

机车的自动限压器突然狂叫着释放出多余的蒸汽。普霍夫跳进车厢——机车一下子把除雪车从雪堆里拉了出来,车轮将铁轨撞出了火花。普霍夫甚至看到,由于释放了大量的蒸汽,连水都从机车的烟囱里冒了出来。他夸司机胆子大:

"我们机车上的这小伙子真棒!"

"啊?"工长舒加耶夫问。

"'啊'什么'啊'?"普霍夫回答,"有什么好'啊'的?出了大事,你还啰唆些什么!"

舒加耶夫不再说话。

机车吼了两下,段长喊道:

"停止作业!"

普霍夫猛推摇杆,抬起铲板。

渐渐驶近道口,那里有几道护轨。通过这种地方的时候不能进行除雪作业:除雪车的铲板只能铲铁轨头部以下的雪,如果铁轨旁边有异物,那就不能作业,否则除雪车会倾翻。

驶过道口之后,除雪车在辽阔的大草原上飞驰。皑皑白雪之下是一条人工铺设的铁路。普霍夫始终惊叹浩茫的空间。在他痛苦的时候,空间能给他安慰,如果他碰到什么高兴的事情,空间能放大他的欢乐。

现在就是这样:普霍夫从被雪蒙住的窗户向外望去,什么也看不见,但是心里舒服。

除雪车配有强弹簧,作业时像大车碾压一堆瓦罐那样发出哐啷啷的响声,铲起雪朝铁路的右坡方向飞撒,侧翼板吱吱嘎嘎地把雪推到一边。

在格拉夫斯卡亚停留了相当长时间。给机车加水,副司机清洁烟筒、锅炉和其他燃烧设施。

几乎冻僵的司机什么也不干,只是骂骂咧咧地抱怨这样的生活。驻扎在格拉夫斯卡亚的水兵司令部给他送来了酒,普霍夫也分得一份,段长拒绝了。

"喝吧,工程师。"水手长劝他。

"非常感谢。我滴酒不沾。"工程师谢绝了。

"行,随你便。"水手长说,"要不喝一点暖暖身子!要不要我去拿鱼来,你就吃一点?"

工程师又拒绝了,不知出于什么原因。

"哎,你呀,真不知好歹!"受了委屈的水手长说,"人家真心诚意地给你,我们又不是舍不得,你还不要!还是吃点吧!"

司机和普霍夫尽情吃喝,笑看着段长。

"别管他!"另一个水兵说,"他想吃,可是思想不允许!"

段长不搭腔。他确实没有胃口。一个月之前他刚从察里津出差回来——他主持了当地一座桥梁的修复工作。昨天他收到一份紧急电报,说一辆军列把桥压垮了:桥梁铆接过于匆忙,非专业的工人打铆钉非常马虎,现在桥梁的桁架裂开了——区区一列轻载货车的重量都承受不起。

两天前桥梁案件的侦查就开始了。段长家里就放着铁路革命军事法庭侦查员发来的传票。临时受命紧急出车的工程师不可能去革命军事法庭,但他一直惦记着这事。因此,他不想喝也不想吃。但是,他并不害怕,折磨他的是极度的冷漠;他觉得,冷漠比恐惧更可怕——冷漠将人的灵魂渐渐耗干,就像文火烧水那样,等到你清醒的时候,那颗心只剩下空壳了。到那时候即使你每天判他死刑,他都不会请求抽一支烟——死刑犯临刑前的最后一次享受。

"现在你们要去哪儿?"水手长问普霍夫。

"应该是格里亚济!"

"对,乌斯曼附近有两列专列和一辆装甲列车陷进了雪堆动弹不得!"水手长想起来了,"听说哥萨克占领了达维多夫卡,而弹药就埋在科兹洛夫城外的雪堆里!"

"我们会彻底清除的,哪怕钢铁也能截断,除雪么——根本不在话下!"普霍夫很有信心地说,他赶紧把最后几滴酒喝下,这年头什么都不该浪费。

列车出发前往格里亚济。有个小老头硬要搭车——好像是从利斯基的儿子那儿回家——谁知道他是什么人!

车开了。摇杆开始吱嘎作响,把铲板一会儿推上一会儿推下,几个工人开始发牢骚,他们刚才没有吃到水兵送来的大肥鱼。

"现在真想吃腌渍苹果!"除雪车全速工作时普霍夫说,"嗨,真想吃——吃它一桶!"

"我想吃鲱鱼!"搭车的小老头回应道,"听人说,阿斯特拉罕几百万普特的鲱鱼在烂掉,就是没有去那里的火车!"

"让你搭车,你就给我好好待着,别啰唆!"普霍夫严厉警告他,"他想吃鲱鱼!好像他不吃,就没有人吃了!"

"我呀,"普霍夫的助手,钳工兹沃雷契内插嘴说,"到乌斯曼参加了一次婚礼,吃了一整只公鸡,肥得流油啊,这鬼东西!"

"那桌上一共有几只鸡啊?"普霍夫问,似乎闻到了公鸡的香味。

"只有一只,现在哪有那么多公鸡?"

"怎么,没有把你从婚宴上赶走吧?"普霍夫追问道,真希望把他赶出婚礼。

"没有,我自己提前走了。站起来假装到院子里解手——男人们进进出出的——就这样溜了。"

"你是不是该下车了,老人家,你的村子还看不到吗?"普霍夫问搭车的乘客,"看着点,别光顾说话误了下车!"

老头一步跨到窗前,往玻璃上哈了口气,又擦了几下:

"这地儿有点熟,好像是哈莫夫斯基那边几个光秃秃的移民新村!"

"既然是哈莫夫斯基移民新村,那你该下车了。"见多识广的普霍夫说,"下吧,趁现在是爬坡!"

老头收拾了一下大口袋,低声下气地求情说:

"机器跑得飞快,呼呼的,就怕摔死,司机先生!劳驾您放慢一分钟——我马上就跳下去。"

"亏你想得出来!"普霍夫生气了,"战争时期让公家的机器为他一个人减速!现在到格里亚济之前都不会停下!"

老头不再吱声,过了一会儿又用特别恭顺的口气问道:

"听说现在的刹车特别厉害,再快的速度都能刹住!"

"下吧,下吧,老人家!"普霍夫生气了,"给他减速!你跳下去的又不是石头山,是雪地!软软的,你自己都想躺一会儿,舒展舒展筋骨呢!"

老头来到外面的平台上,检查袋子上的绳子——当然不是为了扎紧,而是为了赢得鼓足勇气的时间。然后就不见了:肯定是跳下去了。

除雪车接到来自格里亚济车站的命令:必须拉装甲列车和人民委员的专列,穿过被雪堵住的路线,直达利斯基。

给除雪车配备了双重牵引:另一辆机车是人民委员专列让出来的,那是普梯洛夫工厂生产的一辆性能稳定的大功率机车。

人民委员的重型装甲列车总是动用两辆最好的机车。

可是,即使两辆机车对积雪也无能为力,积雪比沙子还难对付。因此,在动荡的遍地积雪的冬季,备受称赞的不是机车,而是除雪车。

装甲列车上的炮兵之所以能够在达维多夫卡和利斯基附近痛击白军,那要归功于机车和除雪车的乘务团队,他们连续几个星期不睡觉,只用干粮充饥,日夜不停地清除积雪。

不过,普霍夫,福马·叶戈雷奇,他就认为这样干活是很正常的,他唯一担心的是在自由市场买不到马合烟。所以家里储备了一普特烟叶,还用手提秤核实过重量。

但是快到科洛杰兹内车站的时候,除雪车突然停住了:两辆牵引的大功率机车撞上了雪堆,雪都没到了烟囱。

由于机车突然撞上雪堆后骤停,驾驶头车的那个彼得堡司机从座位上被甩出,飞到了煤水车上。他驾驶的那辆机车还不服输,继续在原地发力,强大却又无法施展的动力使它剧烈地颤抖,拼命用自己的胸部挤压前面的雪山。

司机跳进雪地里滚了几圈,头上满是鲜血,嘴里还在骂人。

普霍夫走到他跟前。刚才他的下巴撞上杠杆,四颗牙齿松动了,于是拔下了这几颗多余的牙齿攥在手里,另一只手里拿着一小袋自己的口粮——面包和黍米。他没有查看躺在雪地里的司机,却饶有兴味地端详那辆还在雪地里拼命挣扎的出色的机车。

"这机器太棒了,鬼东西!"

然后他又喊副司机:

"把蒸汽关了,混蛋,别把曲柄给折了!"

机车上没人回应。

普霍夫把口粮放在雪地上,扔掉牙齿,自己爬上机车去关闭调节器和送风器。

副司机在驾驶室,不过已经死了。他被甩出去的时候脑袋撞到了枢轴上,铜轴头插进了颅骨——他就这样挂在那儿死了,地板上全是他流的血。副司机跪在那儿,两只发紫的手无助地耷拉着,脑袋卡在枢轴上。

"这傻瓜怎么就撞到了枢轴上?位置就在颅顶,正中囟门儿!"普霍夫找到了事故的原因。

普霍夫关掉了还在原地疯狂运转的机车,仔细查看了它的整个装置,不由得再次想到了副司机:

"可惜了,这傻瓜,蒸汽一直控制得很好!"

压力计指针至今还是 30 个气压,几乎是极限了,这可是在又深又结实的积雪中运转了十个小时之后的指标!

暴风雪停了,下起了湿雪。装甲车和人民委员专列停在清除了积雪的路上,还在冒烟。

普霍夫走下机车。除雪车上的工人和段长在齐腰深的雪地里吃力地向机车爬去。第二辆机车上的机组成员也下了机车,受伤的脑袋都用擦机器的破布包扎了。

普霍夫走到彼得格勒司机跟前。只见他坐在雪地里,正在用雪敷血淋淋的脑袋。

"怎么样,"他问普霍夫,"机器怎么样?炉子关了吗?"

"一切正常,机械师!"普霍夫一本正经地回答,"只是你的助手给撞死了,不过我可以把兹沃雷契内给你,这小子可聪明呢,就是嘴巴馋!"

"行。"司机说,"你帮我往伤口上放块面包,再用绑腿布扎紧!血这鬼东西,我怎么也止不住!"

除雪车后面露出了一张可爱又疲惫的马脸。两分钟后,一支十五六人的哥萨克队伍来到机车跟前。

谁也没有把他们当回事。

普霍夫和兹沃雷契内继续吃他们的面包;兹沃雷契内劝普霍夫一定要装牙齿,要装就装钢的,镀镍的那种,沃罗涅日的好多工厂都能做:再硬的东西也一辈子磨不坏!

"怕是又被撞掉!"普霍夫不听劝。

"我们给你做上一百颗。"兹沃雷契内安慰他,"剩下的你就放在烟荷包里备着。"

"你这话有道理。"普霍夫同意了,他想钢比骨头硬,假牙可以在铣床上大量制造。

哥萨克军官看到工人们气闲神定的模样,一下子愣住了,连说话的声音都哑了。

"工人公民们!"军官转动着涣散失神的眼珠,煞有介事地说,"我代表伟大的人民俄罗斯,命令你们将机车和除雪车开到波德戈尔内车站。如有违抗——就地枪决!"

两辆机车发出轻微的嘶嘶声。雪停了,还刮风,但那是解冻的风,遥远的春天的风。

司机脑袋上的血凝固了,再也没有流出来。他挠了挠血痂上的硬皮,拖着艰难而虚弱的脚步朝机车走去。

"去加水添柴——不能让机器挨冻!"

哥萨克们拔出手枪,把机组人员围了起来。普霍夫火了:

"这些混蛋,不懂技术,可还要瞎指挥!"

"什——么?!"军官吼道,声音嘶哑,"快上车,要不叫你尝尝子弹的味道!"

"你算什么东西,想用子弹吓唬人!"普霍夫按捺不住,大声喊道,"看我不拿铁家伙揍你!你没见掉雪堆里了,人都受伤了!你这臭流氓!"

军官听到装甲列车短促沉闷的汽笛声,转身要朝普霍夫开枪。

段长躺在铺在雪地里的大衣上,眼望着灰暗、变暖的天空,脑子里想着忧心的事儿。

突然,机车上有人发出惨叫声。可能是司机将惨遭横死的助手从枢轴上抱下来。

哥萨克们下了马,围着机车来回转悠,似乎在寻找失物。

"上马!"军官向哥萨克们下命令,他发现从弯道那儿突然驶来一辆装甲列车。"快开车,要不我开枪了!"他朝段长脑袋开了一枪。段长都没有抽搐一下,只是蜷缩起两条疲惫的腿,扭过脸对着地面,就这样死了。

普霍夫跳上机车,打开所有警报器,发出急促的警报声。心领神会的司机打开蒸汽阀,整个机车都笼罩在蒸汽中。

哥萨克马队开始疯狂地朝工人们扫射,工人们纷纷躲到机车下面,跌跌撞撞地躺进雪堆里,终于保住了性命。

装甲列车赶来支援,驶近除雪车的时候,装甲列车上的三英寸口径野炮和机枪一齐开火。

哥萨克马队还没逃出 20 俄丈①,就陷在雪堆里,最后被装甲列车彻底歼灭。

只有一匹马逃脱了。它发出一声凄厉的嘶叫,使出浑身力气,朝草原狂奔而去。

普霍夫久久地看着这匹瘦马远去的身影,不由得心生怜悯,倒吸了一口凉气。

机车从装甲列车上分离,再挂到除雪机后面。

过了一小时,三辆机车同时发力,终于克服了铁路上的雪障,来到平坦的地方。

---

① 俄国长度单位,1 俄丈等于 2.134 米。

二

在利斯基休整了三天。

普霍夫用润滑油换了十磅马合烟,心满意足。在火车站,他读遍了所有宣传画,还从宣传点带回来几份报纸。

宣传画形形色色。一张宣传画是涂掉了一幅很大的圣象画改制的——原来是勇士格奥尔吉在地狱里大战毒蛇最后把它打败的画面。现在格奥尔吉换成了托洛茨基的脑袋,毒蛇的脑袋改成了资本家;战无不胜的格奥尔吉衣服上的十字架画成了星星,但是颜料的质量很差,星星下面还是露出了十字架。

这使普霍夫非常扫兴。他满怀热忱地关注革命,为它的每一个愚蠢行为感到羞愧,尽管他跟革命没有多大关系。

车站的墙上挂着一块横幅,上面是宣传的语言:

> 让我们干活的手捧起书本,
> 学习吧,无产者,你会变得聪明!

"这话不恰当!"普霍夫大声说,"应该这样写:让所有傻瓜不看书也变得聪明!"

> 我们度过的每一天——就是往资产阶级的脑袋打进

一颗钉子。我们会长生不老——让资产阶级的脑袋难受去吧!

"这就说到了点子上!"普霍夫这样评价,"干脆利落。"

有一天,一列客车进入利斯基车站,车厢都很漂亮,红军战士挤在车门口,看不到一个粮贩子。

此刻,普霍夫正站在月台门口琢磨什么事情。

列车缓缓停下。没有一个人走出车厢。

"这是谁来了?"普霍夫问一名加油工。

"谁知道?听说是总司令——整个列车就他一个人!"

从最前面的一节车厢下来几位乐手,走到列车中间部位就停下来,排好队,奏起了迎宾曲。

过了没多久,从中间的软卧车厢走出来一位胖乎乎的军人,边走边向乐手们挥手,意思是停下,我很满意!

乐手们散开。军事首长不慌不忙地走下台阶,朝车站走去。他后面跟着其他几名军人,有的带炸弹,有的拿手枪,有的握马刀,有的在骂人——全是保卫人员。

普霍夫跟了过去,来到宣传点附近。那里已经聚集了好多红军战士、铁路员工和渴望受教育的庄稼汉。

刚下车的军事首长走上讲台,大家向他鼓掌,尽管都不知道他的姓名。但是,首长是个严厉的人,立即加以制止:

"同志们!公民们!第一次我可以原谅,不过我要宣布,今后不得出现类似的场面!这里不是马戏团,我也不是小丑——这里不需要鼓掌!"

人们立即静下来,讨好地注视着演讲者——特别是那些粮贩子:没准他会记住自己的面孔,然后允许他上车。

可是,首长详细解释了资产阶级是彻头彻尾的坏蛋之后就离开了,并没有记住任何一张献媚的面孔。

没有一个粮贩子能坐上这一长列空车:警卫们说,无关人员一律不准乘坐负有特殊任务的军列。

"可那是空车呀!一人独占一列车,花销也太大了吧!"消瘦的庄稼汉们据理力争。

"按规定,集团军司令必须坐专列,这是上级的命令!"负责警卫的红军战士解释说。

"既然是命令,那我们没话可说!"粮贩子服了,"我们不进车厢,就坐在车厢之间的连接器上!"

"坐哪儿都不行!"警卫们回答,"待在车轮上倒是允许的!"

专列终于开走了,一路上还朝天开枪——为了吓唬那些硬要挤上车的粮贩子。

"这算什么呀!"普霍夫对机务段的一名钳工说,"没有多少分量的体重要四十个轴承来拉!"

"负载量很小——那是用绳索拉跳蚤!"机务段的钳工嘲笑说。

"给他一台检路车不就行了么!"普霍夫想,"白白浪费美国机车!"

去板棚领口粮的路上,普霍夫总要看看各种标语和通告,他喜欢阅读,也珍惜人们的各种想法。

板棚上贴着一张告示,普霍夫连看了三遍:

工人同志们！

　　工农红军第九集团军司令部正在组建技术人员志愿服务队，为在北高加索、库班和黑海沿岸作战的红军提供战地服务。

　　毁坏的铁路桥梁、海岸防御设施、通讯联络服务、武器修理厂、流动技术基地——所有这一切，都需要无产阶级的能工巧匠，但是南方红军作战部队目前缺乏这样的人才。

　　从另一面说，没有技术装备，就无法战胜工人农民的敌人，而工人农民恰恰拥有帝国主义协约国无偿提供的技术装备。

　　工人同志们！我们号召你们参加技术人员志愿服务队，有意者请到各铁路枢纽车站第九革命军事委员会代表处报名。详情请咨询特派员。

　　红军万岁！

　　工农阶级万岁！

　　普霍夫撕下了这张用糨糊贴在墙上的公告，带上它去找兹沃雷契内。

　　"我们一起去吧，彼得！"普霍夫对兹沃雷契内说，"干吗在这儿混日子！至少可以到南方看看，在海里游游泳！"

　　兹沃雷契内不吭声，他在考虑自己的家庭。

　　普霍夫的女人已经死了，他巴不得到天南海北去逛逛。

　　"你考虑一下，彼得！"普霍夫劝他，"说句实话：军队哪能没有钳工！留在除雪车上没有事可干：春风已经吹进裤裆了！"

兹沃雷契内还是不说话，他舍不得妻子阿尼西娅和儿子，他儿子也叫彼得，是妈妈的心肝宝贝。

"我们去吧，彼得！"普霍夫一个劲儿劝他，"去看看山区的风景，再说心里也会更加踏实！你没有看见一趟趟军列运送的都是伤寒病人，可我们干坐着，每天领口粮！……等到革命结束了，我们什么也没有留下！到时候人家问：你干了些什么？你怎么回答？"

"我就说，我清除铁路上的积雪！"兹沃雷契内回答，"打仗也少不了运输啊！"

"这算什么！"普霍夫说，"人家会说，那是有偿劳动，平常的工作！人家会问你，你做了什么无偿的牺牲？你打心底里同情什么？这才是关键！在沃罗涅日，连过去的那些将军也在扫雪，每天都能领到一磅食品！咱们跟他们一样！"

"我想，这里更需要我们。"兹沃雷契内不服。

"谁也不清楚，我们在哪里更有用处！"普霍夫强调说，"要是光想，那办不成大事，应该有感情。"

"你别胡扯了！"兹沃雷契内生气了，"谁来算这个账：什么人干了什么事，从事了什么行当？这样过日子就永远不得安宁了。你现在光棍一条，反正到哪里都一样，这才一门心思想换地方，傻瓜！没准你是打算去找个漂亮女人——你不是懂感情吗！你年纪不算大，没有老婆怕是憋得慌！那就赶快屁颠屁颠地去找吧！"

"你真傻，彼得！"普霍夫已经不抱希望了，"你懂机械，可是你太固执！"

普霍夫伤心得连午饭都没吃，而是立即去找军代表报名，他想把手续全办妥。可是到了那里,炊事员让吃了两份午饭,感谢他修好了锅子,也感谢他说的话很有启发。

"内战结束后,我就是红色贵族!"他告诉利斯基的所有朋友。

"这是为什么呀?"工友们问他,"是不是像古时候那样会分封你土地?"

"我要土地干什么?"普霍夫得意扬扬地回答说,"难道让我去播种螺丝不成?那是一种荣誉和称号,不是叫你去压迫人。"

"这么说来,我们不都成了红色傻瓜?"工友们问。

"你们应该上前线,别总窝在家里!"普霍夫郑重其事地说,说完就回去等待被派到南方。

一星期后,普霍夫和另外五名经过军代表审核通过的钳工,出发前往新罗西斯克——去港口报到。

路上走了很长时间,也很辛苦,但是后来的事情就更加艰难了,以致普霍夫后来忘记了这次旅途的艰辛。给他们每人发了五磅里海鲤鱼和一个大圆面包当干粮,钳工们倒也没饿着,只是到了每个车站才能喝水。

在叶卡捷琳诺达尔①,普霍夫耽搁了一星期。前面在打仗,禁止任何人前往新罗西斯克。在这个没有希望的绿色小城,人们对战争早已习惯,大家只想及时享乐。

"一帮混蛋!"普霍夫这样评价所有人,"对时代变化都没有感觉了!"

---

① 俄罗斯城市,现名克拉斯诺达尔。

到了新罗西斯克,普霍夫前往那个好像负责测试专业人员水平的委员会。

他们问他:"蒸汽是怎样产生的?"

"什么样的蒸汽?"普霍夫耍了个花招,"普通的还是过热的?"

"一般的……蒸汽!"主考官说。

"是由水和火产生的。"普霍夫回答得很干脆。

"好!"考官表示肯定,"什么是彗星?"

"流浪的星星!"普霍夫回答。

"对!请问雾月十八日①是什么时间?为什么有这个名称?"

"根据博留斯历法②,10月18日是伟大的十月革命前一个星期,这次革命解放了全世界无产阶级和所有被打得鼻青脸肿的民族。"普霍夫一点不慌张,因为他见了什么书都要看看。

"基本正确!"考核委员会主席说,"好,那您了解航运吗?"

"航运往往比水重,也比水轻!"普霍夫回答得十分肯定。

"您知道哪些发动机?"

"双缸蒸汽机,奥托-戴茨,粉碎机,橡胶轮,还有各种永动机。"

"什么叫马力?"

"代替机器干活的马。"

"为什么要取代机器?"

"因为我们国家技术落后——用木犁耕地,用指甲收割!"

---

① 雾月十八日即公元1799年11月9日,拿破仑推翻督政府,自任首席执政官,史称雾月政变。
② 以雅科夫·博留斯命名的日历,第一版于1709年夏天印刷出版,约两百年间,是俄罗斯农民的案头指南,因为内容包括每日农事指导等。

"什么是宗教?"

"卡尔·马克思的偏见和老百姓的私酿酒。"

"资产阶级为什么需要宗教?"

"为了让老百姓心里不难受。"

"普霍夫同志,您爱整个无产阶级吗?是否愿意为他们献出生命?"

"我爱,政委同志。"为了通过考试,普霍夫这样回答,"我也愿意为他们流血,不过这血不能傻乎乎地白流。"

"这很清楚!"考官说,然后分配他去港口担任安装工,修理一艘船。

那船就是"火星号"快艇。船上的煤油发动机不转了——让普霍夫去修理。

新罗西斯克是个风都。不知为什么,这里的风吹得没有章法:鼓足了劲吹呀吹呀,把不相干的东西都吹热了,而风却是冷的。

那时候弗兰格尔[①]盘踞在克里米亚,布尔什维克急于修好"火星号"——说是弗兰格尔计划实施海上袭击,需要防御力量。

"他有好几艘英国巡洋舰呢!"普霍夫解释说,"我们的'火星号'在海上就是只小舢板,一块砖头就能把它击沉!"

"红军什么都能办到!"水兵们回答说,"我们乘几块木板到了察里津,赤手空拳把它攻下来了!"

---

① 彼得·尼古拉耶维奇·弗兰格尔(1878—1928),男爵,俄罗斯陆军中将,曾参加日俄战争和第一次世界大战,曾担任高加索白卫军司令,后流亡国外。

"那是打架,不是打仗!"普霍夫表示怀疑,"炮弹可不认阶级——一下子可以把船打到海底!"

"火星号"上的煤油发动机怎么也不愿意转动起来。

"假如你是一架蒸汽发动机,"普霍夫一个人坐在船舱里思忖着,"我可以一下子就把你收拾了!这玩意儿不知是哪个混蛋发明的:瞧这些电线,还是铜的……乱七八糟!"

普霍夫对大海也见怪不怪——摇来晃去的妨碍干活。

"我们的草原可大多了,那里的风也厉害,但是守规矩:白天刮,夜里停。可这里呢——刮呀刮呀,刮个不停,你拿它有什么办法?"

普霍夫自言自语,不时吸口烟,坐在那儿不停地捣鼓发动机,可那机器就是不转。他把它拆了三次,又重新装了三次,然后使劲摇动手柄——马达吼了几下,就是转不起来。

夜里,普霍夫躺在空荡荡的船舱里,还在琢磨发动机的事儿,把它骂得狗血淋头。

有一天,水兵政委来到"火星号",对普霍夫说:

"要是明天还修不好机器,我就把你这磨磨蹭蹭的鬼东西扔到海里去!"

"好啊,我一定让这混账东西转起来,不过你上了船,我就把它撂海上!到时候你就自个儿折腾吧,流氓!"普霍夫不买他的账。

政委恨不得一枪毙了普霍夫,转而一想,没有技师这仗还真不好打。

普霍夫仔细研究了整整一夜。他重新构想了这机器运转的原理。根据自己的设想,拆除了几个多余的部件,换上普通的零件,把它改装成一架新的机器。天亮前马达开始疯狂吼叫起来。普霍夫于是连上螺旋桨——螺旋桨开始旋转,但马达呼哧呼哧地喘粗气。

"瞧你,"普霍夫说,"就像魔鬼爬圣山①!"

白天水兵政委又来了。

"怎么样,机器修好了?"他问。

"你以为我修不了吗?"普霍夫回答,"只有你们才会从叶卡捷琳诺达尔偷偷溜了。如果需要,我决不放弃!"

"得了,得了。"满意的政委说,"你要知道,我们的煤油很少,你要省着用!"

"我又不会把它喝了——原来有多少就剩下多少!"普霍夫毫不含糊地说。

"不是说马达走起来要水吗?"政委问。

"是的,煤油燃烧,用水冷却!"

"那你想办法少用煤油,多用水。"政委有了个新发明。

平时寡言少语的普霍夫不禁哈哈大笑起来。

"你这蠢货,有什么好乐的?"政委恼火了。

普霍夫停不下来,笑得前仰后合:

"你还是别去建什么苏维埃政权,你该把整个自然界都管起来——你想得真美啊!嗨,你这叫花子!"

政委一听这话,知道自己出了洋相,丢了面子,赶紧走人。

新罗西斯克正在抓捕富人。

"干吗要跟他们过不去?"普霍夫想,"这些鬼东西翻得起什么大

---

① 圣山位于希腊,海拔 2033 米,东正教的圣地,按规定女性和雌性动物不得入内,被联合国教科文组规定为世界遗产。

浪？他们已经吓得不敢出门了。"

除了抓人，全城还贴满了告示："由于演讲者严重的医学疲劳，本周取消一切群众大会。"

"现在我们要冷清了。"普霍夫看了告示不免伤心。

这期间，港口来了一艘小型的"星"驱逐舰。打穿的弹孔要铆上，控制锚的绞盘要修理。普霍夫想去看一看，但是被拦住了。

"这算什么事啊？"普霍夫感到委屈，"我发现那儿干活的尽是些窝囊废。我要去帮他们，要不到海上会出事的！"

"上面有命令，禁止任何人上船！"放哨的红军战士回答。

"好吧，让他们见鬼去吧，让他们瞎折腾！"普霍夫说完就离开了，但心里还牵挂着。

就在那天傍晚，一艘土耳其运输船"沙尼亚号"进港。俱乐部里在议论，说这是土耳其的领袖凯末尔帕夏①赠送的礼物，但普霍夫表示怀疑。

"我亲眼看到的，"他告诉红军战士，"这船好端端的！战争期间土耳其苏丹怎么能送这样的礼物——他自己还不够用呢！"

"他可是我们的朋友，凯末尔帕夏！"红军战士向他解释，"你啊，普霍夫，对政治一窍不通！"

"你扯下包脚布，自以为就成了个人物？"普霍夫生气了，走到角落里看那些他不太相信的标语。

---

① 穆斯塔法·凯末尔·阿塔图尔克(1881—1938)，土耳其总理、总统，土耳其大国民议会议长。帕夏是奥斯曼帝国行政系统里的高级官员，通常是总督、军队统帅及其他高级军政官员。

半夜,普霍夫被军部的通讯员叫醒了。普霍夫有点害怕:"肯定是水兵政委在暗中使坏!"

军部外面站着一长队红军战士,着装整齐,准备出行,还有三名技工,也穿着军大衣,背着水壶。

"普霍夫同志,您怎么没穿军装?"队长问他。

"我这样也挺好,干吗还要背水壶!"普霍夫回答,说着站到了一旁。

深更半夜,天很黑,山里的风呼呼地吹,水哗哗地流。

红军战士默默地站着,一式的新大衣,彼此不说话。不知是他们害怕什么,还是要相互保密。

在山里和远郊偶尔传来枪声,那是有人在消灭陌生的生命。

一名红军战士的步枪哐啷一声响,立即被人制止,他打心底里觉得太丢人。

普霍夫也有点紧张,但是他没有流露,免得发出声响。

马厩顶上的那盏灯照着院子里的垃圾,微弱的灯光在红军战士苍白的夜间的脸上晃动。无意间从山里吹来的风,在炫耀自己的勇气,它敢于在毫无防备的空间恣意肆虐。它在劝告人们尽管去做自己的事情——他们听得句句入耳。

城里,狗在猞猁狂吠,人在悄悄繁殖。而在这僻静的院子里,另外一些人内心充满了紧张和不安,以及一种特别的勇敢的快感——因为有人企图减少他们的数量。

团政委走到院子中央,开始小声讲话,仿佛他面对的只有一个人:

"亲爱的同志们! 我们现在不是开群众大会,我简单说几句……

共和国最高指挥部命令我军革命军事委员会,对在克里米亚苟延残喘的弗兰格尔的后方实施打击。我们的任务就是要利用我们现有的船只,渡过刻赤海峡,在克里米亚海岸登陆。到达后,我们必须与在弗兰格尔后方活动的红绿游击队会合并且切断弗兰格尔登船逃跑的去路,因为北方红军突破彼列科普地峡后,弗兰格尔肯定会扑向那里。我们必须破坏弗兰格尔的桥梁和道路,捣毁他的后方,阻止他逃往海上,这样就可以一举歼灭这帮瘟神!

"红军战士们!我们去克里米亚这一路上,会遇到很多困难,这是件冒险的事。那里有几艘巡洋舰在巡逻,一旦发现我们,就会把我们击沉。这情况我必须给你们说清楚。如果我们能够登陆,将与穷凶极恶的敌人进行一场危险的殊死搏斗。我们会有重大伤亡,也许到克里米亚建立苏维埃政权的时候,我们中间很少有人能够幸存下来,也许一个人都不剩——这就是我要跟大家说的话,亲爱的红军同志们!

"接下来,我要问你们,同志们,是不是心甘情愿地去做这件事?

"你们有没有为了革命和苏维埃共和国的利益甘愿牺牲自己宝贵生命的英勇气概?如果有人害怕或者动摇,如果有人舍不得家庭,那么请他站出来明确表态,我们会同意这样的同志不参加这次行动!

"我们的中央政府对我们这次战役寄予很大希望,希望尽快结束战争并转向劳动战线的和平建设!

"我等待着你们的回答,红军战士同志们!我必须立即向军部革命军事委员会汇报!"

政委结束讲话,皱着眉头站在那儿——他感觉良好,又有点尴尬。红军战士们也都不吱声。普霍夫激动得浑身发抖。

"这就对啦,"他想,"布尔什维克就该这样打仗,没必要窝在这儿孵小鸡!"

现在谁也听不见哗哗的风声,看不到夜色中的山峦。在大家眼里,世界已经模糊不清,仿佛那是遥远的往事,眼下人人都在紧张地思考共同的命运。院子里的路灯耗尽了煤油,已经熄灭,但是谁也没有发现。

突然,从队伍中站出来一名战士,斩钉截铁地说:

"政委同志!请您转告军部革命军事委员会和全体指挥员,我们等待着出发的命令!我们没有料到会赋予我们这样崇高的荣誉和干掉弗兰格尔的重任!我深信,我说的是全体红军战士的心里话。我们表示感谢,并且发誓,要是苏维埃政权需要的话,我们将献出鲜血、力量和生命——就这么回事!如果苏维埃俄罗斯还有人饿死,如果那些坏蛋还在克里米亚捣乱,那干吗还要磨磨蹭蹭地浪费时间,那还要等什么!"

红军战士们听得热血沸腾,高兴得纷纷议论起来,尽管按照健全的理智没什么值得高兴的。只见又有一名战士站出来说:

"司令部派我们去登陆,这样做得对。从彼列科普地峡方向打弗兰格尔的脑袋,我们打他的屁股,到时候他就整个儿趴下了,就是英国的巡洋舰也救不了他!"

这时候政委又站了出来。

"红军战士同志们!我们司令部早有预料!我们期待的正是你们此刻表现出来的高度觉悟和对革命的绝对忠诚!我代表革命军事委员会和军部向你们表示感谢,并且请大家把我刚才说的话当作军事秘密。你们知道,新罗西斯克到处有白军的特务,如果走漏了风声,我们就会完蛋!出发的命令将会专门下达。谢谢啦,同志们!"

政委匆匆离开了,而红军战士们依然站在那儿。普霍夫走到他们跟前听他们议论。有生以来他第一次羞愧得脸都红了。

原来,世界上有那么好的人民,那么优秀的人,他们不惜牺牲自己。

寒冷的夜晚被灌满了狂风和暴雨,孤独的人们感到忧愁和恐怖。但是,这天夜里谁也没有上街,孤独的人们枯坐家中,听着大门被狂风刮得哐啷直响。如果有人去朋友家打发这让人提心吊胆的时光,那么他肯定不会回家,而在朋友家过夜。人人都知道,街上等待他的是逮捕、连夜的审问、检查证件,以及长时间关押在臭烘烘的地下室,直到确实证明此人一辈子都在讨饭,或者等到布尔什维克取得彻底胜利。

然而,这些来自北方各地、穿上军装的农民,如今成了非凡的人——他们不惜牺牲自己的生命,不再怜悯自己和亲人,对熟悉的敌人怀着刻骨的仇恨。这些武装起来的人们准备经受双倍的折磨,宁愿与敌人同归于尽,而不让敌人活着。

夜里,普霍夫与红军战士们玩跳棋,还给他们讲一位登陆队长的故事,其实这队长他从来没有见过。

普霍夫看不到生活中的乐趣,于是习惯用种种英雄故事美化生活,大家听了也高兴。

受命登陆的这支队伍有 500 人,他们来自不同的地方。

因此,第二天有 500 封信寄往 500 个俄罗斯的村庄。

整整有半天时间,红军战士们在纸上歪歪扭扭地写字,涂涂画画,与自己的父母妻子和其他亲人告别。

普霍夫也帮助那些写字特别困难的人,他添枝加叶的那些信还受到红军战士的称赞:

"写得好,福马·叶戈雷奇,我家里人看了会哭的!"

"那还用说吗?"普霍夫说,"我们这儿没什么好笑的,这又不是开玩笑的事。你真是个怪人!"

午饭后,普霍夫去找政委。

"政委同志,您让我参加登陆吗?"

"让你参加,普霍夫同志,所以叫你参加昨天的会议!"政委说。

"政委同志,我请求让我到'沙尼亚号'上担任轮机长,我听说那船是蒸汽发动机,而'火星号'是煤油机,对我不合适,太小了!"

"'沙尼亚号'有自己的轮机长——是土耳其人!"政委说,"那也行,我们派你去当他的助手,'火星号'另派轮机长!怎么,你是不是对付不了煤油机?"

"煤油机的功率太小,蒸汽机才厉害呢。政委同志,我不想在英雄的登陆行动中跟这种破玩意儿打交道!这是煤油炉,不是发动机,您自己也看到了!"

"那好吧。"政委同意了,"既然这样,那你就去'沙尼亚号'吧。登陆队的人都是自愿的,能干什么就干什么。老兄,在执行任务的时候可别逞能!"

普霍夫领了通行证就去"沙尼亚号"——熟悉机器。他要的就是机器,有了机器他就有了家的感觉。

他跟土耳其轮机长很快就有了共同语言。他说润滑油是关键,有了润滑油机器再怎么干活也不会损坏。

"这话说到了点子上。"土耳其人俄语说得很好,"润滑油是好东西,能保护机器!谁用润滑油多,谁就是爱机器,谁就是好把式!"

"对呀,"普霍夫喜出望外,"机器喜欢马夫,不喜欢骑手:它是活的!"

就这样他们成了朋友。

夜里,顶着狂风,队伍前往港口登船。普霍夫不知道该跟在什么人后面,便走在队伍的旁边,还把发给他的公家水壶弄得哐啷直响。红军战士赶紧制止他:

"不是说过了——行军得悄悄的,你干吗弄得山响?"

"我干吗要鬼鬼祟祟的,又不是去抢劫!"普霍夫说。

"上面有命令,不得出声。"红军战士巴罗诺夫小声回答说,"把城里的人关进契卡①,就是要防特务!"

队伍悄悄地走了很久,只听得脚下的湿沙发出轻微的唰唰声。那些空荡荡的大仓库一片漆黑,回荡着哗哗的风声。饥饿的老鼠到处乱窜,不知道在寻找什么食物。

夜晚黑得伸手不见五指,就像在坟墓里一样,但是队员们情绪高昂,既紧张又兴奋,就像古代秘密出猎的猎手。

群山上空弥漫着悠悠岁月的气息——它们见证了大自然得以生存的英勇气概。这些武装的夜行人也像大自然那样,满怀着移山填海的豪情壮志。

---

① 全俄肃清反革命及怠工非常委员会的简称,苏联情报机构克格勃的前身。

正是凭着勇敢精神,红军战士们往往赤手空拳就能在草原上缴获敌人的装甲车和白军的军用列车。

他们年轻力壮,为了未来的漫长生活,正在为自己建设一个新的国家。凡是不符合他们为穷人创造幸福的理想的东西,他们都要疯狂毁坏,而这一切都是政治委员给他们的教导。

他们还不懂得生命的宝贵,因此他们不知道什么叫胆怯——舍不得失去自己的血肉之躯。他们从小就走上战场,还没有体验过爱情,没有体验过思想的魅力,没有领略过他们所处的那个不可思议的世界之美。他们对自己都缺乏了解。因此,红军战士心里没有那道本来可以关注自己个性的锁链。因此,他们过着一种与自然界和历史融为一体的生活,而历史就像火车头,拉着全世界的贫穷、绝望和因循守旧的陋习,一路狂奔向前。

茫茫夜色中,船上的信号灯交替明灭。登陆队踏上码头的跳板。立即开始登船。

全体登陆队员被安排登上了"沙尼亚号",20名侦察兵登上"火星号"快艇,水兵们上了驱逐艇。

普霍夫爬进"沙尼亚号"的机舱,马上觉得非常自在。只要挨着机器,他的心情就会十分舒畅。他沉默得累了,于是点燃了支烟,大声清了清嗓子,吐出积聚在肺里的浑浊废气。

红军战士的皮鞋踩在甲板和舷梯上的咚咚声持续了将近两个小时。

这些忙乱的事情让普霍夫相当满意,他在底下坐不住了,于是爬上甲板。

微弱的灯光下,人影晃动。他们把步枪和所有的行装紧紧地抱在胸前,小心翼翼地爬上舷梯,免得发出任何的碰撞声。

灯光下,夜晚变得更加浩瀚和黑暗,简直难以相信,还有一个活的世界。微风淹没在黑暗的深处,轻轻吹拂着码头上的货物。

几艘轮船不时拉响几声短促的具有警示意味的汽笛,彼此交流着什么。岸上是静观一切的黑暗和诱人遐想的荒凉。没有一丝声音可以传到城里,只听得从山间传来远处那条湍急的河流的哗哗水声。

普霍夫浑身充满了从未体验过的自己生命的高度满足、坚强和需要。他背靠绞盘,站在那儿欣赏这神秘的夜景——人们默默地、秘密地准备走向死亡。

在那遥远的童年时代,他往往对复活节的晨祷感到惊讶,在幼稚的心里体验神秘而危险的奇迹。眼下,普霍夫重新体验了这淳朴的欢乐,好像他成了大家都需要和亲密的人——为此,他想悄悄地亲吻大家。他似乎一辈子都在怨恨和侮辱别人,结果他发现,他们都是好人,因此他羞愧难当,但是自己的名声难以挽回了。

舱外的大海发出有节奏的涛声,呵护着海底种种不知名的物体。但是普霍夫没有观察大海——他第一次发现了真正的人。大自然的其他景色都跟他疏远,变得索然无趣。

半夜一点钟,登船结束。岸上传来军部革命军事委员会的最后一次问候。政委心不在焉地做了回答,他正忙着别的事情。

只听得一声干脆利索的出海命令,陆地开始后退。三艘登陆船舰离开码头,驶往克里米亚。

十分钟后,海岸最后的一线影子消失了。船舰在海上和寒冷的黑暗中航行。灯光全部熄灭，人员进入舱内，大家坐在黑暗和闷热中，但是谁也没有瞌睡。

船上严禁吸烟，以防不小心引起火灾。谈话同样被禁止，队长和政委尽量将"沙尼亚号"伪装成一艘无人的商船。

轮船是秘密航行，蒸汽被严实关闭。不远处，"火星号"和巡逻艇在茫茫夜色中缓缓前进。每隔一段时间，它们就用水兵的长口哨通报各自的情况。"沙尼亚号"用短促而低沉的汽笛回应。

船舰开足马力，在漆黑一团的海面上奋勇前进。

夜晚正在悄悄地过去。红军战士们觉得它像未来的生活那样漫长。兴奋的心情渐渐消退，无尽的黑暗逐渐使大家的心里充满了神秘的担忧，等待着突然发生致命的事件。

大海突然警惕起来，不再发出声音。螺旋桨不知刮到了什么，好像是一件黏稠的东西，这东西在船舷外又轻轻地绞作了一团。难熬的时间在不急不躁地流逝。起伏的山峦呈现出苍白和羞涩的亮色，预示着早晨即将来临，可是大海已经变了模样。它那平静的用来映照天空的镜面，憋着一股狠劲将各种映像搅乱。掀起的微澜破坏了海的宁静，由于数量众多而难以施展威力，只能搅动下面的海水。

在远方，在浩渺的海面上，山峦般的巨浪在缓缓涌动，刨出一个个深坑，然后自己也掉入深坑中彻底崩塌。灰白色的浪沫沿着细小的浪峰嘶嘶的一路飞来，犹如毒药一般。

风越来越紧，用力击打着广阔的空间，在数百里之外才渐渐消停。巨浪溅起的水珠随着抖动的空气飘过来，如小石子般打在脸上。

山巅的暴风雨已经在狂笑,而大海则报以巨浪和咆哮。

"沙尼亚号"开始像一片枯叶在惊涛骇浪中飘摇,它那不太结实的船体到处在沮丧地吱嘎作响。

狂暴的东北风搅起滔天巨浪,"沙尼亚号"时而被抛进深渊,时而又被抬到浪尖——在那儿停留的一瞬间可以看到远方深蓝色的宁静的异域风光。

空气中可以感觉到那种雷雨前才有的不安和兴奋。

白天早已来临,但是凛冽的东北风吹得红军战士索索发抖。

他们出生在干旱的草原,现在几乎人人的胃里都在翻江倒海;有些人爬到甲板上,趴在那里不停地呕吐。吐完后,他们暂时觉得好过些,但是一会儿又被颠簸得五脏六腑都乱套了,再次呕吐不止。连政委都开始担心,他在甲板上来回查看的时候都被颠得要抓住管子或者柱子才能站稳。但是他没有呕吐——他当过海员。

"沙尼亚号"渐渐靠近最危险的地段——刻赤海峡。风暴一点没有消停的意思,还在拼命想把大海连根拔起。

"火星号"和驱逐舰早就在狂涛恶浪中不见影踪,对"沙尼亚号"的信号没有回应。

"沙尼亚号"的队长已经无法控制船只——现在控制船只的是一股狂暴的自然力。

普霍夫并没有因为颠簸而受罪。他给轮机长解释说,他早就有胃灼热的老毛病,这反而帮了他的忙。

维护发动机正常工作也很困难:负载量始终在变化,螺旋桨一会儿深入水里,一会儿又抬出水面。因此,发动机不是因为加速而发出尖叫,所有螺丝都在震动,就是因为负载过重而没了声音。

"加油,给它加油,福马,多加些,不然这样变速会一下子烧坏的!"轮机长说。

普霍夫给机器喂了大量的润滑油,他也认为这事很重要,因此一边加油一边数落说:

"嗨,你这坏蛋,看我怎么收拾你!看你还敢胡闹!"

过了大约一个半小时,"沙尼亚号"穿过了刻赤海峡。

政委下到机舱里抽烟,他的火柴全湿了。

"情况怎么样?"普霍夫问他。

"母的没什么,公的很糟糕。①"政委打趣说,脸上露出疲惫不堪的笑容。

"什么意思?"普霍夫不明白。

"没什么,挺好的。"政委说,"要感谢东北风,不然我们早就给白军收拾了。"

"怎么会呢?"

"是这么回事,"政委解释说,"刻赤海峡由白军的几艘巡洋舰守卫。因为风暴它们都进港避风了,这才没有发现我们!明白了吗?"

"那他们怎么没用探照灯搜索?"普霍夫要打听个究竟。

"嗨!天翻地覆的,探照灯有啥用!"

中午的时候,"沙尼亚号"已经进入克里米亚水域,但是风暴中的大海依然汹涌澎湃,疲惫地撞击着船舷。

过了不久,在地平线上出现了一团可疑的烟雾。船长、队长和

---

① 俄语名词有阴性、阳性和中性之分。"沙尼亚"为阴性,而"火星"为阳性。此处公母分别指"火星号"和"沙尼亚号"。

政委仔细观察这团烟雾。过了一会儿,"沙尼亚号"开始驶向外海——于是那烟雾就不见了。

东北风没有停下。这场风暴让船长和政委喜出望外。白军那几艘担任警戒的舰艇认为,在这样的风暴天气警惕性是多余的,因此全躲进了防风港。

政委以此解释"沙尼亚号"完好无损的原因,他指望风暴停息后,可以在夜里实施登陆。

普霍夫没有从机舱里出来,他汗流浃背地在照看发疯的机器,不停地用粗话吓唬它。

下午三点,地平线上一下子出现了四道柱烟。它们开始快速向"沙尼亚号"移动,大有包围之势。有一艘船已经看清了"沙尼亚号"的面貌,发出要求停止前进的信号。

红军战士不明就里,他们出于好奇,也纷纷到甲板上走动。

"沙尼亚号"船长根据烟柱判定,其中有一艘船肯定是巡洋舰。

看来,登陆队成员终于到了不得不进入舱底的时刻。

船长和政委一直没有离开自己的办公室,在努力寻找拯救的办法。他们命令所有红军战士进入船舱,不让敌舰发现"沙尼亚号"的军事用途。

东北风依然在呼啸,威力不减,将"沙尼亚号"吹离了航线。四艘不明身份的船只也在艰难地维持航向,无法靠近"沙尼亚号"。

过了一会儿,三道烟柱从视野中消失,被狂暴的东北风吹得不知去向。然而第四艘船紧追不舍,渐渐朝"沙尼亚号"靠拢。有时候可以明显看到它的船体。船长看清楚了,这是一艘配备了精良武器的快速商船,正在追赶"沙尼亚号"。只是狂风巨浪妨碍它靠近"沙尼亚号"。接着,它开始盘问"沙尼亚号"要去哪里。"沙尼亚号"进入克里米亚水域之后,挂的是弗兰格尔的旗帜。针对白军船只的盘问,"沙尼亚号"回答说是从刻赤到费奥多西亚,船上运的是鱼。

甲板上只留了四名穿着民族服装的土耳其人,所有的军人跟政委和登陆队长都坐在舱底。因此,白军商船靠近"沙尼亚号"之后,他们只是用望远镜看了一下就离开了。他们不愿意拖曳"沙尼亚号"——他们害怕危险的狂风巨浪。

那天剩下的时间都很太平。有时候也会有船只出现,但很快就消失了:它们害怕"沙尼亚号"甚于"沙尼亚号"害怕它们。

被呕吐和湿冷折磨得苦不堪言的红军战士故意装出快乐的样子,为自己晕船感到羞愧。他们厌烦了郁闷的航行,当他们发现一艘装备了四门大炮的白军船只靠近的时候,甚至都有点喜出望外了。

红军战士不了解大海,他们不相信让他们呕吐得死去活来的这股自然力量蕴藏着可以将船只置于死地的危险。

"让它来好了!"一名来自坦波夫的红军战士说,"给它点颜色看看!"

"什么颜色?"政委问,"它有大炮!"

"你看着吧,"坦波夫人说,"我们用步枪就能干掉它!"

红军战士习惯于用手里的步枪缴获行进中的装甲车,他们以为在海上也能靠步枪打垮敌人。

有时候"沙尼亚号"旁边会有被旋风卷起的冲天水柱经过,水柱过后留下一个个深坑,几乎把海底都要暴露了。

突然,这样的一个冲天巨浪过后,出现了夜间不知去向的"火星号"快艇。它遭到了重创。巨浪摧毁了它的装备,企图将它翻个底儿朝天。但是它拼命挣扎,顺着巨浪上下颠簸,全凭顽强的意志才避免了覆灭的命运。它想贴近"沙尼亚号",但是一个巨浪又把它抛进了深渊。

"火星号"的全体船员和运送的20名侦察员站在甲板上,手里紧紧抓着缆索。

他们发疯似的朝"沙尼亚号"喊话,但是狂风撕碎了他们的声音,什么也听不见。他们的脸上布满了茫然不知所措的阴影,眼睛因为仇恨和绝望而暗淡无光,上面蒙着一层致命的苍白,犹如涂了一层白色的颜料。

越是靠近"沙尼亚号",步步紧逼的死神将他们折磨得越厉害。"火星号"的人们扯碎身上最后一件公家发给他们的衣服,野兽般地狂叫,甚至在挥舞拳头。他们喊得比风暴还响,一个胖胖的红军战士骑在横桁上啃面包,不让自己的口粮白白浪费。

濒临死亡的人们的眼睛由于狂怒而鼓了出来,他们在甲板上拼命跺脚,以期引起人们的注意。

普霍夫站在甲板上看着"火星号"。

"他们干吗像发了疯一样?"他问政委,"是要淹死了还是害怕了?"

"肯定是船漏了。"政委回答说,"要想办法帮他们!"

红军战士在舱底待不住了,他们站到甲板上也对着"火星号"大喊大叫,嘲笑这些不幸的人们惊慌失措。

"沙尼亚号"的全体人员都为"火星号"侦察小队和船员们担心;登陆队长在怒斥船长,政委也在一旁帮腔,但是船长怎么也无法靠近"火星号"。

等到"沙尼亚号"被海浪抛到"火星号"身边的时候,"火星号"上的人喊叫说,海水已经进了机舱。

从"火星号"还传来了手风琴的声音——不知什么人临死前还在拉手风琴,这完全违背了人生的常理。

普霍夫听得清清楚楚,不知为什么在这样特殊的时刻甚至感到兴奋。

就在"火星号"接近"沙尼亚号"的一瞬间,一个清脆的声音盖过了喊叫声,配合那边的手风琴唱了起来:

> 我的小苹果
> 没腌过的小苹果,
> 不小心掉进了
> 黑海里
> ……

"好一个混球!"普霍夫十分得意地评价"火星号"上这个乐天派,出于无奈的同情还啐了一口。

"放舢板!"船长大喊,这时候"火星号"整个船身都沉下去了,只露出甲板。

好不容易放下的舢板立即翻了三个跟斗,舢板上的两名水手不见了影踪。

骤然间,一个巨浪把"火星号"掀起来扔到了"沙尼亚号"上方。

"往下跳呀!"普霍夫喊得比谁都响。

"火星号"上的人先是一愣,吓得脸都黑了,然后不顾一切地往下跳——朝着"沙尼亚号"的甲板。他们像尸体那样摔到"沙尼亚号"上,把伸手想接住他们的手臂都砸断了,而普霍夫被砸得四脚朝天。这反而让他高兴。

"轻点儿!"他大叫,"你们敢打弗兰格尔,还怕这么干净的水,龟孙子!"

几秒钟之后,"火星号"的人全部转移到了"沙尼亚号"上,只有两人错过了目标,掉进了大海深渊。

只听得"火星号"上发出一声沉闷的哀号,内部的爆炸将它炸得粉碎,碎木片碎铁片四处乱飞。

普霍夫在得救的人们中间来回走动,见到人就问:

"刚才是你在唱吗?"

"不是,哪里还顾得上唱歌!""火星号"上的红军战士或者水兵这样回答。

"看你也不像!"普霍夫不满意,继续往前走。

结果一个人也没找到——原来谁也没有唱过,也没有拉手风琴。普霍夫可是听得清清楚楚,甚至连歌词都记住了。

暮色四起,可是风暴依旧,甚至都不想消停。

"这鬼东西是从哪儿来的,我真想看看那地儿!"普霍夫自言自语,他在舱底跟机器一起摇晃。

傍晚的时候,领导们在"沙尼亚号"上商量了好久。"沙尼亚号"超载严重,无法靠近克里米亚海岸。另外,东北风一直把船只推向外海,让人员登陆绝无可能。而长时间在海上耽搁很危险——碰到白军的第一艘巡逻舰就会被它打沉。

大家商量了很久。水兵们不甘心,他们建议等风暴过去了看情况再说。

"行啊,那就回新罗西斯克吧。"侦察队长、水兵沙里科夫说,"回去了怎么办?第一,要追究责任,为什么擅自回港;第二,还能怎样,情况会更糟糕:弗兰格尔一点没有损失。"

"你呀,沙里科夫,"政委对他说,"你忘了,你的'火星号'只剩下些碎片漂在海里,驱逐舰又失踪了——肯定在洗澡,'沙尼亚号'又超载严重,是违规航行!怎么,照你说来,也该让'沙尼亚号'沉到海底吗?"

"行,随你便!"沙里科夫说,"漂在海上也太丢人了!"

到夜里还是决定,必须返回新罗西斯克。

快到半夜的时候,风暴开始减弱,但是海上依然波涛汹涌。"沙尼亚号"艰难返航。

在刻赤海峡,它被岸上的探照灯发现了,但是白军的要塞炮没有向它开火。也许是因为"沙尼亚号"上弗兰格尔的那面破旗还在飘荡。

天亮前夕,"沙尼亚号"的人员在新罗西斯克下船。

"真丢人!"红军战士边收拾行装边抱怨。

"怎么是丢人呢?"普霍夫开导他们,"大自然的力量比人强,老弟!巡洋舰都进了避风港呢!"

"没关系,"水兵沙里科夫不满地说,"很快就要打通彼列科普地峡,到时候没有我们这些窝囊废也没关系!"

事情果然如此。沙里科夫心里明镜似的,一清二楚。

就在当天傍晚,革命军事委员会下达重新登陆的命令。

登陆队连夜再次上船，"沙尼亚号"开始冒蒸汽。

沙里科夫兴奋得在船上跑来跑去，跟每一个人都交谈几句。政委觉得自己做了蠢事，尽管革命军事委员会没有说过一句批评他的话。

"你是工人吧？"沙里科夫问普霍夫。

"原来是工人，将来当潜水员！"普霍夫回答。

"那你为什么不参加革命先锋队？"沙里科夫故意让他难堪，"你这个非党分子为什么要多管闲事，不去争当时代的英雄？"

"有点信不过，沙里科夫同志，"普霍夫解释说，"再说了，我们那儿的党委就在革命前的省长家！"

"这跟革命前的房子没什么关系！"沙里科夫尽量说服他，"我出生在革命前，不觉得有什么问题！"

就在出发之前，登陆队政委离开了一会儿——去向上级发一份汇报队伍顺利出发的紧急电报。

半小时后他回来了，但是他没有登船，而是留在码头上，笑着大声命令：

"下船！"

"你怎么了，头儿，糊涂了？干吗要下船？"沙里科夫站在船舷上问。

"下船！听到没有？"政委大声说，"彼列科普拿下了，弗兰格尔跑了！这是命令——登陆取消！"

沙里科夫和其他人一下子都泄了气。

"真没想到！"一名红军战士说，"本来可以断了弗兰格尔后路，他总要坐船跑的。这下可好——取消了！"

"我早就说过,在克里米亚,没有这些窝囊废照样能办成事!"沙里科夫说。

"你就别再提啦!"普霍夫劝他,"弗兰格尔跑了就跑了,你可以去收拾别人啊!"

"哎!"沙里科夫叹了口气,一拳打在柱子上,还添加了一句脏话。

"那你自己一个人去游过海峡!"普霍夫说他,"你个子小,探照灯发现不了!你上了岸——登陆任务不就完成了吗!"

"真想这么干。"沙里科夫话都到嘴边了,可还是改变了主意,"就是水太冷,浪太大——一会儿就呛死了!"

"那就等个好天气!"普霍夫说,"你往长裤里吹满气,呛水的话就抠个洞,这样就可以呼吸了!"

"不行,那是胡闹,海军不干这种事!"沙里科夫拒绝说。

两天后传来消息,失踪的驱逐舰到达了克里米亚海岸,100名水兵都登陆了。

"我早就料到了!"沙里科夫说,"指挥驱逐舰的是克内什,可我摊上的是群旱鸭子!"

三

"普霍夫!战争快结束了!"有一天政委告诉他。

"早该结束了——我们现在把思想当衣服穿,连裤子都没有一条!"

"弗兰格尔快完蛋了。红军拿下了辛菲罗波尔!"政委说。

"干吗不拿下?"普霍夫并不惊讶,"那儿空气好,阳光足,苏维埃政权的背上爬满了虱子,不过它也让白军不得安宁!"

"这跟虱子有什么关系?"政委真的生气了,"那是自觉的英勇行为!你呀,普霍夫,尽唱反调!"

"你不懂理论和实际,政委同志!"普霍夫气呼呼地回答说,"你使惯了枪杆子,可是科学技术需要的是锁紧螺母,不然螺栓一下子飞出去了!你懂这道理吗?"

"你知道关于组建劳动部队的命令吗?"政委问。

"就是让泥腿子一下子变成钳工去开工厂吗?我知道!那你教会了他们两腿站直吗?"

"革命军事委员会的人又不是傻瓜!"政委严肃地说,"他们都仔细斟酌过!"

"这我明白。"普霍夫表示同意,"他们都是动脑子的人,不过泥腿子一下子掌握不了技术!"

"那你说,那些科学奇迹和国际帝国主义的宝贵财富都是谁创造的?"政委反问道。

"你以为火车头是泥腿子造出来的吗?"

"那还能是谁?"

"机器可是个严肃的事情。它需要智慧和学问,一般的工人——只配干粗活!"

"打仗我们不也学会了吗?"政委打断他。

"我们只会蛮干!"普霍夫不服气,"手艺可是个细致活!"

街上，一个连的红军战士正在去澡堂，为了鼓舞士气一路还唱着歌：

> 亲爱的妈妈，
> 送我上战场，
> 备了面包皮
> 给我当干粮！
> ……

"瞧这些鬼东西！"普霍夫数落他们，"到好端端的城市宣传贫穷！那唱词应该改成带着馅饼上路！"

光阴荏苒，永不刹车。大炮的作用渐渐减弱。无所事事的红军后备队伍在研究自然和社会，准备长久而踏实地生活。

普霍夫面色红润，逍遥自在，说休息是工人的天性。

"普霍夫，你还是去报名参加学习小组吧，要不太无聊了。"有人劝他。

"学习会把脑子搞糊涂，我可要活得明白！"他抬杠说，不知是真话还是玩笑。

"你真是块木头疙瘩，普霍夫，算什么工人！"那人羞辱他。

"你胡说些什么呀，我是有专门技术的行家！"普霍夫跟他争起来。争吵的最后结果便是侮辱革命以及所有革命英雄和迎合革命的人。不用说，出言不逊的是普霍夫，而对方被驳得体无完肤，最后快快离开了。

在这愚蠢的、天气恶劣多变的新罗西斯克，从参加夜间登陆算起,普霍夫待了四个月。

他是亚速海—黑海轮船公司海岸基地的一名高级技工。这家轮船公司是新罗西斯克当局组建的,目的是让北高加索尽快变成和平的地区。但是轮船都无法出港,发动机破损严重——北高加索自称是和平的海洋强国,如今沦为一句空话。

乡村墙报上的文章甚至声称北高加索是"东方的苏维埃英吉利",因为它有一条海岸线和四艘暂时无法航行的轮船。

普霍夫每天都要查看轮船的发动机,汇报它们的毛病:"由于活塞杆断裂和照明设备混乱,'温柔号'轮船的主机无法启动,而且想都别想。至于那条称为'全世界苏维埃号'的轮船,毛病是锅炉炸裂和缺乏燃料,燃料到哪里去了——现在搞不清楚。'沙尼亚号'和'红色骑士号'这两条船只要更换损坏的汽缸并装上警报器就可以使用,但是眼下要造出汽缸简直难以想象,因为土地长不出钢铁,大家又忙于革命,没有人去开矿。至于给汽缸镗孔,劳动部队根本就没有这本领,他们原来都是种地的庄稼汉。"

有时候普霍夫被海岸基地政委叫去当面汇报。普霍夫就把基地发生的事情如实相告。

"你那些技工在干什么?"政委问。

"干什么?不断地照料船上的各种机器呗!"

"可他们不干活啊!"政委说。

"怎么能说他们不干活呢!"普霍夫告诉他,"您没有估计到空气的害处:任何金属,更不要说铜了,假如你不去照料,很快会酸蚀还会生癣!"

"那你最好想想办法,也许能把船修好!"

"现在想不出来,政委同志!"

"为什么想不出来?"

"想需要力气,可是定量太少,吃不饱!"普霍夫解释道。

"你呀,普霍夫,净扯淡!"政委结束谈话,埋头看文件。

"你们才扯淡呢,政委同志!"

"为什么?"正在埋头看文件的政委漫不经心地问。

"因为你们生产的不是物,而是关系!"普霍夫说。他模模糊糊记得,标语牌上说过,资本不是物,而是关系,按照普霍夫的理解,关系就是什么也不是。

有一天,阳光灿烂,普霍夫在城郊散步,一路走一路想,人们干了多少坏事和蠢事,可是对于生活和整个自然环境这样一个唯一值得思考的问题却满不在乎。

普霍夫走路的时候鞋底接触路面。通过皮肤他还能像光脚那样感受大地。这种免费的舒服感是所有流浪者都熟悉的,普霍夫也不是第一次感觉到。因此,在大地上行走始终给予他身心的愉悦——他几乎怀着快感迈着大步,想象自己的脚每一次用力踩下去,地上肯定会形成一个狭窄的窟窿,因此他经常回头观察,这些窟窿是不是完整。

风纠缠着普霍夫,就像一个陌生的丰腴的肉体用灵活的双手向流浪者展示自己的童贞却又不愿委身于他,普霍夫不禁幸福得热血沸腾。

守身如玉的大地的夫妻之爱激起了普霍夫当家人的感觉。他怀着善于持家的温柔环顾大自然的所有财产,发现一切都各得其所,随性而为。

普霍夫坐进野草丛,反省自己的一生,种种抽象的想法纷至沓来,这跟他从事的行当和社会出身毫无关系。

想起已经去世的妻子,普霍夫倍感伤心。这种心情他从来没有给谁说过,因此大家真的认为普霍夫是个麻木的人,居然在妻子的棺材上切香肠。这事情确实有过,但他这样做不是因为无情,而是因为饥饿。不过后来细腻的感情开始折磨他,尽管这件伤心事早已过去。当然,普霍夫注意到了世间万物的生生息息都有规律可循,甚至妻子的死亡也体现了这些规律的公正和铁面无私。自然界的井然有序和高傲的开诚布公令他高兴,给他的意识带来很大的满足。但是他的心有时候还是因为亲人的去世而感到不安和颤抖,他想向受到环环相扣的规律制约的人们诉说自己的无助。在这样的时刻,普霍夫感到自己与大自然不同,他会伤心得将脸紧贴在被自己的呼吸烘暖的大地上,洒下自己难得的吝啬的泪水。

这一切都是真诚的,因为你无法替人们找到最后的归宿,无法绘制一幅详细的心灵地图。每个人都眷恋自己的生命,因此,对他来说每一天都是创世纪。这是生命的支柱。

在这专心思考的时刻,即使远方的兹沃雷契内也让普霍夫觉得十分可爱可亲,真希望跟他见一面,倾心畅谈。

普霍夫觉得奇怪的是,没有一个人关注他:找他都是为了工作上的事情。

红军战士陆陆续续复员回家,永远消失在穷乡僻壤,他们带走的是革命的新奇和秘密。他们一走,城市恢复了革命前的孤儿模样,穿上了忧愁的旧礼服,慢腾腾地该干什么就干什么。

"好吧,我也走!"普霍夫决定,怀着草原人的怨恨看了看那些荒凉的、令人生厌的、挡住了人们去路的山峦。

普霍夫没有告诉首长自己要离开,他不想为难任何人,也不给自己添麻烦。

普霍夫一个人悄悄离开了,就像来的时候那样。对故乡的思念使他寝食不安,他不明白人间怎么能建立"共产国际",因为故乡——那才是魂牵梦绕的地方,再说那也不是整个世界。

没有从季霍列茨克车站开往罗斯托夫方向的列车,只有相反方向的——去巴库。

普霍夫打算从巴库徒步走回老家——沿着里海的海岸斜穿过去,再顺着伏尔加河往前就到了,其实他的地理知识相当贫乏。他以为这一路麦子种得多,而他喜欢吃上饱饭。

途中,他坐空油罐车坐累了,也坐瘦了。他只能吃配给的面包,那还是在新罗西斯克发的——而且没有发足定量。

一路上他看到的尽是细小的树木,腐败的枯草,以及其他种种遭受风吹雨打和战争之斧砍杀后显得瘦弱的役畜和破败的农具。

历史时间和凶狠的物质世界中那些恶的力量在共同销蚀人、摧残人,可是人们吃饱睡足之后,又变得生龙活虎,神采奕奕,对自己特殊的事业充满了信心。死去的人们借助悼念活动同样在督促活着的人们,不要虚度光阴,不要无所作为,最后化为一抔黄土。

普霍夫眼望迎面而来的一个个山谷,耳听列车的隆隆声,不禁想起那些死者——红军和白军的将士,现在他们都在被土壤加工成松软的肥料。

他认为必须借助科学使死者复活,不能让任何东西白白消失,必须实现彻底的公正。

他的妻子由于饥饿、没有及时治疗贻误了病情而过早黯然离世,这遗憾的失误和违反规律的事件灼伤了普霍夫。他当初就预感到所有的革命和任何一种人类的纷扰会走向何方,将会有怎样的结局。但是,那些熟悉的共产党员听了普霍夫的高见,不怀好意地笑着说:

"你考虑的问题太大,普霍夫;我们的事业比较小,但是严肃得多。"

"我不怪你们,"普霍夫回答说,"人迈一步也就一俄尺①,再远就跨不出;要是不停地往前走,就能走很远——我是这样理解的。当然了,你迈步往前走的时候,想的就是这一步,而不是一俄里,否则你一步也迈不出去。"

"你瞧,你自己明白,应该保持目的的具体性。"共产党员们解释说。普霍夫觉得这些伙伴不错,尽管他们平白无故地伤害上帝,并非因为普霍夫是个虔诚的教徒,而是因为人们习惯于把自己的心灵托付给宗教,而在革命中他们没有找到这样的地方。

"那你就爱自己的阶级吧。"共产党员们劝他。

"这需要习惯。"普霍夫说,"老百姓没有信仰会很难受:他们无处安放自己的心灵,就要给你们找麻烦。"

在巴库普霍夫受到很好的接待,因为他在这里遇到了水兵沙里科夫。

---

① 俄国长度单位,1 俄尺等于 0.71 米。

"你来干什么?"沙里科夫问,一边在贵重的桌子上大量文件中翻找着什么。

"巩固革命!"普霍夫宣称说。

"我呢,老兄,在整顿里海航运公司,不过一点头绪都没有。"沙里科夫开门见山地解释。

"你干吗坐办公室?你该拿起榔头,自己动手去修船!"普霍夫解决了沙里科夫的烦恼。

"你真是个怪人,我可是里海的总领导啊!那样的话谁去管理整个红色船队?"

"干吗要管理,大家不都要干活的吗?"普霍夫不假思索地解释说。

沙里科夫也的确怀念船上的生活,坐办公室让他唉声叹气。他的批示只有两个意思:"行"或者"不行"。

普霍夫就在沙里科夫那儿吃饭睡觉。沙里科夫当时住在什瓦尔茨街的一个寡妇家里。晚上如果没有会议或者什么急事要办,沙里科夫就给寡妇做凳子,什么书也不看。他常说,看书会让他发疯,夜里尽做噩梦。

"你人太胖——血太多!"普霍夫替他揭示原因,"干脑力活你脸太胖。你一定要放血!"

"放到哪里?"沙里科夫寻找解脱的办法。

"放桶里!"普霍夫建议,"我来替你划一刀——机车也要放掉多余的蒸汽!"

"别胡扯了!"沙里科夫烦了,"我自己能减肥——只要太平就会瘦下去。你知道吗,打仗和阶级团结一致让我浑身发胖,等到这些事情过去了——我自己会瘦下去的!"

普霍夫在沙里科夫那儿住了大约一个星期,吃完了寡妇家的全部存粮,恢复了体力。

"你他妈的整天像树枝那样晃悠,我给你安排个工作吧!"有一天沙里科夫对普霍夫说。

普霍夫不愿意,尽管沙里科夫是要他当油船队的队长。

普霍夫不喜欢巴库。换了别的时候,即使你强行把他从巴库拉都拉不走,可是眼下所有的机器都趴了窝,钻机也只能晒太阳。

大风卷起的沙尘呼呼地往脸上所有窟窿里钻,惹得普霍夫火冒三丈。燥热也让人不得安生,尽管夏季已过,进入十月。

普霍夫决定离开这里。沙里科夫下班回来,他就把自己的决定告诉他。

"滚吧!"沙里科夫允许说,"我给你开一张全国的通行证,尽管你是苏维埃政权的个体户!"

第三天普霍夫就出发了。沙里科夫让他去察里津出差——为巴库招聘技能熟练的无产阶级并且向几家工厂订购潜艇,防备盘踞在波斯的英国人进行武装干涉。

"能办到吗?"沙里科夫向他交代出差任务的时候问他。

"怎么办不到?"沙里科夫生气了,"难道他们没见过潜艇?老弟,那里有完整的冶金工业!"

"那就快去!"沙里科夫放心了。

"行!"普霍夫说着离开了,"你没有批给我特权和40轴的专列,真是失算了!要不我准让察里津吓一跳,马上把所有事情办妥!"

"按常规去办吧——肯定都会接待的!"分手时沙里科夫回答

说,边说边在一份公函上做了批示:"行。"这份公函的内容是汇报一艘巡逻快艇被海上的旋涡吞没了。

四

一路上的混乱景象搅得普霍夫心里乱哄哄的。就像穿越烟雾那样,普霍夫夹在不幸的人潮中朝察里津方向艰难前行。他总是这样——几乎身不由己地被生活驱赶着经过大地上的沟沟坎坎,有时候完全忘却了自己。

人声嘈杂。铁轨在车轮猛烈的撞击下发出阵阵呻吟。空虚的世界在臭烘烘的人群中摇晃,嘘嘘响的空气围住了火车,普霍夫和大家被风裹挟着,无奈又无助,就像一副轻飘飘的骨架。

凄凉的景象彻底模糊了普霍夫的意识,他已经失去了思考能力。

普霍夫一路上都张大了嘴巴——形形色色的人们让他惊诧不已。

几个特维尔省的女人从土耳其的安纳托利亚回来,她们闯荡世界不是出于好奇,而是因为贫困。无论是湖光山色还是民情风俗,或者日月星辰,她们都不感兴趣,也毫无印象,谈起外国就像谈论去邻近的村庄赶集。她们只知道安纳托利亚沿岸各种食品的价格,对手工艺品她们毫无兴趣。

"绳子在那儿什么价格?"普霍夫问一个特维尔女人,他在筹划自己的事情。

"那边啊,兄弟,绳子你根本就见不到——我们走遍了整个市场!那边羊腰子挺便宜,我说的都是实话,我不骗你!"特维尔女人告诉他。

"你在那儿看到南十字星了吗?水兵们说他们看见了。"普霍夫追问,好像他非知道不可。

"没有,兄弟,十字星没看到,压根儿就没有——那边流星倒是多了去了!你一抬头,就见那些星星稀里哗啦地往下掉。挺吓人的,也挺有趣!"她说得天花乱坠,其实她根本没看见。

"你在那边换了什么?"普霍夫问。

"换来一普特玉米,我给了一块布料!"女人可怜巴巴地说,还擤了一把鼻涕,把鼻子里的赃物直接甩在地上。

"你是怎么过的外国边境?"普霍夫继续打听,"你不是连装证件的口袋都没有吗!"

"兄弟,我们都是老手了,总有办法的呀!"特维尔女人简单解释说。

一个残疾人请普霍夫抽英国烟,他是从阿根廷回伊万诺沃-沃兹涅先斯克,携带了五普特的纯种硬粒小麦。

一年半前,他离家的时候还是个健康人。他打算用刀具去换面粉,两个星期后就可以回家了。结果事与愿违,他在到阿根廷之前没有找到粮食——也许是他太贪心了,以为阿根廷没有刀具。在美索不达米亚过一个隧道时出了车祸,他受了伤——一条腿断了,在巴格达的医院里做了截肢手术。

缺了一条腿的残疾人也根本没有发现人间的美景。恰恰相反,他跟普霍夫聊起一条名叫库尔萨夫卡的河,他在那里抓过鱼,还说有一种植物叫香草木犀,可以掺在马合烟中增添香味。他记得库尔萨夫卡河,知道香草木犀,可是忘了大西洋或者太平洋,也没有仔细欣赏过一棵棕榈树。

整个世界就这样在他眼前一晃而过,丝毫没有触动他的任何感觉。

"你怎么会这样呢?"喜爱神秘的大自然美景的普霍夫问缺了一条腿的残疾人。

"种种操心的事儿把脑子都塞住了!"残疾人回答,"在海上航行,看到的尽是穿着奇装异服的怪人和富裕强大的国家——无聊至极!"

饥饿迫使普通百姓想方设法到世界各地去闯荡,为了生计削尖了脑袋钻各国法律的空子。当初这些无名之辈在全世界来来往往,就像逛自己的县城一样,始终没有发现什么令人惊奇的东西。

谁要是仅仅在俄罗斯各地闯荡,那么他不可能博得别人的尊敬,人家也不会向他详细打听种种消息。这种事情太平常了,如同喝醉了酒在自己家里晃荡。那时候人们的能力超强,铤而走险都不认为是出格的行为。谁也不抱怨政权或者自己的痛苦——人人习惯于忍受一切,而且都能坦然以对。

火车到了大站往往一停就是好几天,在小站也要停上三天三夜。那些倒卖粮食的庄稼汉为了不荒废自己的手艺,就到草原上去割人家的草。回到车站,火车依旧停在那儿,仿佛粘住了似的。机车长时间无法生火烧锅炉,即使烧开了锅炉,柴火又没有了,只能重新等待燃料,这时候锅炉里的水又凉了。

普霍夫开始犯愁了。长时间滞留车站的时候,他就到草地里转悠,俯身躺在沟底吮吸带苦味的草,但吸到嘴里的不是温润的浆汁,而是毒液。因为吸了这种毒液,或者别的什么原因,普霍夫生了疥疮,浑身长毛,他都忘了自己是谁,来自哪里,去往何方。

时间在他周围停止了,就像世界末日来临,只见渺小的人们在蠕动,自然界的各种巨型生物在艰难爬行。笼罩在这一切之上的则是朦胧的绝望和难耐的忧愁。

好在那时候人们没有觉察,坦然面对一切。

普霍夫没在察里津下车——那里正下雨,树上挂着雾凇,地上结了薄冰。此外,伏尔加河上狂风怒号,房屋上空积聚了愤懑和烦闷。普霍夫来到车站附近的市场——想用里海鲤鱼换长衬裤。突然他感到不舒服。公鸡在打鸣——下午四点,一名工匠正在为缺斤短两跟女商贩争执,另一个手艺人坐在废弃的枕木上拉利夫内手风琴①。市中心有人在开枪,一些不明身份的人坐着马车经过。

"这里造潜艇的厂子在哪儿?"普霍夫问拉手风琴的那位手艺人。

"你是什么人?"手艺人看了他一眼,放掉了琴里的空气。

"来自别洛韦日森林②的猎人。"普霍夫不假思索地回答,他突然想起了某部古老的读物。

---

① 单排键的俄罗斯手风琴,因产地利夫内得名。
② 沙俄时代是皇家狩猎区,现为自然保护区,位于白罗斯和波兰交界处。1991年12月,白罗斯、俄罗斯和乌克兰领导人在此签订协议,宣布建立独立国家联合体,从此苏联不复存在。

"我知道!"手艺人说着奏起一支凄凉的黄色小调,"一直往前,再转弯,到了沟底再拐到铁匠铺,到那里你再问法国厂子!"

"行!再往前你不说我也知道!"普霍夫说了声谢谢,便懒洋洋地继续往前。

他走了将近三个小时,一路上没有欣赏市容,只是在感受自己疲惫的湿漉漉的血液。

人来人往,乘车或者步行——也许都在忙重要的革命事业。普霍夫也不去仔细观察他们,只管自己默默地走着,偶尔会想,沙里科夫真是个混蛋:硬逼着人去做不需要的事情。

走到法国工厂办事处附近,普霍夫拦住了一位边走边吃白面包的技工。

"给,你看!"普霍夫把沙里科夫签发的委任书递给他。

那人接过证件开始仔细辨认。他神情严肃地看了好久,却始终没有说话。普霍夫消瘦的身体站在室外冷得瑟瑟发抖。技工还在看,翻来覆去地看——不知道他是不认字还是好奇心特别重。

厂子就在一道高高的破围墙后面,里面寂静无声,一片凄凉,只剩下锈迹斑斑的废铜烂铁。

白天渐渐隐没在灰蒙蒙的刮风的夜色中。城里稀疏的灯光混在高高的河岸上的星光中。稠密的风像潺潺的河水,普霍夫觉得自己是个无所依归、迷失了方向的人。

技工,或者说刚才那个人,从头至尾看过委任书,甚至翻过来看背面,但背面是空的。

"怎么样?"普霍夫问,又看了看天,"什么时候能接受订货?"

技工伸出舌头在委任书上舔了舔,把委任书粘到围墙上,然后顺着工厂围墙走回家。

普霍夫看了看围墙上的那张纸片,为了不给风吹走,把它按在了一只外露的钉帽上。

普霍夫很快回到了火车站。夜晚的风和蒙蒙细雨破坏了他情绪。但是一看到机车在冒烟,他便喜出望外,就像见到了自己的家,车站大厅在他眼里简直就是可爱的家乡。

半夜,一列路线不清、任务不明的火车出发了。

秋天的冷雨拍打着地面,路况的安全令人担心。

"这车去哪儿啊?"普霍夫进了车厢问大家。

"我们怎么知道去哪儿?"一个怯生生的声音回答说,"车走,我们也跟着走。"

五

火车走了整整一夜,声音很响,也很吃力,将噩梦塞满了熟睡的人们的脑袋。

火车中途停留在旷野里的时候,车厢顶上的铁皮被风吹得轻轻晃动,于是普霍夫想到了这风悲苦的一生,为它感到惋惜。他还想起了风力磨坊,想起了乡下那些空荡荡的走风漏雨的草屋,以及辽阔空旷的大地普遍缺乏照料的惨状。

列车继续前行。这让普霍夫的情绪渐渐平静下来,在平稳跳动的心里感觉到了温暖,于是慢慢睡着了。

机车全速前进,拉响长长的汽笛,一边吓唬黑暗一边祈求安全。汽笛声在平原、山脊和峡谷中激荡,到达沟底又突然变成另一种可怖的回音。

"普霍夫!"普霍夫在睡梦中似乎听到一个低沉的声音在呼唤他。

他顿时醒了:

"啊?"

整个车厢都在呼呼熟睡,地板下的车轮在飞速旋转。

"你要干什么?"普霍夫又轻轻地问了一声,但是他知道没有人叫他。

早已忘却的苦恼又在他心里和脑子里喋喋不休——普霍夫赶紧闷头睡觉,他要尽快平复心情忘却一切,他不指望有谁同情他。他就这样难受了好几个小时,没有心思关注车厢外面一闪而过的空间。他点燃了自己身上的失望之火,最后终于累得只能在睡梦中获得安慰。

普霍夫睡了很久——直到丽日当空。太阳灼烤着秋季崎岖不平的道路,闪烁着热烈的金光和平静的欢乐,发出清脆高亢的铮铮声。

田野里,偶尔有几棵枯瘦萎靡的树散乱地站在那儿。它们漫不经心地挥舞着临死前不知羞耻地裸露着的树枝——免得浪费它们的衣服。

在下雪前的最后几天,大地表面所有活着的花草树木都被置于寒冷、冰冻和漫漫长夜的扫射之下。但是吝啬的大自然早有准备,事先就给植物脱光了衣服,借助风力把冻得半死的种子洒向四方。

树叶被连绵的雨水砸进泥土,在那里化作肥料,种子也在那里得以完好保存。生命就这样精打细算做好了长期储备。目睹这样的景象,普霍夫不禁流出了口水,说明他非常满意。

黎明时分,这列目的地不明的火车上的乘客都醒了——因为寒冷,还因为梦境中断了。普霍夫醒得比大家都晚,直到一条麻木的腿感到阵阵刺疼的时候才一跃而起。

他没有东西可以充饥,于是点燃了一支烟,眼睛直愣愣地看着凄凉的大自然。初阳的寒光在哆嗦,来自东方的凛冽的寒气使得路边灌木无助地索索发抖。但是,清晰的地平线的远方却是那么干净、清澈而美妙。真想跳下火车,用双脚去触摸大地,在它忠诚的身上躺一会儿。

普霍夫被眼前的景象迷住了,禁不住脱口而出:

"真通人性啊!"

"松树!"一个见多识广的小老头说,他已经三天没有吃东西了,"这里肯定是沙质土!"

"这是哪一个省?"普霍夫问他。

"谁知道是什么省!反正是个省。"小老头冷冷地回答。

"那你上哪儿啊?"普霍夫冲他发火了。

"跟你一样!"小老头说,"昨儿一起上车,到时候也一起下车。"

"你没认错人吧——你看着我!"普霍夫指着自己的鼻子。

"怎么会认错?这里只有你一个人是麻子,别人的皮肤都是光滑的!"小老头解释说,一边在腰间挠痒痒。

"那你脸上涂漆了吗?"普霍夫生气了。

"我没有涂漆,我的脸很正常!"小老头自我评价说,还得意地捋了捋脸上的棕色胡子。

普霍夫仔细地把老头从头到脚打量了一番,啐了一口,再也不去理他了。

突然,火车过桥发出震耳欲聋的哐啷声,车厢里飘进一股清新的水汽。

"这是什么河,你知道叫什么河吗?"普霍夫问一个皮肤黝黑、模样像魔法师的庄稼汉。

"我们不知道。"庄稼汉回答,"管它叫什么呢!"

普霍夫因为饥饿和伤心而叹了口气,后来发觉这里就是自己的故乡。这条小河叫苏哈亚肖沙,干涸的河床里那个村子叫亚斯那亚缅恰;住在那里的都是些旧教派信徒,他们有个不雅的绰号叫"鸡巴蛋"①。扑鼻而来的是家乡的一股淡淡的庄稼味和枯草败叶的腐朽气息。

普霍夫好心地大声宣告:

"这是博哈林斯克市!瞧,这是农学院和砖厂!我们一夜走了将近400俄里!"

"这里,你知道不,同志,换东西吗?"小老头上气不接下气地问,尽管他没有什么可换的。

"老爷子,这里你没法换——工人的牙床骨都不会嚼了!这里的工人多了去了!"普霍夫告诉他,说着他开始收紧自己的裤带,好像是因为没有行李才这样做。

老旧的灰色火车站还是普霍夫小时候见到的模样,当初曾经吸

---

① 指那些不尊重女人,甚至打骂虐待妻子的男人。

引他去周游世界。这里弥漫着煤炭和石油燃烧的味道以及各地火车站常有的那种神秘紧张的气氛。

如今一贫如洗的人们躺在铺了沥青的月台上,满怀希望地看着进站的一列空车。

机车库里那些昏昏欲睡的机车发出呼哧呼哧的喘息声,一辆机动的调度机车正在不同的轨道上来回忙碌,将一节节车厢编组成列车,然后驶往陌生的远方。

普霍夫慢慢走过狭窄的车站通道,怀着从前童年时的好奇和某种忧伤的满足,边走边看那些还是战前张贴的广告:

"马克-科尔米克"蒸汽脱粒机
沃尔夫式锅驼机,带蒸汽过热器
季茨香肠
"飞机"伏尔加轮船公司
船用马达,伊奥兴姆公司
别若脚踏车
盖利曼安全旅行剃须刀

以及其他许多有趣的广告。

普霍夫小时候常常特地到火车站看各种广告,怀着羡慕和遗憾的心情目送一列列长途车渐渐远去,可是他自己哪儿也没有去过。那时候,他的日子过得多么单纯,可是已经一去不复返了。

普霍夫走下车站的台阶,踏上通往城里的大路,往自己空虚饥饿的身体里吸足了清新的空气,便消失在拐角处的一幢房子后面。

这趟列车把很多人留在博哈林斯克。每个人又去了陌生的地方——死亡或得救。

六

"兹沃雷契内！彼佳！"钳工伊孔尼科夫小声喊他。

"你有什么事？"兹沃雷契内停下脚步。

"我能拿几块木板吗？"

"什么样的木板？"

"就是那些——六块薄板！"伊孔尼科夫轻声说。

这是在博哈林斯克铁路机修厂车轮车间。埋在灰尘和铁屑中的车间悄无声息。偶尔有几个班组在旋床和水压机上打磨轮毂再装上车轴。陈年的污垢和油烟挂在梁上，散发着浓烈的潮气和燃油味，斑驳的秋日阳光有气无力地照射在机器上。

厂子周围的峨参和牛蒡，如今已经枯萎。院子里躺满了长年累月超强度工作而报废的机车。废钢烂铁堆成了一座座荒山，不过这不像大自然的美景，而是在诉说衰亡的技艺。主机的那些精巧构造和精密零件，在指证这些可靠的设备当初曾经提供过强大的动力和能量。沙皇战争期间一列列专车，铁路上展开的内战，从各地紧急调运粮食在草原上飞驰——凡此种种，这些报废的机车都曾亲眼目睹并且亲自忍受，可如今却昏死过去，躺在与机器格格不入的乡村的荒草丛中。

"你要这些木板干啥?"兹沃雷契内问伊孔尼科夫。

"做棺材,儿子死了……"伊孔尼科夫回答。

"儿子多大了?"

"十七!"

"怎么回事?"

"伤寒!"

伊孔尼科夫背过身,用枯瘦衰老的手捂住了自己的脸。兹沃雷契内从来没有见过这种情形,他不禁感到羞愧、可怜和尴尬。人家一辈子都在受苦,干活,默默无闻,现在却伤心得捂住了自己的脸。

"喂他,养他,从小到大!"伊孔尼科夫自言自语,差点哭出来。

兹沃雷契内出了车间去办公室。

办公室离得很远——在电站附近。兹沃雷契内脑子一片空白,只是机械地迈动双脚。

"冲床快修好了吗?"政委问他。

"争取明天晚上之前修好!"兹沃雷契内冷冷地报告。

"怎么样,那些钳工没闹事吧?"政委问。

"没什么。午饭前走了两个——虚弱得流鼻血了。看来需要准备些点心,人人家里都有孩子——把吃的全留给了孩子,自己饿倒在岗位上!"

"啥都没有啊,兹沃雷契内!昨天我去了革委会——连红军战士的口粮都削减了……我也知道,要采取点措施!"

政委脸色阴沉疲惫,眼睛久久地盯着模糊肮脏的窗户,却什么也没有看见。

"今天开支部会,阿丰宁！你知道吗?"兹沃雷契内告诉政委。

"知道!"政委回答,"你没去电力车间吧?"

"没有。那边怎么了?"

"昨天大伙试着发动那台大发电机,结果把线圈烧坏了。那可是他们花了两个月才修好的!"

"没关系,发生了短路。这很快就会修好!"兹沃雷契内断定说,"我们现在没有煤也没有油,你说咋办!"

"是啊,这是个大难题!"政委含糊其词,突然又忍不住露出了笑容：也许是怀着某种希望,或者仅仅是出于自己坚强的性格。

伊孔尼科夫走了进来。

"我来取那几块木板!"

"拿吧,拿吧!"兹沃雷契内说。

"你干吗发木板呀,头儿?"阿丰宁不满地问。

"你别问了,他拿去做棺材,儿子死了!"

"啊,我不了解情况!"阿丰宁感到不好意思,"那应该想办法再帮帮人家!"

"怎么帮?"兹沃雷契内问,"你说怎么帮？尽说空话！给他粮食,可配给我们自己的定量都减少了,甚至压缩了人员数量！你自己也清楚。"

交谈几句之后,兹沃雷契内就直接回家了。天色已晚,白嘴鸦在荒野中飞来飞去觅食。按照老习惯,兹沃雷契内想吃东西了。他知道家里有热的土豆,至于革命的烦恼事儿,可以以后再考虑。

兹沃雷契内在门厅那块粗布门垫上蹭靴子,他听到房间里有外人在跟他妻子说话。

兹沃雷契内心想,这下罐子里的土豆不够吃了。他走进房间,只见普霍夫坐在那儿,跟兹沃雷契内的妻子有说有笑。

"你好啊,当家的!"普霍夫首先跟他打招呼。

"你好,福马·叶戈雷奇!你这是打哪儿来呀?"

"从里海那边过来,上你家吃鸡肉来了!你不是喜欢吃鸡肉吗,现在我也爱吃了!"

"我们现在吃素了,福马·叶戈雷奇,没有牛奶也没有鸡蛋!"

"全省都在挨饿!"普霍夫说,"有田有地,就是没有粮食——看来这儿的人全是蠢蛋!"

"老婆,给他吃煮土豆吧!"兹沃雷契内吩咐说,"要不他这张嘴停不下来!"

普霍夫脱了鞋,把包脚布搁在炉子上烘,从头发里掏出麦秸和碎屑,完全把这里当成了自己的家。吃了土豆嚼了土豆皮之后,他又来劲了。

"兹沃雷契内!为什么你是武装力量?"普霍夫说着指了指炉子边的那支步枪。

"我现在加入了特别行动队。"兹沃雷契内说着叹了口气,他现在心里想着别的事。

"什么任务?"普霍夫问,"是不是去抢农民的粮食?"

"特殊任务!防止敌人进行反革命活动!"兹沃雷契内严肃地解释这件不可张扬的事情。

"那你现在是什么身份?"普霍夫追问道。

"这么说吧,对革命有点同情了!"

"你怎么会赞成革命了呢?是得到了额外的口粮还是发给你布

匹衣料?"普霍夫猜测道。

兹沃雷契内一听就火了。普霍夫以为这下再也不会让他吃晚饭了。兹沃雷契内的妻子正在用炉条通炉子,她是个凶悍、吝啬又能干的女人。

兹沃雷契内明确地给普霍夫解释自己的立场。

"我们知道小资产阶级散布的那些谣言!难道你没有看见,革命是坚强意志的事实,不就摆在你眼前吗!"

普霍夫装作在听的样子,恭敬地注视着他的嘴,心里却在想,他是个傻瓜。

兹沃雷契内慷慨激昂,开始谈论世界革命的目的。

"我现在是党员了,也是车间的支部书记!你明白我的意思了吗?"兹沃雷契内说完便走过去喝水。

"这么说来,你手里有点小权了?"普霍夫说。

"这跟权力没有关系!"兹沃雷契内还没有喝完水,扭过头说道,"你怎么一点也没有听明白呢? 共产主义——不是权力,而是神圣的责任。"

普霍夫就此打住,他不想惹主人生气,免得失去栖身之处。

晚上兹沃雷契内去开支部会,普霍夫躺在箱子上休息。煤油灯亮着,发出轻微的嘶嘶声。普霍夫听着这声音,猜不出怎么会有这样的变化。他想吃东西,但又不敢问,只能空着肚子抽烟。

普霍夫记得兹沃雷契内应该有个男孩——以前见过。

"孩子送走了还是住在亲戚家?"普霍夫顺便问起女主人。

她摇了摇头,用围裙蒙住了眼睛——那是伤心的表示。

普霍夫不再细问,陷入沉思,尽管他知道女人的悲伤难以用理智解释。

"怪不得彼佳要入党。"普霍夫想,"小孩死了——算不上多大的伤心事,可是做父亲的却念念不忘。他无处排遣,老婆又蛮不讲理,于是他去入党了!"

待到一切都平静下来之后,女主人让他去劈柴。普霍夫去了,为对付那些枝枝丫丫的劈柴忙活了很久。干完活,他觉得浑身像散了架似的,于是想到:他没力气是营养不良造成的。

外面刮着与旧时代一样勤恳的风。对它来说,根本不存在任何的革命事件。但是,普霍夫坚信,随着时间的推移,借助科学和技术,将来风也能够被驯服。

十一点钟,兹沃雷契内回来了。三人喝了点没有加糖的南瓜茶,每人吃了两个土豆,然后准备睡觉。

普霍夫睡在大箱子上,兹沃雷契内和妻子睡炉炕。普霍夫觉得这很奇怪:从前他不喜欢跟妻子睡炉炕——那儿又闷又挤,还要挨臭虫咬,可此人却在秋天就睡炉炕了。

不过,这是他瞎操心,待到一切都安静下来的时候,他问兹沃雷契内:

"彼佳!你没睡着吧?"

"没有,怎么了?"

"我想找活干!我总不能在你家吃白食啊!"

"行,这事我来安排——咱们明天说吧!"兹沃雷契内在上面说,使劲打了个哈欠,脸上的皮肤绷得都快裂开了。

"开始骄傲了,这鬼东西:入党了!"临睡前普霍夫这样想,倦意渐渐袭来,他张开了嘴。

第二天，普霍夫就被安排当了负责水压机的钳工——他重新回到了机器旁边，回到了熟悉的岗位。

两名钳工他早就认识，普霍夫分别给他们详细介绍了自己的故事，其实纯属子虚乌有，而真实的经历却秘而不宣，连他自己也渐渐忘了。

"你现在都可以当领袖了，干吗还来当工人？"钳工们对普霍夫说。

"领袖已经够多啦，缺少的是机车！我才不愿吃闲饭呢！"普霍夫的回答很有觉悟。

"反正都一样，你把机车整好了，大炮一下子就把它轰得稀里哗啦！"一名钳工怀疑劳动的价值。

"就算这样，也能挡一下炮弹！"普霍夫充满了自信。

"最好往地里打：土地比较软，又不值钱！"钳工不依不饶，"干吗白白浪费技术产品？"

"这样就可以转圈儿！"普霍夫给外行人解释，"你领了口粮——就造机车，机车毁了——你再领一份口粮，再造一辆机车。要不粮食就没去处了！"

普霍夫在兹沃雷契内家里又住了一个多星期，然后搬回自己独立的住处。

一回家，普霍夫非常高兴，可是很快就感到寂寞了，于是天天到兹沃雷契内家串门。

"你怎么了？"兹沃雷契内问他。

"在家无聊，那不是住宅，而是隔离带！"普霍夫回答，接着就吹嘘在黑海的经历,也算没有白喝了他家的茶。

"我们中间有个沙里科夫——他人不咋的,可是个水兵。我的煤不够了,只能绕过克里米亚回来。当时克里米亚还是白军的地盘,英国人担心他们逃跑,开着大军舰保护他们……我到新罗西斯克倒是挺顺利的,一到就发信号要求用舢板给我送吃的,我饿了。好,只是出了点小事情。城里白天黑夜都在打枪——倒不是有什么危险,完全是胡闹。我就等着,特别想吃东西,脑子都转不动了。突然,沙里科夫游到我身边。'你干吗提前来了?'他说。我告诉他:'我饿了,煤也烧完了。'他这家伙吃得饱饱的,力气大,一把抓住我,把我扔到了海里。'你就游过去,'他大喊大叫,'在弗兰格尔占领的地方登陆——登陆后详细汇报情况。'一开始我很害怕,后来在水里倒也习惯了,呼哧呼哧地一直往前游。天黑之前我游到了克里米亚。爬上敌人占领的陆地,躲进了树丛里。再用沙子把自己埋起来,后来就睡着了。天亮前我给冻醒了,手脚都麻木得没法动弹。白天晒了太阳才缓过劲,接着又往回游——朝新罗西斯克方向。这时候我看上去好像在使劲,其实饿得比昨天还厉害……"

"游到了吗?"兹沃雷契内问。

"我是毫发无损哪!"普霍夫总结说,"在海里游泳很容易,只是千万别碰上风暴,那风暴实在可怕……"

"沙里科夫给你说什么了?"兹沃雷契内想打听个究竟。

"沙里科夫说:'好样的!我推荐你当红军英雄!你见到敌人了吗?'他问我。我回答他:'那里根本没有什么敌人——辛菲罗波尔成立了革委会,我躲在沙里算是白躲了。''不可能!'他说。'好吧,又是什么不可能,那你自己游过去查一查!'那时候通讯很糟糕——

电报线路不够,那些材料都生锈了。差不多过了一天,苏维埃政权就攻下了整个克里米亚。其实,我早就预料到了。于是,沙里科夫就任命我担任矿产部长……"

"那红军英雄奖章你得到了吗?"兹沃雷契内觉得奇怪。

"当然得到了。你听我往下说。表彰我没私心,爱揽事,有预见——奖章上都这么刻着。不过没多久我就在季霍列茨克用它换了黍米。"

喝完茶,普霍夫更加不愿意回家。但是兹沃雷契内开始瞌睡了,长吁短叹的——普霍夫不好意思,便告辞了,到门口才把自己的故事说完。

夜深了,普霍夫走在回家的路上还精神抖擞地打量着这城市,心想:这里有多少财富啊!仿佛这城市他生来第一次看到。新的每一天他都觉得是不同寻常的早晨,在他眼里绝对是一种聪明又罕见的发现。傍晚的时候,他干活累了,心情不佳,生活也变得黯淡了。

从兹沃雷契内家串门回来,普霍夫懒得生炉子,便把所有衣服都裹在身上。他那幢房子住的人不多:旁边有一家,那家和他的房间中间隔着几个空房间。普霍夫睡不着的时候,就在床边的小柜上放一盏灯,开始看宣传品。这些宣传品是兹沃雷契内提供给他的。

凡是普霍夫看不懂的材料,他都认为那是傻瓜或者以前教堂里的执事写的,因为没有兴趣,他一会儿就睡着了。

他不可能做梦,只要开始梦见什么,他立即就猜到那是欺骗,于是大声说:"这是在做梦,鬼东西!"这样就醒了。接下来,他好长时间再也睡不着了,于是就咒骂唯心主义的遗毒,这唯心主义是普霍夫从宣传资料里了解到的。

有一天,他和兹沃雷契内下班回家。城市在缓慢的夜色中黯淡下来,远处教堂的钟声为衰亡的世界轻轻地奏起了哀乐。

普霍夫感到自己身上肮脏不堪,想到笼罩在自己家里的那份寂寞,不由得脚下变得沉重起来。

兹沃雷契内冲着那些房子一挥手,得意地说:

"公有了!现在你在城里走,就像在自己的院子里逛。"

"我知道,"普霍夫不同意,"你的就是我的了!以前有主,现在没主了!"

"你真是个怪人!"兹沃雷契内笑道,"公有的——就是你的,但不能穷凶极恶地乱来,要有理智。你见到一栋房子——那你就进去住吧,还要好好加以保护,别像资产阶级那样随心所欲地把门窗烧了。老兄,革命就是操心!"

"既然什么都公有了,那还要瞎操什么心?依我看,还是别人的!资本家觉得自己的房子就是自己的心血,可是我们呢?"

"资本家之所以有那样的感觉,那么珍惜,因为那是抢来的:他知道自己造不出来!可是我们呢,既能造房子,又能造机器——可以说那是我们的心血,将来我们也会好好珍惜的:我们知道它的价值!但是我们绝不会吝啬财产——我们可以再制造出来。而资本家失去了自己的那些破烂肯定会气得浑身发抖!"

"我看,你会动脑子了!"普霍夫一反常态地夸他,"不然连吃饭都不会了!你还记得当初在铲雪机上是怎么吃饭的吗?"

"这跟吃饭有什么关系?"兹沃雷契内不高兴了,"当然,脑子也喜欢充分的营养,缺乏营养你就没法深入思考!"

他们就此分手,各自回家。走到家门口的时候,普霍夫突然想起,住宅又称为家园。

"见鬼了,这是什么家园?既没女人,又没热炕!"

七

甜蜜而潮湿的黎明时分,普霍夫床上的热量不够了。这时候窗框里的一块玻璃哐啷一声裂开了。隆隆的炮声滚过城市上空。

在普霍夫的头脑中,这炮声和玻璃的炸裂声成了在新罗西斯克进行的南方战争的朦胧回忆。但是他立即揭穿了自己的幻觉:"你是梦,鬼东西!"他睁开眼睛。炮声再次响起,震得房子的地基都开始摇晃。

"你别瞎嚷嚷了!"普霍夫不相信这是事实。于是他点亮了灯,打算验证自然规律。灯刚点亮,一下子被第三次炮声震灭了——炮弹可能就落在菜园子里爆炸了。

普霍夫穿上衣服。

"哪个畜生带着大炮闯了进来?"他没法确定。

普霍夫发现外面有烟雾,还很热。附近就有一挺机枪在不停地射击。普霍夫喜欢机枪:它像机器,需要及时冷却。

省粮食委员会的大楼挨了霰弹——从那儿飘来一股焦煳味。

"他们用霰弹攻城,说明没有炮弹。"普霍夫断定。他知道,攻打这大楼需要手榴弹。

周围没人,情况不明,气氛紧张。

突然,修道院的钟楼上响起轻轻的钟声。普霍夫一愣,停下脚步,仔细倾听这时断时续的钟声。

修道院耸立在山坡上,是整个城市和河谷后面大片草原的制高点。借着街上的一线亮光,普霍夫发现晨曦已经降临在远处寂静的雾蒙蒙的草原上。

从修道院到工厂的距离有一俄里地。普霍夫急匆匆赶去,一路上没有留意激烈的战斗,对枪炮声往往是很容易习惯的。

进了车间,他一个人也没有找到。车站的轨道上停着一列装甲车,正朝着朝霞的方向射击,那里有一座铁路桥。

政委阿丰宁和另外两个人站在门口。阿丰宁在抽烟,另外两个人在检查步枪的枪栓,再把枪排成一行。

"普霍夫,你要枪吗?"阿丰宁问。

"那还用问!"

"随便拿!"

普霍夫拿起一支枪,检查枪械功能是否完好。

"有黄油吗?枪栓有点紧!"

"没有,没有,你要黄油干什么?"阿丰宁问。

"嗨,你们算什么军人!给我子弹。"

普霍夫得到了子弹,又要手榴弹。说是没有手榴弹不行:这是在陆地上作战——我在黑海作战的时候还给我手榴弹呢。

阿丰宁给了他一颗手榴弹。

"你要手榴弹干什么,我们的数量有限!"阿丰宁说。

"没这玩意儿还不行。水兵迫不得已的时候就扔这玩意儿!"

"行,你快去吧,快去吧!"

"去哪儿?"

"桥旁边的树林里,那儿有我们的散兵线。"

荷枪实弹的普霍夫沿着轨道往前走。经过装甲列车的时候他发现里面有水兵。

他爬上踏板,敲了敲装上防护设施的小门。小门顺着特殊的装置吱吱嘎嘎地打开了一道缝,一名士兵从门缝中探出脑袋。

"你要干什么?"

"沙里科夫在吗?"

"不在。"

"你把门打开,我要给你传达命令。"

"行,快进来。"

经过金属加固的车厢显得非常狭窄闷热,只在中间有点穿堂风。几门三英寸口径大炮的炮闩散发出油脂的臭味,但是从技术角度看,周围的一切都安排得井井有条。坐在机枪后面的一名水兵时不时朝几间砖房后面的田野扫射几下,再用手摸一摸枪管:有没有过热?

一位高大的水兵队长走到普霍夫身边。

"你有什么事,老兄?快说。"

"朋友,该往修道院的钟楼射击。那儿有他们的观察兵。"

"行,费季卡!瞄准修道院:坐标110,高度90——狠狠地打!"

水兵拿起望远镜,开始检查射击的效果。

普霍夫放心地离开了。走在铁路的沙石道砟上,普霍夫对着空气自说自话。在那围着一圈僻静的灌木丛的青色洼地里,正在进行一场战斗。铁路桥后面,炮兵正忙着朝洼地发射榴霰弹。桥后面可能就停着敌人的装甲列车。

几门六英寸口径的重型炮从远处轰击城市。

炮火之下,城市早就在熊熊燃烧。

铁路路基两旁的斜坡上,野草已经枯黄。停在铁路桥附近的装甲列车发射炮弹的时候,它们也都在颤抖。

从车站打炮的是红军的装甲列车,在铁路桥后面打炮的是白军的装甲列车,彼此相距五俄里。炮弹在普霍夫的头顶呼啸而过,他不时抬头观察它们。有些炮弹飞到桥后面,另外一些往相反方向飞,但是都没有直接碰撞。

工人们趴在洼地的灌木丛里——有活的也有死的。活的比死的少,但是他们还在朝河对岸不停地射击:为了自己,也为了死者。

普霍夫也趴下来仔细观察。他看到有几节货车车厢、会让站的一间小屋和轨道上的一些废铁。工人和白军之间隔着一条小河和河谷,相距仅一点五俄里。

"我们这是往哪儿打呀?"普霍夫想,"都吓得乱打了!"

他旁边的副司机克瓦科夫停止射击,看了看普霍夫。

"你怎么了?"普霍夫说着朝车站小屋旁晃动了一下的目标开了一枪。

"肚子疼,在湿地里打了两个多小时了。"

"我们打的是什么人?"

"白军啊,你不知道吗?"

"什么样的白军? 红军在哪儿?"

"他们在城市的另一头阻击骑兵。柳勃斯拉夫斯基将军搞突袭,他手下的骑兵多得不得了。"

"那为什么我们以前一点也不知道?"

"怎么会不知道呢?老兄,这是骑兵——今天在我们这儿,明天就到了奥廖尔。"

"真是怪事!"普霍夫恼火了,"我们一个劲儿趴在这儿打枪,打得肚子都疼了,就是打不着。他们的装甲列车早就找准了目标,一点一点消灭我们。"

"那你怎么办?总得抵抗啊!"克瓦科夫回答说。

"净胡说,防卫不是送死!"普霍夫做了透彻的解释,他停止了射击。

榴霰弹在低空呼啸而来,飞到半途突然停下,恶狠狠地把自己炸成碎片。这些弹片砸进工人们的脑袋和身体,他们便仰面朝天,两脚一蹬,再也没了气息。死亡的动作如此从容不迫,以致让你相信科学可以让死人复活真的没错。从中可以得出这样的结论:人不会永远死去,仅仅是长时间的没有气息。

这让普霍夫感到厌烦。他不相信人死了会复活。即使有这样的感觉,那么他知道,眼下恰恰是工人们必须获得胜利,因为他们能制造机车和其他的科学产品,而资本家只会消耗它们。

工人们的枪声渐渐变稀变哑了;河面上硝烟弥漫。克瓦科夫坐起身,无视正在进行的战争,开始在各个口袋里摸索着收集马合烟的烟丝。普霍夫等着他找到了自己也想吸上一口。

"咱们没有卫生员,没有大夫,也没有药——真是要什么没什么!"克瓦科夫说,眼巴巴看着一名伤员在谵妄中挣扎。

这伤员想爬到克瓦科夫身边,努力睁开眼睛,但是不堪眼皮的重负,重新闭上了。

克瓦科夫抚摸他脑袋上稀疏苍老的头发,问:

"你怎么了,朋友?"

伤员喉咙里发出呼噜呼噜的奇怪声音,他是想说什么。

"你说呀,怎么了?"克瓦科夫问,自己心里也难受。

伤员终于爬到他身边,抬起肮脏的脑袋,大颗大颗的汗珠往下滴。克瓦科夫凑近他。

"快给我的耳朵里钉一颗钉子⋯⋯"伤员说完又趴下了。

克瓦科夫给他擦了擦耳朵,挨着他躺下,仿佛要保护他,让他免受折磨并再受新伤。

榴霰弹的弹片纷纷砸进离普霍夫一俄丈的地里,蹦起的沙石和泥土打到普霍夫的脸上。

阿丰宁突然从后面出现,又迅速卧倒。

"你在这儿呀,普霍夫?他们装甲车上的炮弹已经打光,我们很快就要到车站发起进攻了。"

"别犯傻了,是谁打听到他们没有炮弹了?为什么我们的装甲列车火力不行?目标明确,早该把他们打垮了⋯⋯"

阿丰宁来不及回答就起身跑了,经过空旷的地方就弓着腰。

过了一分钟,铁路工人的队伍全体转移阵地:穿过一条山沟到达乳品厂,在那儿的几间板棚后面卧倒。

普霍夫又看见了阿丰宁。他站在石头仓库后面,正在跟两名钳工商量什么,钳工的手里都拿着面包。

普霍夫走到阿丰宁身边,本来想告诉他必须提供食物,可是半道上又改了主意。从仓库后面可以看到铁路、铁路桥和白军的装甲列车。铁路从博哈林斯克经过一个陡坡通往会让站,白军的装甲列车就停在那里。

普霍夫等到阿丰宁跟钳工说完话,便向他解释说,既然强攻无法赶走白军,那就得另想办法,设巧计智取。

"看到没有,从城里到会让站有个斜坡?"

"当然看到了!"阿丰宁说。

"好啊,能看到!你早该发现了!"普霍夫气呼呼地说,"兹沃雷契内在哪儿?"

"就在这里。你找他干什么?"

城里响起暴风雨般的隆隆炮声,只听得许多人在连续不断地拼命喊叫。

"怎么回事?"阿丰宁转身看着城里方向,"是不是白军攻到城里了?肯定在赶我们的人。"

普霍夫侧耳细听。喧闹的人声静了下来,可是炮弹依然在城市上空呼啸,砸下来摧毁一幢幢或坚固或脆弱的建筑物。

五分钟之后,普霍夫和兹沃雷契内出发去城里——到车站。

"那里有没有重载的车皮?"兹沃雷契内问。

"有,铸造车间有十个车皮!"普霍夫说。

"没有机车,我们去干什么?"兹沃雷契内又表示怀疑。

"我们可以用手推啊,头儿!然后把它们送进主道,再接着推——最后就撒手。它们会飞快地冲过这五俄里地,最后把白军的装甲列车撞得粉碎!"

"哪来的人手?单靠咱们俩推不动!"

"那就请我们装甲列车上的水兵帮忙。先一节一节推,连接起来，最后整个儿沿着斜坡冲下去。"

"装甲车上的水兵未必能过来。"兹沃雷契内说什么也不同意，"装甲车要两个方向出击：既打骑兵，还要打桥后的敌人……"

"肯定能过来，他们都机灵得很！"普霍夫说服他。

阿丰宁后悔自己同意了普霍夫的意见。他认为普霍夫是从队伍中逃出来的，这才想出了这个利用重载车皮的馊主意——阿丰宁在车间里根本就没有见到一个重载的车皮。

午饭前战斗停息了。白军的装甲车往河谷的红军偶尔打几发炮弹。我方的装甲车完全沉默了。

"那些水兵脑子简单，"阿丰宁想，"这普霍夫一番花言巧语很容易把他们骗了。"

不过他的眼睛一直没有离开铁路线，还给工人们说了普霍夫想出的点子。

"怎么样，十个重载车皮能不能把白军的装甲车撞翻？"阿丰宁询问大家。

"要是达到一定的速度，当然可以撞翻！"司机瓦列日金说，他曾经驾驶过沙皇的专列。

也是他首先在一点半的时候听到了车轮的滚动声，大声招呼阿丰宁：

"你看那边！"

阿丰宁跑到仓库后面，蹲下来仔细观察铁路全线的动静。这一列重载车皮在没有机车牵引的情况下，靠着风力和车轮的疯狂滚动，从高坡上一路滑下来，一眨眼的工夫就冲上铁路桥，高速行进的列车把铁桥压得直摇晃。

阿丰宁忘记了呼吸,兴奋得热泪盈眶。这列车一下子消失在会让站的众多车皮中,接着就有一股沙尘冲天而起。最后响起一阵刺耳短促的钢铁碰撞断裂的声音。

"成了!"阿丰宁立刻放心了,冲在整个队伍之前朝会让站跑去。

在沙地和挖出来的一堆堆土豆中间奔跑很不容易,只有内心充满狂喜才能够完成如此艰难的动作。

队伍走到桥上才恢复了正常的步伐——人人都以为白军的装甲车已经被撞得粉碎,再也没有战斗力了。

队伍绕过堆栈,悄悄来到轨道中间的空地上。停在第四条轨道上的装甲列车完好无损,而在主轨道上——到处是细碎的饲料、沙子和撞得面目全非的车皮残骸。

队伍冲向装甲列车。装甲列车的人刚才吓得魂飞魄散,现在要决一死战。机枪突然开火,将铁路工人撂倒了一大片。他们倒在了铁轨上、道床上或者不知什么时候火车行进中掉下来的锈迹斑斑的螺帽上。没有一个人的鲜血由于剧烈的心跳而及时停止流动,他们的尸体还久久地保留着余温。生命并没有被杀死,仅仅是被扯断,就像从山上扔下来断裂了。

阿丰宁的心脏中了三颗子弹,但他躺在那儿没有死,还有意识。他看到蓝色的天空,看到子弹在空中不断地飞过。他目送着每一颗子弹——清晰而警惕地估量着正在发生的事情。

"我快不行了——我们的人早死光了!"阿丰宁想,他巴不得摘下自己的脑袋,与中弹的心脏分离,这样可以继续思考。

世界像一艘蓝色的轮船,从阿丰宁的眼前慢慢地离开:天空不见了,装甲列车消失了,明亮的空气变得黯淡无光,唯独铁轨留在脑袋旁边。意识越来越集中到一个点,但是这一小点发出特别明亮的强光。意识越紧缩,照亮最后几个瞬息即逝的景象的这束光越是强烈。最后,意识只能见到自己渐渐消失的边缘,变得越来越狭窄,终于成了自己的对立面。

阿丰宁的眼睛睁着,发白的眼中晃动着肮脏的空气的影子。这双眼睛像两片透明的矿石碎片,映射出这世界又死了一个人之后的景象。

阿丰宁身边躺着克瓦科夫血肉模糊的尸体,上面好像生了一层锈。

白军的一名军官,列昂尼德·马耶夫斯基,从装甲车上下来,走到这里。他年轻,聪明,战前他写诗,研究宗教史。

他站在阿丰宁的尸体旁。躺着的这个人高大,肮脏,强壮。

马耶夫斯基讨厌战争,他不相信人类社会——他向往的是图书馆。

"难道他们是对的?"他问自己也问死者,"不,没有人是对的:给人类留下的是孤独。千百年来我们互相折磨——这么说来,应该分离并且结束历史。"

马耶夫斯基到死也没有明白,结束自己比结束历史容易得多。

入夜,水兵的装甲列车冲进会让站,开始跟白军血拼。杀红了眼的水兵几乎全部牺牲——他们横七竖八地倒在铁路工人的尸体上,但是白军也没有一个人逃脱。马耶夫斯基在车厢内开枪自杀,他已经彻底绝望,自杀之前就已经死了。

深夜,两辆装甲列车并排停着,里面挤满了睡觉的人和死去的人。活人的疲惫压倒了危险的担忧,寂静的会让站上没有一名站岗的哨兵。

第二天早晨,两辆装甲列车进城协助红军消灭白军骑兵。白军的骑兵攻城攻了两天两夜,由年轻人组成的几支力量薄弱的红军队伍好不容易顶住了白军的进攻。

八

普霍夫在城里走了一圈。大火已经熄灭,部分不动产受损,但是人员安然无恙。

以主人的目光查看全城之后,普霍夫晚上对兹沃雷契内说:

"战争让我们赔了老本,该结束了!"

兹沃雷契内觉得自己成了杀人者的帮凶,硬是耐着性子没有冲普霍夫发火。而普霍夫还自作聪明,说什么装甲列车从来不会安排进第四股道,始终停在主道上——这是白军不懂运行规则。

"不管怎么说,我们还是给他们制造了不少麻烦,把他们吓得够呛!"

"见你的鬼去吧!"兹沃雷契内这样评价普霍夫,"你净出馊主意——你该枪毙!"

"又是——枪毙!我告诉你,战争——要靠智慧,不是打架。我揍过弗兰格尔,连英国人也不怕,可你们见到几个骑马的家伙就把全城的人吓个半死!"

"什么叫几个骑马的家伙?"兹沃雷契内气急败坏地问他,"骑兵——在你眼里不过是几个骑马的家伙?"

"根本就没有什么骑兵!不过是几个骑马的土匪!还编了个什么柳勃斯拉夫斯基将军,其实就是坦波夫省的一个土匪头子。那辆装甲车是他们在巴拉绍夫抢来的,就这么回事。他们总共才五百来人……"

"那他们怎么会有白军军官?"

"瞧你,又糊涂了吧!他们现在到处乱窜——寻找新的战争!难道我不了解他们吗?他们都是些有思想的人,就像共产党一样。"

"照你说来,攻击我们的是一帮土匪?"

"对啊,就是土匪!你以为是正规军?正规军在南方已经彻底垮了。"

"那他们哪儿来的大炮?"兹沃雷契内不相信普霍夫。

"你真是个怪人!你给我一张任命书,盖上图章——我保证一个星期之内到乡下去给你收缴一百门大炮。"

普霍夫在家里不吃也不喝——家里本来就一无所有,只是一个劲儿地冥思苦想。大自然被严寒抓住,只能乖乖地向冬天投降。

工厂开工了,但是不准普霍夫上班。"你这狗崽子,"他们说,"到别处去吧!"普霍夫反复证明,他那次针对白军的偷袭失败是考虑不周,绝不是居心不良,因此暂时还能享用厂里热乎乎的点心。

后来,党支部做出决定,普霍夫不是叛徒,只是个傻不拉几的家伙,于是让他回到原来的岗位。但是让普霍夫签字画押——一定要参加政治夜校的培训。普霍夫尽管不相信思想可以组织起来,还是报名参加了。他在支部里就是这么说的：人就是贱，你让他抛弃原来的神，他就马上给你建一座革命大教堂！

"你的目的一定会达到，普霍夫！总有一天你要完蛋！"支部书记严肃地对他说。

"我绝不会完蛋！生活的一整套策略我都能领会。"

冬天他是一个人过的，吃了不少苦头：与其说是因为上班干活，还不如说是因为家务。他再也不去兹沃雷契内家串门了：这笨蛋醉心革命，像相信上帝那样虔诚得口水直流！革命其实很简单：彻底消灭白匪——然后生产各种各样的东西。

兹沃雷契内却故意把问题复杂化：即使机车的轮子也要跟卡尔·马克思联系起来，为夜校和政治工作忙得不可开交，人也瘦了一圈，最后都忘了这车轮是怎么造出来的。但是普霍夫私下经常在想，再也不能像从前那样糊里糊涂地虚度光阴。现在面对的是理智的生活，不能让任何东西搅乱它。现在很难明哲保身，不过人变得更加需要了；要是你跟不上共同的节奏，你就像道砟一样被革命淘汰。

普霍夫的脑袋在枕头上翻来覆去，只觉得自己的心在狂跳，却不知道它在头脑中应该占据怎样的位置。

这个冬天普霍夫过得很慢，好像在穿越一个窟窿。车间里的活让他受累——倒不是活儿重，而是闹心。

材料短缺，供电时断时续，接连几天停工也是常有的事。

普霍夫给自己找了个朋友——阿法纳西·彼列沃希科夫，装配车间的工长，可是工长后来结婚了，忙于婚后的种种事情，于是普霍夫又成了孤零零的一个人。从此他就明白了，一个人娶了老婆，就是说结了婚,那么对朋友对社会来说,这个人就废了①。

"阿法纳西,你这人现在有缺点,成了残次品!"普霍夫觉得可惜。

"哎,福马,你脸上不也有麻点吗?一个篱笆三个桩,你本领再大也得有人帮啊!"

普霍夫已经习惯于待在自己的房间里,他觉得他去上班后那墙壁和家具会想念他的。

冬天慢慢暖和起来,普霍夫想起了沙里科夫:一个热情的小伙子——不知道他有没有造出潜水艇?

普霍夫花了两个晚上给他写了封信。所有的事情他都写了:装满沙子的十节车皮怎么一下子冲过去把白军的装甲车撞得粉碎啦,夏天的时候怎么故意违背老百姓的意愿在交易广场建造了共产主义大教堂啦,离开了海上生活他是多么苦闷啦,等等。他还写了察里津没法造潜水艇——工人师傅忘了怎么下手,另外还缺乏做屋顶的铁皮。普霍夫当场决定,一旦收到沙里科夫通过邮局寄来的任命书,他就立刻动身到巴库去。巴库有许多开采石油的机器,这些机器必须运转起来,因为俄罗斯的柴油机,海上闲置的马达都需要石油。除此以外,海上作业比陆上作业重要,海上登陆比用沙子突袭更加巧妙。

普霍夫一笔一画地写字,手都麻了三次:自从新罗西斯克那次突袭之后,他还没有见过书写的文字——已经不习惯正确书写了。

"写字可是个细致活!"普霍夫停下来喘口气。他想到什么就写

---

① 俄语中"婚姻"和"废品"同音异义,这是作者玩的文字游戏。

什么。

他在信封上标明：

寄往：巴库——里海舰队
收信人：水兵沙里科夫

写完信，他休息了整整一夜，第二天早晨他就去邮局寄信。

"扔信箱里！"邮局职员吩咐他，"你这是平信！"

"我从来没有见过从信箱里取走信件！你亲手发吧！"普霍夫请求说。

"怎么不是从信箱里取走的？"职员生气了，"你路过的不是时候，这才没有发现！"

普霍夫把信塞进信箱，仔细察看它的构造。

"从来没有打开过，这些鬼东西，全锈了！"

普霍夫没有去上政治学习班，尽管在支部报了名。

"你怎么不去参加政治学习啊，同志？难道需要邀请吗？"新的支部书记莫克罗夫严肃地问他。（兹沃雷契内因为在沙子车皮的事件中帮了普霍夫而被撤换了。）

"我干吗要去上课？我从书本上什么都能学到！"普霍夫解释说，心里想的是远方的巴库。

一个月后，沙里科夫的回信来了。

"快来吧，"沙里科夫写道，"石油开采的事情很多，可是能动脑子的人很少。到处都有坏蛋，可是又不认真从苏维埃俄罗斯内部把他们清除出去。大家都在等待英国人替我们解决问题。让他们慢慢来吧,我们就先行一步。我没法给你寄任命书——那是要秘书写的,图章也在他手上,可是我把他逮捕了。你来吧,包管你有饭吃。"

普霍夫读完信,研究了一下邮戳:确实是巴库。友情使他深受感动,于是躺下睡觉。

领导很快也很乐意把普霍夫辞退了,更何况对工人们来说,他是个面目不清的人。不是敌人,是在革命的帆船旁边刮过的一阵风。

九

不是人人都能顺利到达巴库,可是普霍夫做到了:他搭上一列空的油罐车,从莫斯科直达巴库的快车。

自然的景色没有让普霍夫感到惊讶:年年如此,重复而已。人上了岁数,感觉渐渐迟钝麻木,对景色的千变万化已经熟视无睹。就像邮局的那位职员,普霍夫不是用双手去接收大自然的信件,而是把它们塞进那个黑洞洞的信箱,这信箱难得打开,甚至被遗忘了。从前,大自然的一草一木都为他提供及时的信息。

过了罗斯托夫,见到燕子在飞翔,那是普霍夫年轻时喜爱的鸟,现在他却想:你们这些鬼东西我早就见过,最好有别的飞鸟,可又是这些老家伙!

他终于到达了目的地。

"来了?"沙里科夫从一大堆公文中抬起眼睛。

"普霍夫前来报到!"普霍夫自报家门,开始实质性谈话。

那一年,苏维埃的石油工业正在招募那些迷失在遥远的家乡和革命道路上的老把式。

每天前来报名的有钻井工、采油工以及其他有一技之长的人员。

尽管遭受了长期的饥饿,人们还是神采奕奕,精神抖擞,仿佛吃饱喝足的模样。

沙里科夫现在是石油业的领导——负责招工的政委。他选人通情达理,充满信任。一个身强力壮的普通百姓走进办公室,自我介绍说:

"在苏拉哈内①当了十年的采油工,现在还想干老本行!"

"革命年代你在哪里?"沙里科夫询问他。

"什么叫在哪里?这里没活干!"

"你在哪儿吃得这么脑满肠肥的?躲进山洞当了逃兵,老婆给你送好吃的。"

"你这是什么话,同志!我是红色游击队。野外的生活给了我好身体!"

沙里科夫仔细观察他。那人局促不安地站着。

"好吧,给你单子——去第二钻井队找波德希瓦洛夫,他会给你安排的。"

普霍夫坐在办公室里观察。令他奇怪的是,开采石油干吗搞得那么复杂。石油又不是人自己造出来的,从现成的岩层里取出来就

---

① 地名,位于阿塞拜疆。

行了。

"哪里安装泵,哪里用铲斗——事情不就完了吗!"他对沙里科夫说,"可你想出了那么多的花样!"

"不细分怎么行啊,傻瓜?开采石油——那都是必不可少的措施。"沙里科夫的回话已经不使用自己的语言了。

"这家伙说话文绉绉的,肯定也是在训练班上学来的。"普霍夫想,"不用自己动脑子:世界上一切都要组织起来了。一场灾难。"

沙里科夫安排普霍夫担任采油机司机——把石油从油井抽到储油罐。这是普霍夫最称心如意的事情:机器昼夜不息地运转,聪明,仿佛有生命似的,而且不知疲倦,诚实可靠,犹如心脏。上班的时候,普霍夫有时候会出去观察南方火辣辣的太阳,地下的石油当初就是这太阳熬煮出来的。

"你就继续熬吧!"普霍夫对着天空说,一边欣赏自己那台机器节奏分明的乐曲声。

普霍夫没有自己的住房,机房的工具箱就是他的床。夜班司机干活的时候,机器的轰鸣对他丝毫没有影响。他反而觉得心头暖暖的——舒适的环境不可能使你获得心灵的平静;舒畅的心情并非来自舒适的环境,而产生于跟人交往和外界发生的事件。因此,普霍夫不需要别人为他提供什么服务。

"我这人不喜欢受拘束!"他向那些给他介绍对象希望他步入婚宴殿堂的人解释说。

有时候沙里科夫坐着汽车来视察,检查井架就像检查舰艇。如果哪一位工人提出什么要求,他当场就会答应。

"沙里科夫同志,你写个条子让我买块布料吧——老婆来了,乡下的衣服穿破了!"

"行啊,鬼东西!要是拿去倒卖——立即开除!无产阶级就得老老实实。"说着就给他写条子,签名的字体尽量写得花俏,今后人家一看他的签名就会说:"沙里科夫同志是个知识分子!"

过了一个星期又一个星期,食品供应充足,普霍夫都吃胖了。他唯一觉得遗憾的是自己老了点,再也不像从前那样心血来潮了。

周围的生活,说句实话,很舒服也很轻松,因此普霍夫没有在意也不担心什么。沙里科夫是什么人?自己的朋友。地下的石油和油井是谁的?我们的,是我们生产的。大自然是什么?穷人的财富。以此类推,还可以举出很多例子。再也不用为财产操心,再也不会受上司训斥。

有一天,沙里科夫坐着汽车来了,一下车就问普霍夫,好像一路上他都在思考这个问题:

"普霍夫,你想当共产党员吗?"

"什么是共产党员?"

"你这混蛋!共产党员——就是聪明的科学的人,资本家——是历史的傻瓜!"

"那我不想当。"

"为什么不想当?"

"我是天生的傻瓜。"普霍夫声明。他了解那些特殊的并非故意迷惑人吸引人的手段,因此他总是不假思索就做出回答。

"你真坏!"沙里科夫笑了,坐上车继续去视察。

从到达巴库的那天起,普霍夫的心情一直很好。他早早起床,观看朝霞、井架,倾听轮船的汽笛声,思考问题。有时候他想起自己积劳成疾过早去世的妻子,会伤心一阵子,但伤心也没有用。

有一天,他从巴库到油田去,在沙里科夫那儿过夜。沙里科夫的哥哥也刚从俘房营回来,免不了招待一番。黑夜刚过去。尽管空间无限,但是这清晨的世界十分舒适。普霍夫浑身是劲,大步流星朝前走去。远处炼油厂的汽笛声又响又长,召唤夜班工人下班回家。

全世界都在感受这晨曦时光,人人都熟悉自然界的这些变化,有人扬扬得意,也有人在朦胧的梦境中嘀咕。

普霍夫饱经沧桑的内心,不由得同情起那些独自对抗全世界物质的人。革命——恰恰是人们最好的命运,再也想不出更好的了。这就像生孩子,艰难而疼痛,但生完就一下子轻松了。

这是青春期之后的第二次,普霍夫重新看到了生活的美妙和勇猛的大自然在一动一静之间展现出的暴烈性格。

普霍夫怡然自得地往前走,只觉得世间万物像从前那样跟他有着密切的亲缘关系。他渐渐领悟到什么东西最重要也最痛苦。他甚至停住脚步,垂下眼睛,原先的那种容易冲动的感觉又回到了他身上。大自然强悍的性格转移到了人身上,演变为革命的勇气。这正是他的忧虑之处。

心中突然冒出的那种异样感觉让普霍夫停下脚步,他顿时感受到了故乡的温暖,仿佛离开多余的妻子回到了母亲的怀抱。他迈开步伐,沿着自己的路线,一身轻松地向钻井走去。

普霍夫自己都不知道,他是在消失,还是在新生。

早晨的光和热在世界上空迸发,渐渐变成人的力量。

普霍夫在机房里遇见了正在等待换班的司机。那司机困得厉害,时而迷失在梦的密林中,时而又从梦中返回现实。

普霍夫把发动机的油烟大口大口吸入胸中,仿佛那是一股沁人心脾的香味,他体验着生命的全部深度——直到那神秘的脉搏。

"美好的早晨!"他对司机说。

司机伸了个懒腰,走出工棚,漫不经心地证实说:

"完全是革命的。"

叶皮凡水闸

——献给 M.A.卡申采娃

一

大自然真是奇妙无比,神秘莫测啊,我亲爱的哥哥贝特兰!其中的奥妙,即使最聪明的大脑也无法领悟,最敏感的心灵也难以体验!你能看到,哪怕是凭想象,你的弟弟在亚洲大陆腹地的居住环境吗?我知道,你是无法体会的。我知道,你的目光被喧闹的欧洲和车水马龙的纽卡斯尔所迷醉,因为我的家乡永远有许多航海家,有赏心悦目的风景。

我越来越思念家乡,越来越厌恶这里闭塞的环境。

罗斯人因为长期的繁重劳作变得性格懦弱,逆来顺受,但是因为愚昧而变得十分粗野和阴沉。我的嘴巴因为长期不说文明的话而封闭了。我只是在工地上给十人长发出预先约定的信号,再由他们向工人大声转达命令。

这里的自然资源非常丰富:所有河流的两岸满眼都是可供造船的树木,平原地区也森林密布。凶猛的野兽与人争食,因此农民整天提心吊胆。

但是,这里的粮食和牛肉相当充裕,丰富的食物使我长胖了许多,尽管日夜想念纽卡斯尔而内心痛苦不已。

这封信不像前一封那样详细。那些打算前往亚速、卡法①和君士坦丁堡的商人已经修好船只准备出发了。我托他们把我这封信尽快捎到纽卡斯尔。这些批发商急着上路,顿河进入枯水期之后货船就无法航行了。我只有一个小小的请求,这件事你能办成。

沙皇彼得是个强人,尽管主意多变,喜欢瞎嚷嚷。他的智力就像他的国家:蕴藏丰富,但是还没有开化,就像野兽出没的荒山野岭。

他十分佩服外国航海家,付给他们的报酬慷慨得出奇。

我在沃罗涅日河的河口建造了一座双室水闸和一条围堤,这样可以在陆上修理船只,无须大拆大卸。我还建造了一条大围堤和一个带闸门的水闸,其规模足以保障河水通畅。后来我又建了另一个水闸,该水闸有两扇可供大轮船通行的大闸门,轮船进入围堤之后可以随时关闭或开启。

这几个工程耗时十六个月。之后又有了另外一个工程。沙皇彼得对我的工作十分满意,下令再建一个更大的水闸,80门火炮的战舰从沃罗涅日河可以直达沃罗涅日市。这项艰难的工程我也完成了,只要世界不毁灭,我的

---

① 现名费奥多西亚,是位于黑海北岸克里米亚半岛的城市。

这几项工程就不会出现任何毛病。水闸所在地的岩石不结实,而且水流湍急,德国产的水泵也不给力,我们的工程停顿了六个星期。于是我们造了一架机器,一分钟可以抽取 12 桶水,连续干了八个月才抽干,最后开始挖基坑。

经过这么艰苦的工作,沙皇亲吻了我,还给了我 1 000 银卢布,这可不是一笔小钱。沙皇还说,即使发明水闸的列奥纳多·达·芬奇也不一定干得比我出色。

我有一个严肃的想法,想叫你,我亲爱的哥哥,到俄罗斯来。这里对工程师特别器重,报酬也高,彼得特别热衷于搞工程项目。我亲耳听他说过,需要在顿河和奥卡河之间建一条运河,这是当地的两条大河。

沙皇希望建造一条连接波罗的海、黑海和里海的运河,可以经过广阔的大陆地区直接通往印度、地中海各国和欧洲。这主意是沙皇出的。但触发他奇思妙想的则是贸易和在莫斯科及其邻近城市做生意的商人阶层,再说国家的丰富资源蕴藏在内陆,但运不出来,除非建造运河将几条大河连接起来,船只可以从波斯直达圣彼得堡,从雅典直达莫斯科,甚至到达乌拉尔、拉多加湖和卡尔梅克草原。

沙皇迫切需要这方面的工程师。在顿河和奥卡河之间建造运河是个大工程,需要艰苦的付出和丰富的知识。

我已经向彼得沙皇许诺,一定把我的哥哥贝特兰从纽卡斯尔叫来,我自己已经累了,再说我爱自己的未婚妻,太想回到她身边了。我在野蛮人中间生活了四年,心智都退化了。

接到此信后把你的决定告诉我,我再给你说说路上要注意点什么。你会碰到很多困难,但是五年后你回到纽卡斯尔的时候将带回一大笔钱,然后在家乡安度余生。为了这个目的,再苦再累也不觉得苦和累了。

请向我的未婚妻转达我的爱和思念,用不了多久我就可以回来了。你告诉她,我想她都想得心要滴血了,让她一定要等到我回来。然后让她原谅我,温情脉脉地看看可爱的大海,看看欢乐的纽卡斯尔,看看亲爱的英吉利。

你的弟弟和朋友,工程师威廉·贝利

1708 年 8 月 8 日

二

1709 年春天,贝特兰·贝利乘船来到了圣彼得堡。他坐的是一艘多次往返于纽卡斯尔和澳大利亚、南非港口之间的旧船。

船长苏特兰德握着贝利的手,祝他顺利抵达这个可怕的国家并尽早回到自己的家。贝特兰向他表示感谢并登上了陆地——进入一个陌生的城市,一个幅员辽阔的国家,等待他的将是艰苦的工作、孤独,乃至过早的死亡。

贝特兰还不到三十四岁,可是他那忧伤的神情和染霜的两鬓使他成了四十五岁的人。

在港口迎接贝特兰的是俄罗斯国王的特使和英国国王的常驻代表①。

彼此寒暄一番之后他们就分手了：国王特使回家吃荞麦粥，英国代表回自己的办事处，而贝兰特则前往海军军需库附近为他准备的住处。

住房干净，宽敞，幽静，这安静和舒适的环境，反而令人心神不宁。荒凉的海风钻进威尼斯式的窗户，这冷风加强了贝特兰的孤独感。

结实低矮的桌子上摆着一份盖了印章的文件。

贝兰特打开文件，看到这样的内容：

奉俄罗斯国王之命，科学协会恭请英国海军工程师贝特兰·拉姆泽·贝利前往本协会位于环城大街的河运部。

国王亲自关注在顿河与奥卡河之间——通过伊凡湖、沙奇河和乌帕河——建造运河的设计进展，为此必须尽快完成设计方案。

请您稍事休息克服旅途劳顿后立即前往科学协会。

此乃会长命令。

科学协会法务主管兼律师

亨利·沃特曼

贝特兰拿着信件在宽敞的德式沙发上躺下，不知不觉睡着了。

---

① 领事。——作者原注

房间里的窗户被暴风雪吹得哐啷直响,贝特兰醒了。外面漆黑一片,渺无人迹,大片大片的湿雪纷纷飘落。贝特兰点亮灯,坐到桌子旁边,面对着阴森可怕的窗户。他无事可做,陷入了沉思。

过了很久,大地早已迎来了漫漫长夜。贝特兰时不时陷入迷糊状态,他会突然转过身,期待能看到自己在纽卡斯尔的房间,看到窗外温暖热闹的海港风景,还有那天际线上欧洲的模糊轮廓。

但是,街上的风、雪和黑夜,室内的寂静和寒冷,都在告诉贝特兰,他的房间处在另一个纬度。

他在自己意识中始终加以否定的那些东西,顿时勾起了他的遐想。

梅丽·卡勃隆特,他那20岁的未婚妻,现在大概漫步在纽卡斯尔绿树成荫的大街上,她的上衣别着一支丁香。也许,另一个男人正牵着她的手,悄悄地跟她说着虚伪的情话——贝特兰永远不可能知道他说了些什么。他在海上走了两个星期,这期间梅丽那富有幻想的单纯的心会发生什么变化呢?

女人难道能够苦等丈夫五年或者十年,不断培育对梦中人的爱?未必如此吧。否则整个世界早就安逸太平了。

倘若后方有可靠的爱情,那人人都能放心去月亮旅行了!

贝特兰将印度烟丝装进烟斗。

"梅丽做得对!她为什么需要一个常年在外的商人或者漂泊天涯的海员?她讨我喜欢,也很聪明……"

贝特兰的想法变化迅速,但是每一次转变都遵循着明显的节奏。

"你的行为无可挑剔,我的小梅丽……我甚至还记得你身上焕发出青草的气息,记得你曾说过:我要的丈夫就像漂泊四方的伊斯坎捷尔①,像驰骋疆场的跛脚大帅帖木尔,像一往无前的阿提拉。如果是海员的话,那就像亚美利哥·韦思普奇②……你也知道很多大人物,梅丽!

"你说的完全正确:如果你认为丈夫比生命更宝贵,那就让他比生命更加有趣更加稀罕!否则你会觉得痛苦,最后被不幸毁灭。"

贝特兰狠狠地吐出口中咀嚼的烟丝,说:

"是的,梅丽,你小小年纪,可是聪明过人!也许,我配不上这样的妻子。不过,能抚摸你这样清醒的小脑袋真是太好了!妻子的辫子下面蕴藏着高瞻远瞩的智慧,对我来说是莫大的喜悦!不过,我们还得往前看看!为了这个目的我才来到这个糟糕透顶的地方!威廉的信不是我选择这命运的原因,但是它帮助我做出了这个发自内心的决定……"

贝特兰都快冻僵了,他开始铺展被褥准备睡觉。就在他脑子里想象梅丽并且跟她谈心的时候,暴风雪已经在彼得堡大施淫威,将一幢幢房子团团围住,强行降低室内的温度。

贝特兰钻进被窝,上面还加盖了一件海员穿的那种粗呢大衣。睡意袭来,他朦胧中觉得有一丝活跃的伤感,没有服从理智的支配,在他整个强壮干燥的躯体中流淌。

外面响起奇怪的尖利的咔嚓声,好像轮船被巨冰撞击后船体断裂了。贝特兰睁开眼睛仔细倾听,但是他的思想不再被痛苦折磨,终于沉沉睡去。

---

① 伊朗神话中的国王,人们往往将其与马其顿王亚历山大相混淆。
② 亚美利哥·韦思普奇(约1454—1512),意大利商人、探险家,证实哥伦布发现的不是亚洲,而是"新大陆"。美洲即以他的名字命名。

三

第二天,贝特兰到科学协会了解了彼得的意图。原来还只是个设想,刚开始酝酿方案。

沙皇交代的任务是要在顿河与奥卡河之间建造一条直通的航道,通过这一条运河将顿河沿岸地区与莫斯科以及伏尔加河沿途的各省连接起来。因此,需要实施大规模的建造水闸和挖掘运河的工程,把贝特兰从英国请来就是要给这些工程设计施工方案。

接下来的两个星期,贝特兰一直在熟悉勘测文件,根据这些文件再设计具体施工方案。这些勘测文件相当不错,是由内行人制定的:法国工程师特罗兹逊少将和波兰技师齐茨凯夫斯基大尉。

贝特兰十分满意,准确的勘测数据有助于尽快开始施工。贝特兰早在纽卡斯尔的时候心里就有一个秘密,他十分钦佩彼得,想协助他使这个野蛮而神秘的国家变得文明。那样的话,梅丽也肯定愿意找他这样的丈夫。

伊斯坎捷尔志在扩疆拓土,韦思普奇重在地理发现,如今是建设的时代——聪明的工程师代替了双手沾满鲜血的军人和不辞辛劳走南闯北的探险家。

贝特兰工作十分辛苦,但他以苦为乐——繁重的工作减轻了与未婚妻的分离之苦。

他还住在原来的地方;他不参加海军部和文官的舞会,避免结交上流社会的贵妇人和她们的丈夫,尽管有些上流社会的名媛一直在寻找与这位单身的英国人交往的机会。贝特兰做事就像开轮船——谨慎小心,讲究速度,避开浅滩暗礁。

七月初,方案已经制定,图纸也复制完毕。所有文件已经呈报沙皇并且得到批准。沙皇下令奖励贝特兰1 500银卢布,今后每月薪水为1 000卢布,并且任命他担任连接顿河奥卡河的所有水闸和运河工程的首席专家和建筑师。

与此同时,彼得下令涉及建设水闸和运河的有关各省的总督和军政长官,他们必须全力支持总工程师,凡是他提出的要求,务必满足。贝特兰还被赋予将军的权力,他只服从沙皇和最高统帅。

正式谈话之后,彼得站起来对贝特兰说了这样一番话:

"贝利师傅!我认识你弟弟威廉,那可是一位难得的建造河船的专家,能用人造设施巧妙地利用水力。你的任务跟他不一样,需要利用你的智慧去完成一项庞大的工程,这件事我们琢磨了几百年,就是把我们帝国的几条大河连成一体,为民间的贸易以及各种军事活动提供极大的帮助。我们已经下定决心,要通过伏尔加河和里海跟古老的亚洲各国建立联系,还要尽量跟全世界和文明欧洲联姻。我们自己也能从世界贸易中尝到一点小小的甜头,老百姓也能学习外国的技术,增长本领。

"我责成你立即开始工作——航道非建成不可。

"今后凡有违抗之事,你就派信使向我报告——我会立即严加惩罚。我当你的坚强后盾!你一开始就要抓紧,合理安排——我是赏罚分明,该奖励的奖励,要是贪赃枉法,违抗我的意志,那就砍他的脑袋!"

说完,彼得迈着与他魁梧的身材不相称的快步,走到贝特兰跟前,握了握他的手。

然后,彼得转身回自己的房间,一边走一边不停地吐痰,呼哧呼哧地喘着粗气。

沙皇的这番话翻译给了贝特兰,他听了非常高兴。

贝特兰的方案由以下几个部分组成:用天然石灰岩建造33座水闸;从沙奇河岸边的柳博夫卡村到顿河边的博勃利科夫村之间开挖一条全长23俄里的运河;疏浚并加深博勃利科夫村到盖伊村之间全长110俄里的顿河河道;另外,围绕顿河流经的伊凡湖沿岸和运河两岸建造土质堤坝。

总共也许需要建造225俄里的航道,一端在奥卡河,另一端经过110俄里的运河进入顿河。运河的宽度应为12俄丈,深达2俄尺。

贝特兰计划将工程管理处设在图拉省的叶皮凡市,这城市处在未来工程的中心位置。

应该与贝特兰同行的还有五名德国工程师和十名来自行政衙门的文牍官。

出发的日期定在7月18日。当天上午十点前必须备好车马,然后准时出发,踏上荒凉而考验耐心的路途,直奔那毫不起眼的小城——叶皮凡。

四

俗话说,人活一生,心痛一世。

五名德国人和贝特兰准备了相当多的食品,指望这样可以应付几天了。

确实,此番履职,路程遥远,沿途地广人稀,一片荒凉,于是上路前他们先把肚子填得满满的。

贝利正往箱子里装一包烟丝——这是他每次外出时的最后一件事。几个德国人已经写好家信,其中一个最年轻的卡尔·贝根,因为想念自己心爱的年轻妻子,心里难受得突然放声哭了起来。

就在这时候,有公差前来使劲打门,门都开始晃动了:能够这样打门的要么是来抓人,要么是来通报疯狂的沙皇的恩典。

来人是邮政衙门的使者。

他要找贝特兰·贝利,英国的大尉工程师。五只带着胎记和痣的德国手,一齐指向英国人。

使者夸张地上前一步,毕恭毕敬地把一个盖了五个图章的邮件交给他。

"先生,请您收下来自大英帝国的邮件!"

贝利避开德国人走到窗口,打开信件:

6月28日于纽卡斯尔

我亲爱的贝特兰!你不会期待这个消息。我不忍心让你伤心;也许,我对你的爱还没有消失。但是,一种新的感情已经将我燃烧。我那可怜的理智鼓足了勇气,要捕捉你那我曾真心相爱的形象。

但是你太天真,太狠心——为了发财,你远涉重洋去了遥远的地方;为了荒唐的荣誉,你毁了我的爱情和渴望柔情的青春。我是女人，没有你，我如同一根小树枝那么孱弱，因此我把自己的一生托付给了另一个人。

我亲爱的贝特兰，你还记得托马斯·赖斯吗？现在他成了我的丈夫。你肯定伤心，但你得承认，他是个很好的人，对我绝对忠诚！当初我拒绝了他，选择了你。如今你远走高飞，在我为你担惊受怕，苦苦思念你的时候，他一直在安慰我。

别伤心，贝特兰！我非常可怜你！你以为我真的需要马其顿的亚历山大皇帝做我的丈夫吗？不，我需要的是一个真心爱我的人，哪怕他是港口的煤炭装卸工，或者是个普通的海员，但是他能把对我的爱唱给大海听。这就是一个女人所需要的，你要记住，傻贝特！

两个星期之前，我和托马斯举行了婚礼。他很幸福，我也是。我觉得我肚子里已经有小宝宝在蠕动了。你瞧，多快啊！这是因为托马斯爱我，不会抛下我，而你离开了我去寻找殖民地——你就去征服殖民地吧，我已经征服了托马斯。

再见了！别伤心，将来回到纽卡斯尔——一定要来看我们，我们会很高兴的。你死了——我和托马斯会为你哭泣。

梅丽·卡勃隆特-赖斯

贝利脑子一片空白，把信从头至尾连续读了三遍。接着，他看了看那扇宽大的玻璃窗——打碎它很可惜,那是用黄金从德国买来的。砸桌子吧——手头没有重物。扇德国人耳光吧——他们是无辜的,其中一人还哭过鼻子呢。贝利狂怒的时候,他依然还在仔细算计,还在犹豫不决,他的狂怒最后终于自行找到了发泄的办法。

"贝利先生,您的嘴不对劲啊!"德国人告诉他。

"怎么回事?"贝利问,他已经消了气,只感到悲伤。

"您把嘴擦一下吧,贝利先生!"

贝利好不容易从紧闭的牙齿中间拔出了烟斗。紧紧咬住烟斗的牙齿使劲压迫牙床,压得牙龈都撕裂了,流出了一股苦涩的血。

"出什么事了,先生?家里发生了不幸?"

"没有。完了,朋友们……"

"什么完了,先生?您说呀!"

"血流完了,牙龈会成长出来的。咱们去叶皮凡吧!"

五

贝特兰一行沿着波索里斯克大道①缓缓前进。这条路经过莫斯科可以到达喀山,过了莫斯科之后又在顿河右岸与卡尔梅克大道相接。他们就是要在这里转弯,再经过伊多夫斯克大道和奥尔多巴扎

---

① 现名阿尔汉格尔斯克大道。

尔内大道以及其他几条小的干道到达未来的驻地——叶皮凡。

扑面而来的风随着呼吸吹走了贝利胸中的悲伤。

他兴致勃勃地观察这里的自然,那么富饶,又是那么矜持和吝啬。放眼望去,沃野千里,但树木稀少:只有清秀优雅的白桦和多愁善感的杨树散布其间。

即使夏天,这空间也是那么荒凉,仿佛没有生命似的,仅仅是抽象的精神。

树林里偶尔露出一间小小的教堂——木质结构,十分简陋,属于拜占庭风格。在特维尔郊外,贝利发现一座乡村教堂本来是朴素的新教建筑,却带有哥特式遗风。贝利顿时感受到了故乡的温暖气息,父辈信仰中包含的那种肯定尘世的微弱的实践理性扑面而来。

树林下面的泥炭地也吸引了贝利,他觉得自己嘴里已经呷摸出了埋在黑土下面无比丰富的宝藏。

德国人卡尔·贝根,就是在彼得堡收到了信之后哭鼻子的那个小伙子,脑子里想的跟贝利一模一样。到了外面,他的精神面貌焕然一新,暂时忘却了年轻的妻子,咽着口水给贝利解释:

"英吉利——就是开矿的。俄罗斯——挖泥炭的!我说的对吗,贝利先生?"

"对,对,很对。"贝利说着转过身,他发现大陆上的天空高得吓人,在海上或者狭窄的英伦根本看不到这样高远的天空。

他们这一行人偶尔也到附近的村子里饱餐一顿。贝利整桶整桶地喝克瓦斯,他觉得克瓦斯不仅好喝,而且还能帮助消化。

过了莫斯科,工程师们还一直怀念那些教堂的钟声和克里姆林宫围墙拐角处那几座空荡荡的刑讯塔楼的幽静。贝利特别赞赏圣瓦西里教堂——这位浅陋的艺术家在用心体验人类智慧创造的精致而华丽的世界杰作。

有时候展现在他们面前的是广袤的草原和茅草丛生的土地,却不见道路的一点影子。

"波索里斯克大道在哪里?"德国人问马车夫。

"瞧,这就是啊。"马车夫指着周围空旷的土地说。

"根本看不出来!"德国人惊讶地仔细辨认地面。

"说是大道,也只是一个方向,路面不用夯实!一直到喀山都这样!"车夫想尽量给外国人解释清楚。

"嗨,这太好了!"德国人笑了。

"可不是吗!"车夫一本正经地附和说,"这样看得更清楚,也更平坦!一见大草原——两眼泪汪汪啊!"

"太妙了!"德国人惊讶不已。

"那还用说!"车夫附和道,大胡子里藏着嘲笑,这样不至于得罪人。

过了梁赞这个饱受屈辱、环境恶劣的小城之后,人烟开始稀少。生活在这里的人谨小慎微,相当闭塞。自打鞑靼人入侵之后,就留下了这种恐惧,见到路过的陌生人就胆战心惊,赶紧把没有多少的家当藏进小屋。

贝特兰·贝利惊奇地观察那些难得见到、中间有小教堂的防御设施。在那些自造的城堡周围,拥挤的小木屋里居住着当地人。显然,他们都是新近搬来的居民。当年鞑靼人沿着杂草丛生的大草原攻打到这个地区的时候,大家都躲在土屋或木屋里偷生。居住在那些城堡里的是被公爵们派来的行政人员,而不是能干的庄稼汉。如今这些村子不断扩张,每逢秋天和赶集的日子,人来人往十分热闹,尽管沙皇一会儿跟瑞典人打仗,一会儿跟土耳其人交战,导致国力日益衰弱。

这一行人很快就要转到卡尔梅克大道——鞑靼人沿着顿河前往罗斯的道路。

有一天中午,车夫无缘无故地挥动鞭子,吹起刺耳的口哨。马都停了下来。

"塔纳伊特!"卡尔·贝根从车厢探出脑袋,喊了一声。

贝利停下马车,走出车厢。远方的天地交界处,几乎在天空中,一条细长、活动的带子如同高山上的积雪,闪烁着神奇的白色。

"这就是塔纳伊特河!"贝利想,他为彼得的设想感到非常惊讶:这地方真大,这里的自然环境太美了。将来就要在这里建设通行轮船的运河。彼得堡的图纸上标得很清楚也很简单,但到了这里,在中午转道去塔纳伊特河的途中,一切又显得那么诡异、艰难和壮丽。

贝利见识过大海大洋,但是展现在他面前的这片干燥倾斜的土地是那么神秘、宏阔!

"上路!"带头的车夫喊了一声,"斜穿过去!一定要赶到伊多夫斯克大道过夜!"

燕麦喂大的马儿顺着急不可耐的人们的意志,扬开四蹄,一路飞奔向前。

"停下!"领头的车夫突然叫了起来,他举起鞭子给后面的车夫打信号。

"出了什么事?"德国人非常紧张。

"把村警给落下了。"车夫说。

"怎么办?"德国人问,已经不那么紧张了。

"他跑去沟里解手,我回头一看,他不在最后一辆车上!"

"你呀,真是个马大哈!"第二个车夫说。

"这秃子,只能捏着裤裆干着急了!"车夫不再因为自己的疏忽而懊恼。

队伍继续前进,方向是伊多夫斯克大道和奥尔多巴扎尔内大道,再转到通往叶皮凡的小路。

六

叶皮凡工程立即开工建设。

语言不通,百姓古怪,内心绝望,这一切把贝利推进了孤独的深渊。

只有干活的时候,他心灵的所有能量才得到发泄,有时候他会无缘无故地大发雷霆,手下的那些人称他是监管苦役犯的队长。

叶皮凡的军政长官派来了辖区里的所有男人:有的开采石头再把石头运到水闸工地,有的挖土开河,有的站在齐腰深的沙奇河里疏浚河道。

"没有办法,梅丽!"贝特兰自言自语。夜深了,他还在叶皮凡的房间里来回踱步。"再怎么伤心我也不会垮掉!只要心不死——我就能得救！待到我把运河建成,沙皇会赏我很多钱,到时候我就去印度……嗨,我多可怜你啊,梅丽!"

巨大的痛苦,纷乱的思绪,充沛的精力,搅得他坐立不安,最后他发疯似的重重倒在床上,慢慢睡去,睡梦中还像孩子似的发出痛苦的喊叫。

快到秋天的时候,彼得来到叶皮凡视察。他很不满意工程的进度。

"伤心的事要放在箱子里化解,决不能误了国家大事。"沙皇说。

确实,无论贝利怎么严厉,工程进展还是很慢。农民们逃避干活,有些胆大的干脆逃得不知去向。

当地几个刁民还向彼得递交呈文,列数上司的种种恶行。彼得下令进行调查,结果发现行政长官普罗塔西耶夫收受镇上农民的巨额贿赂,免除了他们出公差的义务,此外,他还巧立名目,营私舞弊,贪污公款达百万卢布。

彼得下令对普罗塔西耶夫执行鞭刑,然后押解至莫斯科继续侦查,但是没多久普罗搭西耶夫因悲伤和悔恨而一命呜呼。

彼得刚离开,这丑闻人们还记忆犹新,另一场灾难又降临到叶皮凡工地。

卡尔·贝根负责伊凡湖的工程——围湖筑堤,抬高湖里的水位,使水深达到船只能航行的程度。

九月里贝利收到他的一份报告:

> 外来人员,尤其是莫斯科的官员和英国技师,差不多全病倒了。他们的体力下降得厉害,大多数人生病、死亡

和浮肿的原因是得了热病。当地的普通百姓还能忍受,但是他们干各种重活,赶工期,秋天快到了,沼泽里的水很凉,他们一心想起来造反。总而言之,假如这种情况今后继续下去的话,我们就会出现没有首长和技师的局面。为此,我等待总工程师兼总建筑师的命令。

贝利已经知道,在沙奇河和乌帕河的泥水里干活的波罗的海工匠和德国技师不仅病的病死的死,甚至纷纷卷款潜逃回家。

贝利担心春汛会破坏已经开工建设、毫无防备的设施。他想加快施工进度,免得大水给它们造成特别巨大的损失。

但是,这个目的很难实现——技术官员陆续死亡和潜逃,而那些民工更加肆无忌惮,他们整村整村的不去上工。贝根一个人没法对付这些恶棍,对沼泽地的疾病也束手无策。

为了根除哪怕是一个祸害,贝利给各个工地和所有周边的军政长官下达命令:凡是外国人,无论是运河技师还是水闸工匠,一律不准放行,任何人不得为他们提供马车,不得向他们出售或者租借马匹,否则一律处死。

贝利在命令下面签上了彼得的名字——为了虚张声势,也为了便于执行。让彼得骂去吧,他正忙着在沃罗涅日建造亚速海舰队,也不可能浪费两个月的时间去叫他签署一纸命令。

但是,对技术人员采用这种威胁的办法也没有奏效。

贝利看到,用突击的方式指挥工程,强迫众多的民工、士兵和技术人员就范,也纯属徒劳。本来应该不慌不忙地开始工作,让老百姓和技术人员渐渐习惯这样干活,不让他们捣乱。

到了十月份,工程终于停了。德国工程师们竭尽全力地想依靠警卫人员保护设备和已经采购的材料,但是这也做不到。德国工程师们一有机会就给贝利送辞职报告,免得沙皇来了他们这些无辜的人会遭受鞭刑。

有个星期天,叶皮凡的军政长官来找贝利。

"贝丹·拉姆泽伊奇!瞧我给你带来什么玩意儿!太不要脸了,你想都想不到!"

"什么东西?"贝利问。

"你看看,贝丹·拉姆泽伊奇!你慢慢琢磨琢磨,我就坐一会儿……你怎么还是个光棍,贝丹·拉姆泽伊奇!怎么说呢——我们的女人不合你的心意。这我看出来了,也同情你……"

贝利打开信件:

> 致俄罗斯国王彼得大帝
>
> 我们呢,是你的仆人和可怜的庄稼汉,那一年,伟大的国王啊,为了建你的运河和水闸,派我们来干活,一直没有离开过,到了耕地的季节,收割的季节,割草的季节,也都没有回家,在这里干这干那的,秋播的庄稼没有收割,春播的庄稼没有播种,没有人去播种,也没有种子撒下去,我们的兄弟和我们的老婆还剩点带皮或者不带皮的陈粮,就是那么一点点粮食,那些当官的和干活的人来叶皮凡给你干活,都给他们拿走了,拿了还不付钱,留下的那一丁点儿也给老鼠啃得精光,那些当官的和干活的人老是欺负我们和我们的老婆,害得我们啥也没有了,姑娘还不到年龄就全

给他们早蹋了。①

"没想到吧,贝丹·拉姆泽伊奇?"军政长官问。

"怎么到您手里了?"贝利感到惊奇。

"是这么回事——真是巧得很,几个民工要我的文书给他们墨水,或者告诉他们怎么做墨水,纠缠了他两个星期,答应给他一条火腿。我那文书是个滑头,火腿收了,墨水也给了,自己悄悄地监视他们,就这么搞到了这封信……要知道,除了要写衙门的文件,叶皮凡就没有墨水,也没有人知道怎么做墨水!"

"难道我们真的把老百姓折磨得叫苦连天吗?"贝利问。

"你怎么能说这话呢,贝丹·拉姆泽伊奇!我们的老百姓都是无赖,他们不听话!你要是让他们干点什么,他们就去告状,别看他们不认字,也不知道怎么做墨水……你等着,我要把他们全关起来!我要让他们看看跟我作对,不停地给沙皇写信会有什么结果……这可是上帝的惩罚!干吗要教他们说话?既然他们不识字,那也不该让他们开口说话!"

"您有伊凡湖的消息吗,长官?您从叶皮凡派村警押去的那几批民工和马车还好吗?"

"哪几批?是派去救急的那几批吗?瞧你说的,贝丹·拉姆泽伊奇!一名村警,那是十天前的事,从那儿回来报告说,民工全都逃到亚伊克和霍比奥尔去了,他们的家庭,真的,整个叶皮凡,都饿得快趴下了,女人累死累活地干,这还不算,那些坏蛋还到处告状说我

---

① 此信写得文理不通,还把"糟蹋"写成"早蹋",都表示农民没文化。

的坏话……"军政长官掏出手帕,擦了擦那老脸,"我是在保卫国王啊,贝丹·拉姆泽伊奇!保不准哪一天,国王随便就会给我吃鞭子。到时候,贝丹·拉姆泽伊奇,你得替我说话呀,我用你们英国上帝的名义求你了!"

"好的,我一定替你说话。"贝利答应说,"那些马车还在伊凡湖上干活吗?"

"瞧你说的,贝丹·拉姆泽伊奇!在民工逃跑之前,那些马就逃到草原和村子里躲了起来。你哪能找得回来?找回来了也没用——干活累垮了,再也没法耕地了,许多马死在草原上……就这么个情况,贝丹·拉姆泽伊奇!"

"好啊!"贝利吼道,双手按住坚硬消瘦的脑袋,如今再也想不出什么安慰自己的理由了。

"你打算怎么办,长官?"贝利问,"我需要干活的人!你看着办吧——只要给我人马就行,要不春天一到,大水就会把水闸彻底冲垮,沙皇绝不会放过我!"

"那只能随你便了,贝丹·拉姆泽伊奇!我拿脑袋担保,现在留在叶皮凡的尽是娘们,我管辖的其他地方出没的都是强盗。我都不敢在自己的地盘上露脸,哪能给你找干活的人!我是死路一条:哪怕在老百姓那儿我保住了这颗脑袋,最后也要给沙皇砍掉的!"

"这跟我无关!长官,这是分配给你一周的任务:派500人100匹马去伊凡湖,1500人400匹马去斯托罗热瓦亚·杜勃罗夫卡村建水闸,2000人700匹马去纽霍夫斯克水闸,4000人1500匹马去沙奇河和顿河中间的柳博夫运河工地,600人100匹马去加耶夫水闸。这份派工单你拿去,长官!所有人马必须在一个星期内到位!要是做不到——我向沙皇禀报!"

"你听我说,贝丹·拉姆泽伊奇……"

贝利打断他:

"我不想听。别给我诉苦,也不用给我花言巧语——我不是年轻姑娘!我要的是干活的人马,不要听诉苦。你回去把活人给我找来!"

"是,贝丹·拉姆泽伊奇,听您的,先生!不过,说什么也办不到,我用我死去的母亲向你……"

"你回去吧!"贝利生气了。

"那么,贝丹·拉姆泽伊奇,请您至少在春天之前停止运输原石料。这原石料太重,庄稼汉实在受不了,在柳托尔采也没法开采……"

"那可以。"贝利回答说,他知道目前还不是开新工地的时候,现在要保护已经完成的工程不受春汛影响,"你回去吧!你这人太啰唆,一谈正经事就讨价还价!"

"谢谢您不用运石料了!再见了,贝丹·拉姆泽伊奇!"

军政长官又嘟囔了几句,离开了。

最后几句话他是用本地的叶皮凡方言说的,贝利一句也没听懂。即使听懂了,也不会是什么好事情。

七

五名德国工程师也都到叶皮凡过冬。他们都长了大胡子,半年内老了许多,明显变得粗野了。

卡尔·贝根因为思念在德国的妻子而备受煎熬，但是他跟沙皇签了为期一年的合同，不可能提前离开：那年代俄罗斯的惩罚非常严厉。这位年轻的德国人因为恐惧和思乡而整天战战兢兢，最后什么事也没做成。

其余几个德国人的心情也很糟糕，他们都后悔来俄国赚大钱。

唯独贝利没有屈服，内心深处对梅丽的思念在狂热的工作中得到宣泄。

在跟德国工程师们讨论技术的时候贝利告诉他们，尚未完工的水闸情况危险。春汛一来，会把所有设施冲垮，特别是柳托列茨克和穆罗夫良斯克两座水闸，早在八月份，那儿的工人就全跑了。

贝利分配给叶皮凡军政长官的任务，他一项也没有完成：也许他故意作对，也许是真的无人可派。

工程师们反复商量，还是想不出保证水闸不受春汛影响的办法。贝利知道，沙皇彼得在彼得堡命令造船的工程师穿上出殡时才穿的宽大袍子。如果新船下水试航成功，根据船只吨位的大小，沙皇奖励每个工程师 100 或者更多的卢布，并且亲手给工程师脱下丧服。如果新船漏水船体倾斜，甚至比这更严重，在岸边沉没，那么沙皇就让这些造船工程师死个痛快——干脆砍下脑袋。

贝利不怕掉脑袋，甚至做好了掉脑袋思想准备，但是对那几位德国工程师却闭口不谈。

大俄罗斯的漫长冬季开始了。叶皮凡积了厚厚的一层雪，周围一片寂静。看上去这里的人活得很苦，其实，他们觉得还过得去。在频繁的节日里，他们走亲访友，喝自酿的酒，吃酸白菜和腌制的苹果，还一次次地娶妻嫁人。

德国人中间的那个彼得·佛赫,在孤独无聊的驱使下,圣诞节的时候娶了叶皮凡的贵族小姐克谢尼娅·塔拉索芙娜·拉季奥诺娃。她是一位富裕的盐商的女儿,她父亲拥有一个40辆大车的运输队,雇了20名盐贩子,他们往返于阿斯特拉罕和莫斯科之间,为北方几个省供应盐。塔拉斯·扎哈罗维奇·拉季奥诺夫年轻时自己就是个盐贩子。彼得·佛赫搬到岳父家居住,日子太平,饮食周全,很快就发胖了。

在贝利的领导下,所有的工程师在欧洲新年之前都在认真制作施工图纸,结算消耗的材料和人工,同时还在设计保障春汛期间的大水安全通过的种种办法。

贝利写信向沙皇彼得汇报施工的整个进程,指出缺少工人是致命伤,对顺利竣工表示怀疑。为了以防万一,贝利把信的副本寄给了英国驻彼得堡大使。

二月,沙皇的信使来到叶皮凡,交给贝利一份公文:

顿河和奥卡河之间的叶皮凡水闸和运河的总工程-建筑师
贝特兰·贝利

　　早在收到你的呈文之前,有关你工作不得力的消息我早有耳闻。工程进展不顺利,我从中看出,叶皮凡的当地人都是些奴才,给他们好处都不要,此外,你务必更加严厉地贯彻我的意图,强迫你手下人不敢不听话,不管是外国技师还是普通百姓。

　　反复思考涉及叶皮凡水闸的种种想法之后,我决定对今年夏天采取如下预防措施。

你的军政长官我已经把他赶走,也按照宗教的办法对他进行了惩罚,我已经下令将几艘阻塞船从亚速海派去叶皮凡对付那些大的浅滩。我给你派格里什卡·萨尔蒂科夫担任新的军政长官,他这人办事果断,也挺机灵,我了解他,他的惩罚手段凶狠,决不拖泥带水。他是协助你管理人马的第一助手。

此外,我宣布叶皮凡地区进入战时状态,所有男性居民招募为军人!我会给你派遣精选的中尉和大尉军官,他们将带领叶皮凡的新兵连和民兵连到你的工地上,你就是名副其实的将军,你同样要给你的助手和手下的技师颁发相应的军衔。

在其他几个交叉的军政区域,就像你的几个工地一样,我也宣布进入战时状态。

假如今年夏天你还把水闸和运河的事情搞砸了——那你自己心里有数。尽管你是英国人——绝不会有好果子吃。①

贝利看到彼得这样答复,真是喜出望外。采取这些改革措施之后,叶皮凡工程成功有了保障。但愿春汛造成的破坏不是特别巨大,去年的劳动不至于前功尽弃。

三月,贝利收到纽卡斯尔来信:

---

① 沙皇的亲笔信文理不通,暗示他文化不高。

贝特兰：

　　元旦那天我的头生子死了。一想起他我就全身疼痛。请你原谅，我给你写信，现在你已经是外人，但你以前曾经相信我的真诚。你记得吗，我说过，女人把自己的初吻献给了谁，她将一辈子记得这个人。我记得你，因此写信告诉你，我失去了宝贝——我的儿子。对我来说，他比丈夫宝贵，比对你的记忆宝贵，甚至比自己都宝贵。啊，他比我所有血肉相连的珍宝更加宝贵无数倍！我再也不能写他的情况了，不然我会大哭一场，这第二封信也写不成了。第一封信我是在一个月之前寄出的。

　　丈夫现在完全成了陌生人。他努力工作，晚上就去海员俱乐部，留下我一个人，我很苦闷！我唯一的安慰就是看书，给你写信，我会经常给你写信，如果你不生气的话。

　　再见了，亲爱的贝特兰！对我来说，你就像朋友，像远方的亲人。在你身上，我能感受到亲切的回忆。请给我写信，我将很高兴收到你的来信。能够支撑我生命的是对丈夫的爱和对你的挂念。我死去的孩子在我的梦中呼唤我跟他分担他的痛苦和死亡。

　　我还活着，一位没有良心而且胆小的母亲。

梅丽

　　又及：纽卡斯尔的春天很热。晴天依旧能看到海峡对岸的欧洲海岸。那海岸始终让我想起你，因此我更加伤心。

你还记得你从前写给我信里的诗句吗！

悲伤而奔放的激情
上帝所爱的心灵保障

这是谁的诗句？还记得你向我表白爱情的第一封信吗，你不好意思当面说出决定命运的话。当时我就知道你性格既勇敢又谦虚，从此我就爱上了你。

读完信，人性和柔情控制了贝利：也许，他有点幸灾乐祸——双方的命运如今扯平了。

他在叶皮凡没有亲近的朋友，他开始到彼得·佛赫家串门；在那儿喝加樱桃酱的茶，跟佛赫的妻子——克谢尼娅·塔拉索芙娜——交谈，向她介绍遥远的纽卡斯尔、温暖的海峡和欧洲的海岸，天气晴朗的时候还能从纽卡斯尔望见海峡对岸。但是关于梅丽的情况，他没有跟任何人说过，将自己的人性和好交往的性格隐藏起来。

三月。叶皮凡人过斋戒节；东正教教堂响起了凄凉的钟声，分水岭上的田野开始露出黑色。

贝利的心情依然很好。他没有给梅丽回过一封信，她丈夫肯定不会喜欢他的信；他不想写那种内容空泛仅仅表示礼貌的信。

他把几位德国工程师分别派遣到最危险的水闸去主持疏导春汛的工程。

农民现在都穿士兵的服装。新的军政长官格里戈里·萨尔蒂科夫在辖区内滥施淫威,心狠手辣。监狱已经人满为患,关的全是不听话的农民,这个军政长官还有一种特殊的惩罚手段,就是鞭打,每天都用鞭子往农民的屁股里灌输理智。

劳动力,不论是民工还是马匹,现在绰绰有余,但是贝利看到,他们并不可靠:每时每刻都可能爆发骚乱,不仅全体人马会逃离工地,而且建成的设施会毁于一旦。

春天也来得不友好:白天融雪,夜里又冻住了。河水流经水闸就出现渗水,犹如破桶漏水,德国工程师和值班工人及时用融化的泥土封堵闸口的渗水,倒也没有造成什么特别严重的损坏。

贝利相当满意,更加经常去拜访眼下独自在家的佛赫妻子,跟她父亲聊盐贩子的故事,鞑靼人的抢劫,以及古老草原上的各种甜草。

外省的美妙春天终于变得像夏天那样炎热,大自然的韶华悄然逝去。夏天的成熟和愤怒来临,大地上的所有生命开始骚动不安。

贝利决定秋天之前结束所有的运河和水闸工程。他想念大海,想念家乡,想念住在伦敦的老父亲。

父亲为儿子担惊受怕,这可以用他烟斗的烟灰加以测量:因为思念儿子,父亲烟斗不离嘴。离别时他就是这么说的:

"贝特!我要烧掉多少烟丝才能见到你啊……"

"很多,父亲,很多!"

"我绝不会中毒的,儿子!没准很快我就要吃烟叶了……"

初夏的时候,工程进展迅速。被沙皇的一纸命令吓破了胆的农民认真干活。但那些坚守旧教义的隐修士则逃到了远方的隐修室。那些不愿安分守己的人在暗中串联,将整连整连的人诱骗到乌拉尔和卡尔梅克草原。也曾数次组织人马去追赶,但始终没有一点效果。

六月,贝利去各个工地视察。他认为工程的速度和效率均属正常。

卡尔·贝根更让他喜出望外。在伊凡湖最深的底部,他发现了一个深不见底的出水口,从洞口涌出大量泉水,足以补充枯水期运河的水量。只要把去年建成的围湖堤坝再加高一俄丈,就可以增加湖内的蓄水量,一旦需要就能通过特殊的渠道将湖水注入运河。

贝利赞同贝根的创造性设想,下令用泥浆泵清除出水口的淤泥,然后放置一根带滤网的粗铁管防止淤塞。这样一来,从下面涌入湖中的水量会大大增加,即使在干旱季节河道也不会变浅。

在贝利踌躇满志地返回叶皮凡的途中,他突然开始怀疑和害怕起来。彼得堡设计的方案没有考虑当地的自然条件,特别是经常发生的干旱。在干旱的夏天,运河的水量不足,航道就会变成尘土飞扬的陆路。

回到叶皮凡之后,贝利立即开始重新计算技术数据,结果发现情况更加不妙;方案是根据当地1682年的资料制定的,那年夏天恰巧雨水丰沛。

在跟当地居民和佛赫岳父交谈之后,贝利终于发现,即使在降雪降雨量属于平均水平的年份,运河的水位也低得连小船也走不了。遇到干旱的夏天,通航根本无从谈起,运河底部只会沙土飞扬。

"到那时候我就再也见不到父亲了!"贝利担忧,"纽卡斯尔也回不去了,也看不到欧洲的海岸了!"

唯一的希望寄托在伊凡湖底下的那眼泉水。假如它能提供足够的水量,那么遇到干旱年份也能喂饱运河。

贝根的这项发现还是无法让贝利恢复到梅丽来信之后的那种平静心态。他内心并不相信伊凡湖底的那口泉水真的能帮助他,只是想用这小小的希望来掩盖自己的绝望罢了。

现在,伊凡湖上正在建一个特殊的木筏,利用这木筏将湖底的出水口加深,再插进一根大型铸铁管。

八

八月初,贝利收到卡尔·贝根的一份工作汇报。那是军政长官萨尔蒂科夫捎来的。

"给,大人,你的信来了。我的弟兄们说,塔契水闸的那帮家伙前几天偷偷地全跑了。这水闸的事儿,我请你放心:明儿我就把那些逃走的人的老婆统统赶到塔契水闸。我把逃走的抓回来交给军事法庭。我要砍了他们的脑袋,叫他们长长见识。就这么办!"

"我同意你的办法,萨尔蒂科夫!"焦头烂额的贝利说。

"那么,大人,你会批准这些死刑吗?我提醒你,现在这里的事情都由你做主。"

"行,我批准……"贝利回答。

"还有件事,将军,明天我女儿相亲。莫斯科的一个小伙,是商人的儿子,追求我女儿,打算娶她。你一定要来参加哦。"

"谢谢。也许我会来的。谢谢,军政长官。"

萨尔蒂科夫走了;贝利拆开贝根的信件。

机密

同事贝利:

从 7 月 20 日至 25 日,一直在伊凡湖进行水底钻探——加深加大出水口并清除障碍物。按照您指派的任务,最后的结果应该是从伊凡湖底源源不断地涌出大量泉水。

25 日傍晚八点,泥浆泵停止抽取污泥,然后连带细小的干沙一起取了出来。整个过程我自始至终都在现场。

我离开钻探木筏上岸解手,发现水面上露出了水草,这现象从前我没有发现过。我上岸之后,听到一条狗汪汪叫了起来,那条狗的绰号叫伊留什卡,吃的是士兵灶的泔脚。这让我心烦意乱,尽管我是信上帝的。

施工的士兵向我证实,从中午到现在,湖水一直在减少,水下的水草都露出水面了,湖中央还露出了两个小岛。

士兵们吓坏了,说我们用铁管把湖底捅穿了,湖水现在越来越少。

确实,湖岸上昨天的水位痕迹非常显著,目前的水位线也清楚,落差达半俄丈。

我一回到木筏就下令停止钻探,立即封堵出水口。为此我们往湖底的出水口放下去一个直径一俄丈的铁盖,但是这铁盖一下子被吸入地下的深洞,连影子都不见了。于是我们改用装满黏土的套管去堵洞口。但是这套管也被吸进了洞口,消失了。这种现象一直持续到现在,湖水哗哗地朝那洞口奔去。

这现象很好解释。技师用钻探泵击穿了不透水的黏土层,而伊凡湖的湖水全靠这层淤泥才得以保存。

黏土层下面是饥渴的干沙,现在就在拼命吸取湖水,还连带把那几个铁家伙也吸了进去。

我不知道往后该怎么办,请您指示。

贝利那颗不怕任何困难的心现在开始颤抖了,这倒也符合人的本能。贝特兰经受不住这样巨大的痛苦,不禁用脑门顶住桌子,放声大哭起来。

命运处处跟他作对:他失去了祖国,继而失去了梅丽,现在工程又出了事故。他知道,再也无法活着逃脱这广阔的沙土层,再也无法最后看一眼纽卡斯尔、对岸的欧洲、叼着烟斗的父亲和梅丽了。

低矮空洞的房间里回荡着贝利牙齿打架和恸哭的声音。他掀翻了桌子,在狭小的房间里团团乱转,发出痛苦的号叫,完全失去了平日遇事不慌的沉稳气度。他悲痛欲绝,毫无顾忌地发泄,根本不受理智的控制。

贝利终于平静下来,他脸上露出一丝苦笑,为自己不体面的绝望举动而感到惭愧。他从箱子里取出一本小书,开始捧读:

《贝蒂·休格太太的爱情》

长篇小说　三卷四十部

阿尔都尔·切姆斯菲尔德　著

　　太太！我这颗充满爱意的心正在痛苦，正在呻吟，现在向您提出天使般的哀求：请您在所有上流社会的男人中高看我一眼吧，或者从我的胸中掏出这颗心把它吃了，就像吃一颗软软的鸡蛋！

　　忧愁的狂风在摇晃我的头颅，我的鲜血在燃烧，就像那流淌的焦油！贝蒂太太，难道你不想收留吗？难道你不怕在一个来自异国他乡，但是对你忠心耿耿的人的坟墓上流下悲伤的眼泪吗？

　　贝蒂太太，我知道，只要我接近您家的楼房，休格先生便会端起那支旧的猎枪用存放很久的弹药打死我。就让不幸发生吧！就让我那注定的命运早点结束吧！

　　我是家庭的杀手！但是我的心在寻觅所爱的人连衫裤里面的一腔柔情，她那颗心正在高耸的天真的乳房下激烈跳动！

　　我是无家可归的流浪汉！我请求您有名望的丈夫能宽宏大量！

　　我再也不爱马匹和其他动物，我在追求更加娇弱纤细的生物——女人的爱情……

贝利终于进入并非刻意追求,却是沉沉的、新鲜的梦乡。那本有趣但是从来没有读完的书从手中滑落下来。

傍晚来临,房间里暗了下来,弥漫着来自神秘而闭塞的天空中的微光的声声叹息。

九

重要的一年过去了——漫长的秋天,更加漫长的冬天和胆怯罕见的春天。

最后,丁香花终于一夜盛开——这是俄罗斯偏远省份的玫瑰,小花园馈赠的礼物和乡间理想的标志。

号称顿河—奥卡河国家运河的一系列工程全部竣工。

今后,载重不大但是作用重大的船只将通行无阻,对于一个只有陆路运输的内陆国家来说,是个面子工程。

从五月份开始,天气变得炎热起来。一开始田野里春苗翠绿,万花飘香,后来,到了六月,已经散发出枯枝败叶和萎谢的花朵的酸腐气息;热浪滚滚,久旱无雨。

沙皇派遣法国工程师特罗兹逊将军验收水闸和运河,他手下还有一个由三名海军将领和一位意大利工程师组成的特备委员会。

"贝利工程师!"特罗兹逊宣布说,"奉国王命令,限您一星期之内让顿河与奥卡河之间的航道全部进入通行状态!我全权代表国王陛下见证全部航道设施,发现并确认它们质量是否合格,是否符合国王制定的目标。"

"遵命!"贝利回答,"航道将在四天后开通。"

"啊,这太好了!"特罗兹逊大声说,"那就请您执行吧,工程师,请不要耽误我们按时返回彼得堡!"

四天后,泄水闸门关闭,水闸开始蓄水。然而,蓄水量小得可怜,最深处也不到一俄尺。不仅如此,进入水闸里的水刚升到接近河面的水平,河底的几个泉眼便立即停止出水。沉重的水层压迫并扼杀了泉眼。

第五天,水流完全停止,水闸无法继续蓄水。此外,天气炎热无雨,山沟里没有一点水可以补充河水。

从沙奇河经穆罗夫良斯克水闸放下一条装载木材、吃水量为1.25俄尺的皮筏子。离开水闸才半俄里,皮筏子就在航道中央搁浅了。

特罗兹逊和他的验收团队乘坐三驾马车沿航道一侧前行。

除了必不可少的工人,没有一位农民参与航道的开通仪式。他们不指望叶皮凡能够逃过这场灾难,没有人打算坐船出行;也许,只有醉鬼才会涉水过河,但这也很少见:那年代亲家与亲家之间住得很远,都在两百多俄里之外,因为邻居不可能成为亲家——女人之间容易闹纠纷。

特罗兹逊用法语和英语骂人,但是起不了什么作用。他不会用俄语骂人。因此,即使水闸上的工人也都不怕这位将军——他们听不懂这位当了俄罗斯将军的外国人在气急败坏地吼些什么。

至于水量不足没法行船,早在一年前叶皮凡的女人都知道。当地居民把这项工程看成是沙皇玩的游戏和外国人的古怪念头,可是又没有胆量公开说：干吗要折腾老百姓？

只有叶皮凡的女人才可怜整日愁眉不展的贝利：

"人挺不错，模样也好，好像年纪也不大，怎么不爱跟娘们纠缠？保不准有什么伤心事，或者才死了老婆，谁知道呢，老不吭声……一脸的苦相，简直吓人……"

第二天，100个农民被派去当测量员。他们蹚水下河。只是在紧挨着水闸堤坝的地方才游水前进，其他地方都是蹚水过去。他们手里拿着棍子，甲长事先已经在棍子上刻好尺寸，不过大多数情况下他们都是用小腿测量，再用四分之一俄尺换算，不过人有高矮，四分之一俄尺在有些人那儿就变成了半俄尺。人的手指有长有短，不宜作为测量单位。

一星期之后，所有航道均已测量完毕。特罗兹逊计算了一下，即使小舢板也不是到处能够通行，有些地方的水深都不足以抬起木筏。

沙皇下令建造航道的水深应该可以让十门炮的战舰安全通行。

特罗兹逊的团队写了一份验收报告，并向贝利和他的德国助手宣读了报告内容。

验收报告认为，由于水量不足，所有的运河，也包括所有水闸，都无法用于通航。所有费用和工作应该认为是徒劳无效的。后续工作建议由沙皇决定。

"是啊，"特罗兹逊手下的一位海军将领挖苦说，"造了一条航道！闹了个天大的笑话，真是劳民伤财！……你们丢尽了沙皇的脸面——我都替你们脸红！好了，就等着吧，你们这些德国人，现在就等着挨鞭子吧！你呢，创造奇迹的英国人，这份验收报告呈送给沙皇之后,他会赏你几个耳刮子!"

贝利无言以对。他知道,方案就是根据这个特罗兹逊的勘测数据设计的,但是如今再去辩解也没有用处了。

第二天太阳一出来,特罗兹逊带着手下人就离开了。

贝利不知道,自己习惯的那种干劲该往哪儿使,于是整天在草原上晃悠,晚上就读英国小说,不过不是《贝蒂·休格太太的爱情》,而是别的作品。

特罗兹逊离开后十天,那几个德国人消失不见了。军政长官萨尔蒂科夫已经派人去追捕,但去追捕的村警还没有回来。

德国人中间留在叶皮凡的只有结了婚的佛赫,他爱自己的妻子。

军政长官派人暗中监视贝利和佛赫,不过贝利和佛赫心里都明白。萨尔蒂科夫在等待彼得堡的命令,他跟贝利都不打照面。

贝利心里憋屈,但脑子不去想它。做点什么正经事吧,已经完全没有必要。他知道,等待他的是沙皇的惩罚。不过,他还是向英国驻彼得堡大使写了封简短的信,请求英国国王解救自己的臣民。但是,贝利觉得军政长官不会托人把信捎走,或者会把信装进公文袋寄给彼得堡的秘密情报机构。

两个月后,彼得派信使送来一份密件。沙皇特使坐的是一辆四轮轿式马车,一群孩子跟在后面奔跑,他们扬起的尘土在夕阳照耀下犹如一道彩虹。

此刻,贝利正站在窗口,目睹了迅速改变自己命运的整个过程。他立刻猜到了信使前来的目的,于是躺下睡觉,以便打发多余的时光。

第二天清晨,有人敲贝利的门。

进来的是军政长官萨尔蒂科夫。

"英国臣民贝丹·拉姆泽伊奇·贝利,我向你宣读皇帝陛下的命令:从现在开始,你不再是将军,而是个平民百姓,还是名罪犯。你必须在村警的押解下火速前往莫斯科接受国家惩罚。你收拾一下,贝丹·拉姆泽伊奇,腾出公家的住房!"

十

中午,贝利走在俄罗斯中部平原上,眼睛看着迎面而来的一棵棵小草。他肩上背着个口袋,身边是押解他的村警。

前面还有漫长的路要走,因此村警很客气,他们不想生闲气。

两名村警来自叶皮凡。他们告诉贝利,明天一大早就要在拷问室里拷打留下来的德国人佛赫。沙皇好像没有要对他施加什么别的惩罚,狠狠拷打一番后把他驱逐回德国。

到莫斯科的路是那么漫长,贝利都忘了要把他带到哪儿,他累得只想尽快赶到,尽快把他杀了。

到了梁赞,两名叶皮凡的村警换班。新的村警对贝利说,最好别跟英国打起仗来。

"怎么回事?"贝利问。

"听说,彼得皇帝在皇后床上捉住了她的情人,那情夫原来是英国大使。沙皇砍了他的脑袋,还把这颗脑袋装进丝绒口袋寄给了皇后!"

"真有这样的事吗?"

"你说呢?"村警反问道,"你见过我们的沙皇吗?是个大个子!听说,他用双手像扯鸡脖子那样扯下了那大使的脑袋!好笑吗?只是我听说,沙皇不会为了一个女人让老百姓去打仗……"

走到最后,贝利的两只脚已经肿得像穿了毡靴,都没有感觉了。

那个年纪大的村警在最后一次夜宿的时候无缘无故地对贝利说:

"你知道我们要把你带到哪儿吗?没准是送你去受死刑!现在这沙皇啊,不管怎样厉害的惩罚都想得出来……换了我早就逃了!真的!可你倒好,乖乖的像小鸡!老弟啊,你没有血性——换了我早就豁出去了,决不愿挨鞭子,更别说送死了!"

十一

贝利被押到克里姆林,关进了大牢。一句话也没跟他说,贝利只能认命了。

透过狭窄的窗口,他整夜看着大自然的美景——一颗颗星星在邈远、没有法纪的天空中燃烧,眼望着这永不熄灭的火焰,贝利觉得奇怪。

这样的猜想让贝利兴奋不已,他坐在低矮狭窄的地上,面对高高在上、幸福地统治着令人窒息的空间的上苍,无忧无虑地笑了起来。

贝利一会儿就醒了,他不记得是怎么睡着的。他不是自然醒来,而是因为有人站在他身边小声说话,其实他们不想叫醒囚犯。可是他还是醒了,他感觉到了他们的存在。

"贝特兰·拉姆泽·贝利,"书记官掏出一纸文书,宣读名字,"根据沙皇陛下的命令,你被判处斩首。别的我一概不知。再见。愿你上天国。你毕竟是人。"

书记官走出牢房,从外面关紧牢门,为此还花了一番功夫。

另一个人留下了——身材高大的无赖,光着膀子,只穿一条用纽扣扣着的裤子。

"把裤子脱了。"

贝利开始脱衬衫。

"我说的是要你脱裤子,骗子!"

刽子手的眼睛由蓝变黑,目光既狰狞又得意。

"你的斧子呢?"贝利问。他已经完全麻木,只剩下一丝厌恶,仿佛面前是一池凉水,此人会将他扔进水里。

"斧子!"刽子手说,"不用斧子我也能收拾你!"

一种不祥的猜测犹如一把利刃扎进贝利的脑袋,这猜测违背了他的本性,非常恐怖,就像心脏害怕子弹。

这猜测代替了斧子砍头的感觉:他看到了自己麻木失神的眼睛里的血,于是倒在了号叫着的刽子手怀里。

过了一小时,书记官打开牢门。

"完了吗,伊格纳季?"他对着门喊,弓着背细听。

"等一会儿,别进来,坏蛋!"刽子手喘着粗气,咬牙切齿地回答。

"真是个魔鬼!"书记官嘟哝着,"一辈子没见过这样的。那股疯狂劲儿没有发泄完之前,不能进去!"

在念《圣母赞词》前,响起了教堂钟声——早午祷快结束了。

书记官走进教堂,取了一块圣饼当早点,还拿了一支蜡烛准备晚上一个人看书用。

* * *

八月,苹果节①那天,叶皮凡军政长官萨尔蒂科夫收到一封贴着外国邮票的信。信封上不是我们的文字,只有三个俄文词:

贝特兰 贝利 工程师

萨尔蒂科夫一看吓坏了,不知道怎样处理这封给死人的信。最后,为了不招惹是非,他把信藏到神龛后面——永远去跟蜘蛛做邻居吧。

---

① 俄历8月6日,第三个救主节。

译后记

一九八七年,我在苏联杂志《新世界》上读到安德烈·普拉东诺夫的中篇小说《基坑》,这是我第一次接触这位作家,至今已三十六年过去了,但当初这部作品对我的强烈震撼,在我内心引起的激动和狂喜,依然记忆犹新。我被作家深邃的思想、高超的艺术和勇敢无畏的精神深深折服了,于是迫不及待地想把这篇小说介绍给中国读者,居然不自量力地着手翻译起来。当时我大病初愈,不管不顾地日夜兼程,终于花了将近半年时间译出了初稿。上海译文出版社决定将《基坑》与我的同事和朋友曹国维老师翻译的布尔加科夫的《狗心》列入苏联当代中篇译丛。一九八九年,当《狗心》和《基坑》结集付印之际,因形势变化而突然叫停,这一停就是十三年,直到二〇〇二年才与读者见面。

一九九七年,我赴莫斯科做学术访问,其间参加了俄国科学院俄罗斯文学研究所(普希金之家)举办的普拉东诺夫国际研讨会,从而得知并具体感受到普拉东诺夫不仅是俄罗斯文学界的研究热点,而且受到英、美、法、德、意、日等国学界的关注和重视,成为一个世界级的现象。

回国后,在浙江文艺出版社总编辑沈念驹先生的支持和鼓励下,我根据俄国科学院审定的最新版本对《基坑》做了修改,又增加了几个短篇,书稿以《美好而狂暴的世界》为书名列入"经典印象"丛书并于二〇〇三年出版。

　　二〇〇八年夏天，我结束了在台湾中国文化大学的讲学，彻底告别三尺讲台，开始了期待已久的退休生活。家属和孩子们都劝说："辛苦了一辈子，该歇歇了。"我自己也觉得随着年龄增长，精力、脑力和体力日益衰退，是该金盆洗手，彻底离开学术圈子，享受人生的最后几年。必须承认，要彻底离开搞了一辈子的俄罗斯文学似乎并非一件容易的事。普拉东诺夫还盘踞在我内心的某个角落，时不时跳出来引诱我。

　　二〇一六年，浙江文艺出版社新任领导、著名出版人曹元勇先生约请我继续翻译普拉东诺夫。大家都知道，普拉东诺夫几乎是不可能翻译的。如果说当年翻译《基坑》是因为自己还年轻，抵挡不住诱惑，凭着一股热情明知不可为而为之，那么进入老年后，更加知道这件事多么困难，我的能力和精力都不比当年了。因此，曹元勇先生送来合同时，我不敢贸然签字。三年后，待我将译稿反复推敲打磨，自以为基本合格后才正式签订了出版合同。

　　我深知，限于水平，译文还有不足之处，甚至错误，希望专家和广大读者指正。

　　呈现在读者面前的《切文古尔》《基坑》和《原始海》这三本书，是我翻译生涯的最新也是最后成果，在此我要衷心感谢：

　　浙江文艺出版社前任总编辑沈念驹先生和现任副社长曹元勇先生的信任、支持和鼓励；

　　俄罗斯友人鲍里斯·康达科夫、叶莲娜·加齐佐娃和娜塔莉娅·布罗夫采娃在不同时期的答疑和帮助。

徐振亚

二〇二三年二月

一本书打开一个世界

欢迎订购、合作

订购电话：0571-85153371

服务热线：0571-85152727

| KEY-可以文化 | 浙江文艺出版社 | 京东自营店 |

关注KEY-可以文化、浙江文艺出版社公众号，及浙江文艺出版社京东自营店，随时获取最新图书资讯，享受最优购书福利以及意想不到的作家惊喜